이 책은 어릴 때 강제 납북된
한국인 김영남과 일본인 요코다 메구미의
이야기를 모티브로
작가가 창작한 픽션임을 밝힙니다.

실종,
사라진 이름들

실종, 사라진 이름들

초판 1쇄 인쇄 ㅣ 2009년 10월 7일
초판 1쇄 발행 ㅣ 2009년 10월 15일

지은이 ㅣ 김광옥
펴낸이 ㅣ 이종열
펴낸곳 ㅣ 세종미디어

편집주간 ㅣ 김찬웅
편집팀장 ㅣ 고유라
기획 ㅣ 이세원
마케팅국장 ㅣ 박춘우
마케팅·영업 ㅣ 김정선

등록번호 ㅣ 제301-2008-217
등록일자 ㅣ 2008.12.24.
주소 ㅣ 서울시 종구 초동 21-1 기영빌딩 6층 704호.
전화 ㅣ 02) 2269-1145
팩스 ㅣ 02) 2265-1175

값 10,000원
ISBN 978-89-963186-1-3 03810

© 김광옥 2009

※ 잘못 만들어진 책은 서점에서 교환해 드립니다.

실종,

사라진 이름들

김광옥 장편소설

세종미디어

| 차례 |

작가의 말 · 6

실종 · 11

TV에서 남북 이산가족이 상봉하는 장면을 방송하는 날이면 하루 종일 TV 앞에 앉아 화면 속 사람들과 함께 울고 웃으며 보낸 적이 많았습니다. 정작 그들의 고통을 함께 나눌 수도 없으면서 함께 아픈 척, 슬픈 척 하는 사람들 속에 끼어 살았습니다.

남북 이산가족에 관한 자료를 모으기 시작한 것은 몇 년 전부터입니다. 언젠가는 다른 나라에는 없는 '한'이 서린 이야기를 세상에 알리자는 생각으로 하나, 둘씩 스크랩해 두었습니다. 하지만 자신이 서지 않아 그들의 이야기를 방 한구석에 방치해 두었고, 그렇게 몇 년이 흘렀습니다. 마음의 빚처럼 그들의 이야기는 늘 그 자리에서 나를 질타하고 있었습니다.

몇 달 전, 지인의 소개로 출판사 관계자를 만났습니다. 그분의 입에서 흘러나온 것은 뜻밖에도 납북자 이야기였습니다. 집에 돌아와 방치해 두었던 상자를 열었습니다. 책상에 올려놓고 자료를 분리하기 시작했습니다. 그동안 잊고 지냈던 이야기가 눈에 들어왔습니다. 빛이 나기 시작했습니다. 그들이 내는 목소리가 들리기 시작했습니다. 드디어 그들의 이야기를 할 때가 되었다고, 생각했습니다.

어느 날 갑자기 사라진 가족 중의 누군가가 납북된 사실을 알게 되었다면? 납북된 사람이 사랑하는 아들딸이라면? 그들이 가출했거나 나쁜 짓을 저질러 감옥에 갔을 거라는 오해의 시선을 받으며 살아왔다면?

'실종, 사라진 이름들'은 바로 이러한 의문에서 시작되었습니다.

글을 쓰는 것을 좋아하는 저는 일사천리로 원고를 써내려갔습니다. 신나고 재밌게, 그리고 박진감 넘치는 흥미진진함으로. 그러다 원고를 모두 지워버렸습니다. 어느새 저조차 납북된 사람들과 그들 가족의 아픔을 단순한 흥밋거리로 여기고 있었던 것입니다.

무서워졌습니다. 두려워졌습니다. 이런 제가 감히 어떻게 그들의 아픔에 대해 쓸 수 있을까, 하는 생각에 잠을 잘 수도 없었습니다. 그래서 자료들을 다시 구석에 던져버렸습니다. 보기도 싫었습니다. 다른 생각을 하려고 애를 썼습니다. 그들의 이야기 쪽으로는 고개도 돌리지 않았습니다.

그러던 어느 순간 귓가에 '도망치지 마.'라는 소리가 들려왔습니다.

구석을 보았습니다. 그들이 있었습니다. 고통을 받고 있는 그들에게 저마저 가해자가 되어서는 안 된다는 생각이 들었습니다. 눈물이 흘러내렸습니다. 그들의 이야기를 껴안고 소리 내어 울었습니다.

다시 자료를 책상 앞에 놓고 앉아 글을 썼습니다. 글을 쓰는 내내 가슴이 아팠습니다. 너무 아파서, 무서워서 단 한 글자도 쓰지 못하는 날들도 많았습니다. 한 줄을 써놓고 주인공이 된 착각에 빠져 한동안 헤어나지 못할 때도 있었습니다. 그래도 도망치면 안 된다는 생각에 며칠 밤을 꼬박 새가며 한 자, 한 자 써내려갔습니다. 하지만 원고를 완성할 수는 없었습니다. 마침표를 찍기에는 뭔가 부족하다는 생각, 이 이야기로 인해 마음 다칠 분들이 생길지도 모른다는 생각이 들었기 때문입니다.

그렇게 붙들고 있던 원고를 처음부터 읽어나갔습니다. 그러는 어느 순간 은혜가, 홍민이, 효준이, 성웅이, 그리고 요코와 참모장 주운과 은혜의 어머니와 홍민의 어머니가 제 귓가에 와서 말하는 소리를 들었습니다.

"희망이 있으니까 끝을 내주세요."

웅크리고 있는 제게 그들은 '희망'을 이야기해 주었습니다. 그 '희망'이 제 손을 움직이게 했고, 마침내 원고는 마무리되었습니다.

이제 제가 했던 고민들은 이 책을 들고 계신 여러분에게 넘어갔습니다. 단지 '불쌍하다'는 느낌에서 그칠 것이 아니라 진정으로 납북자들과 그들 가족의 아픔을 헤아려주었으면 좋겠습니다. 그들 마음에 희망을 심어주십시오.

이 책이 나오기까지 많은 도움을 주신 출판사 분들께 감사드립니다. 언제나 하늘에서 저를 지켜보고 계실 아빠와 든든한 버팀목인 사랑하는 가족들, 그리고 친구들에게도 고마움을 전합니다.

2009년 가을
김광옥

1

박철영은 두려움에 몸을 떨었다. 달빛을 등지고 선 사람의 그림자가 박철영을 덮쳤다. 박철영은 칼날이 벽에 부딪히면서 일어나는 불빛을 속수무책으로 바라보았다. 그 밑으로 검은 피가 뚝뚝 떨어져 내렸다. 번쩍이는 칼에 당하고 만 것이었다. 심장이 오그라들었다. 다리에서도 팔에서도 통증이 느껴지지 않았다.

박철영은 심장이 떨리지만 않는다면 이대로 도망칠 수 있을 것 같다고 생각했다. 하지만 칼날의 번득임은 박철영을 그 자리에서 꼼짝 못하게 만들었다.

"하나…, 두울…, 세엣….."

검은 그림자의 목소리가 박철영의 숨통을 조여왔다.

그래도 움직여야 한다. 그렇지 않으면 죽게 된다. 저 칼은 분명 내 심장을 파고들 것이다.

박철영은 힘겹게 손을 뻗어 벽을 잡고 일어섰다. 통증이 느껴지지 않아 오히려 다행이라는 생각이 들었다.

칼날의 움직임에 현혹되지 않고 반대편으로 뛰는 거다. 그러면 혹시 살 수 있지 않을까?

박철영은 마른 침을 꼴깍 삼켰다.

"하나…, 두울…, 세엣…."

칼날이 느릿느릿 벽에 그림을 그리며 박철영을 향해 다가왔다. 박철영은 조금이라도 더 살고 싶어 그림자를 노려보았다. 그러나 칼날은 박철영의 행동 따위는 아랑곳하지 않았다. 칼날의 박자는 조금도 흐트러지지 않았다.

박철영은 칼날에서 눈을 떼고 반대편을 보았다. 칼날을 보면 볼수록 죽음이 눈앞에 있는 것만 같았기 때문이었다.

하나, 둘, 셋!

박철영은 칼날의 리듬과는 다른 리듬으로 순식간에 반대편을 향해 몸을 움직였다. 아니, 순식간이라고 생각한 것은 박철영 자신이었다. 팔과 다리가 다쳐 실제로는 어느 정도 속도로 움직였는지 박철영은 가늠할 수 없었다. 그러나 지금까지 살아오면서 가장 빨리 움직인 것 같다고 그는 생각했다.

죽음을 눈앞에 둔 자에게 살아 있는 순간은 아무리 짧다 해도 천국처럼 느껴진다. 지금의 박철영도 그랬다.

죽을 것이다. 분명. 저 칼날에 찔려 죽고 말 것이다. 그래도 시간을 벌어야만 한다. 조금이라도 더. 그래야만 한다.

그림자가 박철영 쪽으로 방향을 틀었다. 칼날이 벽과 부딪혀 더욱 큰 불빛을 냈다. 박철영은 칼날을 피해 움직였다. 옆으로, 옆으로. 박철영의 숨이 거칠어졌다. 다리에 통증이 느껴졌다. 몸을 움직이는 바람에 피가 쏟아진 탓일 것이었다.

칼날은 박철영을 향해 춤을 추며 다가왔다.

"하나…, 두울…, 세엣…, 네엣…!"

낄낄대며 숫자를 외치는 목소리가 황량하게 건물 안에 울려 퍼졌다. 그림자의 발밑에는 박철영이 있었다.

"…아….."

지렁이처럼 꿈틀대던 박철영이 간신히 낸 목소리는 그림자의 웃음소리에 묻혀버렸다. 상처투성이인 박철영의 몸은 더 이상 떨리지 않았다. 그림자가 건물 밖으로 나갔을 때 무언가가 터지는 폭발음이 일었고, 그 소리와 함께 박철영의 숨소리도 사라졌다.

2

불꽃이 하늘을 수놓고 있었다. 음력 5월 5일, 단오절이었다. 이곳에서 불꽃은 명절에만 볼 수 있는 진풍경이었다. 하늘을 바라보던 은혜는 즐거워하는 사람들 쪽으로 고개를 돌렸다.

저 사람들은 정말 기분이 좋은 걸까, 아니면 좋은 척하는 걸까?

언제부터인가 은혜는 불꽃을 봐도 즐겁지 않았다. 그녀는 왜 즐거움
을 느끼지 못하는 것인지, 자기 자신에게 물었다. 그때부터 시작된 괴로
운 질문이 사람들에게로 옮겨간 것이었다. 은혜는 그 답을 알고 싶었지
만 이내 생각을 접고 불꽃을 등진 채 건물 안으로 들어갔다. 호출을 받
은 터였다. 또 무슨 일이 있는지 궁금하진 않았다. 사실 그것도 문제였
다. 점점 사는 것이 시시해졌던 것이다. 요즘에는 어떤 일이든 대충 건
성으로 해치우고 말았다.

은혜는 문 앞에 서서 다시 한 번 자신의 모습을 점검하고 문을 두드렸다.

"들어와."

안에서 짧고 굵은 목소리가 났다. 은혜는 문을 열고 들어갔다. 탁자에
앉아 앞에 서 있는 자신을 위아래로 훑는 시선이 느껴졌다. 은혜는 창문
너머로 터지고 있는 불꽃을 바라보았다.

"박철영이 실종됐다."

은혜는 느끼한 표정으로 자기를 바라보고 있는 관리관의 눈을 보았
다. 그의 생각을 읽을 수가 없었다.

박철영은 은혜의 지도원이었다. 며칠 후 중국 연태로 건너가 새로운
임무를 맡게 될 것이라고 해서 얼마 전에 송별회까지 했었다. 그런 박철
영이 실종됐다니. 그는 갑자기 어디로 사라진 것일까.

그런데 나는 왜 부른 거야? 박철영이 실종됐든 말든 나랑 무슨 상관
이지?

아무리 생각해도 은혜는 그 연관성을 알 수 없었다. 그러다 문득 은혜는 생각을 멈췄다. 잠시 후면 관리관의 입에서 그 이유를 들을 수 있을 것이었다.

아니나 다를까. 은혜의 몸 탐색을 끝낸 관리관은 짧고 굵게 말했다.

"중국으로 가라."

그 말 한 마디가 한줄기 바람이 되어 은혜의 가슴을 비집고 들어왔다. 은혜는 마음을 다잡았다. 관리관이 서류 뭉치를 내밀었다. 은혜를 서류를 받아 들고 인사를 한 후 밖으로 나왔다. 손이 떨려왔다. 은혜는 서류 뭉치들이 떨어질까 봐 마치 애인을 껴안듯 두 팔로 감싸 안았다. 그리고 복도를 내달렸다. 관리관이 문을 열고 뛰쳐나와 자신의 중국행을 취소할 것만 같았기 때문이었다.

은혜는 도망자처럼 뒤를 힐끔거리며 뛰었다.

빨리 저 문턱을 넘어야 한다. 박철영처럼 눈 깜짝할 사이에 실종되어야 한다. 다시는 돌아오지 못하도록.

은혜는 아무도 자신이 이곳에 있었다는 사실을 몰랐으면 좋겠다고 생각했다.

이 땅은 감정을 가지고 살아갈 수 있는 곳이 아니다. 중국에 가면 나는 새로운 사람이 될 수 있을 것이다.

3

　재령평야를 거쳐 대동강으로 흘러드는 재령강 하류. 효준은 배 위에
서서 강 상류를 바라보았다. 녀석은 아직 보이지 않았다. 효준은 주머니
에서 껌을 꺼내 입 안에 넣고 시계를 쳐다보았다.

　5분 20초. 19초, 18초, 17초….

　효준은 질겅질겅 껌을 씹어대며 시간을 체크했다. 녀석이 나타날 때
가 되었는데 아직 코빼기도 보이지 않았다. 이미 도착해 있어야 할 녀석
이었다. 초조해졌다. 만약 실패했다면 그동안의 고생은 물거품이 되는
것이었다.

　녀석은 남파공작원으로 뽑힌 후 계속 강도를 높여 훈련해 왔다. 녀석
이 특히 집중적으로 훈련한 것은 바로 수영이었다. 바다에서 육지로 침
투하는 것이 가장 효율적인 방법이기 때문이었다.

　녀석이 1분만 더 앞당길 수 있다면 보다 여유 있게 임무를 수행할 수
있을 것이었다. 녀석의 기록은 현재 남파공작원들의 평균 기록보다 4분
더 빨랐다. 5분은 충분히 앞당길 수 있는 수치였다.

　효준은 오른쪽 집게손가락으로 버릇처럼 시계를 토닥거렸다.

　5분 선이 무너졌다. 4분 50초를 지나 40초대다.

　효준은 껌을 종이에 싸서 주머니에 쑤셔 넣었다.

　다시 처음으로 돌아가야 하는가.

　하염없이 강물을 바라보던 효준은 체념하고 돌아섰다. 순간 등 뒤에

서 낯익은 목소리가 들렸다.

"아직, 아니잖습니까."

놀란 효준이 뒤를 돌아보았다. 홍민이 어느새 난간을 넘어 배 위로 올라와 있었다. 가쁜 숨을 내쉬면서, 기세등등한 표정으로. 효준은 시계의 스톱 스위치를 눌렀다. 2시간 13분 12초. 4분 27초가 앞당겨졌다.

그러나 효준은 다짜고짜 발을 뻗었다. 홍민은 재빨리 물러섰지만 효준의 발길질을 피할 수는 없었다. 효준의 발은 정확하게 홍민의 배에 꽂혔다. 홍민은 그대로 물속으로 빠졌다.

"왜 이런 짓을 하는 겁니까! 힘들어 죽겠단 말입니다!"

홍민이 허우적대면서 버럭 소리를 질렀다.

"몰라서 묻나? 처음부터 다시 하라는 뜻이다! 아직 아니라고? 평균 기록보다 4분 27초나 빠르니까? 그 기준은 대체 누가 정하는 거냐!"

효준의 말이 맞았다. 4분 27초나 앞당겨졌다는 것은 홍민이 자신의 기준으로 생각한 것이었다. 효준의 기준에서 보면 분명 좋은 기록이 아니었다.

효준은 5분 30초는 앞당겨야 만족할 것이고, 그때까지 연습은 계속될 것이다.

홍민은 자신에게서 멀어져가는 배를 바라보았다. 배를 타기 위해선 먼저 효준의 기준부터 충족시켜야 했다.

그깟 5분 30초, 못할 것도 없지 뭐. 1분 3초만 더 빨리 들어오면 되는 거잖아?

홍민은 일정한 속도로 수영을 하기 시작했다. 물살을 가르는 중간 동작을 멈추고 소변만 보지 않으면 시간을 조절할 수 있었다.

그런데 그게 가능할까?

홍민은 고개를 저었다. 그런 생각을 하는 시간조차 아까웠던 것이다. 홍민은 집중해서 팔을 저었다. 이미 배는 효준과 함께 그의 눈앞에서 사라진 지 오래였다.

효준은 배를 출발시키자마자 스타트 버튼을 눌러놓은 시계를 쳐다보았다. 강 한가운데에 지친 홍민을 밀어놓은 것을 안타까워하거나 미안해할 여유는 그에게 없었다. 이 연습만이 그와 홍민을 이 땅에서 벗어나게 해줄 것이기 때문이었다. 그러나 마음에 걸리는 의문이 있었다.

홍민을 최고 요원으로 만들어놓으면 이곳을 벗어나게 해줄까, 그들은?

4

홍민이 강에서 벗어났을 때는 한밤중이었다. 홍민은 지칠 대로 지쳐 있었다. 더 좋은 기록을 낸다는 것은 불가능했다. 홍민은 숨을 헐떡이며 배 위로 올라섰다. 효준이 보였다. 홍민은 본능적으로 자신의 배를 방어했다. 그러나 효준은 발길질을 하지 않았다. 그는 어둠 속에서 물끄러미 홍민을 바라보고 있을 뿐이었다. 기운이 다 빠진 홍민은 그 자리에서 쓰러졌다. 효준이 다시 물속으로 던져버린다 해도 수영 같은 건 하지 못할 것 같았다.

"수고했다."

효준은 담담하게 말하고 뚜벅뚜벅 걸어갔다.

어쩌면 저렇게 걸음 소리까지도 무뚝뚝한 것일까.

홍민은 바닥에 널브러져 하늘을 쳐다보았다. 효준의 발 진동은 차츰 희미해지더니 더 이상 느껴지지 않았다. 홍민은 하늘의 별들이 자신의 눈으로 쏟아져 내리는 것 같다고 생각했다. 참 맑은 하늘이었다. 홍민은 그대로 눈을 감아버렸다. 아침까지 누워 있을 참이었다. 몸을 일으킬 기운도 없었다.

홍민은 스르르 잠이 들어버렸다. 그러다 잠시 후 반사적으로 눈을 떴다. 진동이 느껴졌던 것이다. 홍민은 손을 바닥에 갖다 댔다.

한 명? 아니, 두 명? 대체 누가? 이런 곳에 올 사람이 누가 있단 말인가?

"물속으로!"

그때 다급하게 외치는 소리가 들렸다. 효준의 목소리였다. 홍민은 곧바로 강물로 뛰어들었다. 침입자들이 총을 가지고 있다면 배 밑이 가장 안전할 것이었다. 홍민은 배 밑으로 들어가 손을 배에 갖다 댔다. 배는 좌우로 움직이고 있었다. 침입자들이 배 위에서 홍민을 찾기 위해 이리저리 고개를 내밀고 있는 듯했다. 순간 배에 시동이 걸렸다. 배가 거품을 일으키며 움직이기 시작했다.

여긴 위험하다. 더 깊숙이 들어가야 한다.

홍민은 배에서 떨어져 더 깊숙이 내려갔다. 배가 사라지고 있었다. 칠

흑 같은 물속이었지만 홍민은 감각으로 알 수 있었다. 효준과 배가 누군
가에게 납치됐다는 사실을.

숨이 막혀왔다. 홍민은 더 이상 참을 수 없어 물 밖으로 나왔다. 주위
를 둘러보았다. 보이는 것이라고는 물과 산뿐이었다. 홍민은 물살을 헤
치며 앞으로 나아갔다. 배가 사라진 쪽으로 가다 보면 효준이 사라진 곳
이 어딘지 방향을 잡을 수 있을 것 같았다. 그러나 충분히 쉰 상태가 아
니어서 몹시 힘들었다. 잠깐만 물 위에 누워 쉬었다 가자는 생각과 효준
을 찾아야 한다는 생각이 뒤엉켰다.

왜 하필 이런 때….

그러다 홍민은 이내 생각을 멈췄다. '왜 하필'이라는 말은 두 번 다시
하지 않겠다고 마음먹었기 때문이었다. 효준을 만나기 전까지는 그 말
을 전 세계 인구보다 더 많이, 마음으로, 입으로 뱉어냈었다.

"지난 일을 후회하는 것보다는 앞을 보며 희망을 갖는 게 더 낫지 않
아?"

효준이 절망하고 있는 홍민에게 한 말이었다. 그가 아니었다면 홍민
은 강도 높은 훈련을 견뎌낼 수 없었을 것이었다.

제발, 살아 있어야 합니다! 안 그러면 내가 죽여 버릴 거야!

홍민은 이를 악물었다. '왜 하필'이라는 말도 싫었지만 다시 혼자가
되는 것은 더욱더 싫었다.

홍민은 어느새 끝도 없이 이어질 것만 같았던 강의 하류에 닿았다. 저
앞에 효준과 함께 사라진 배가 보였다. 홍민은 배 가까이 다가갔다. 숨
을 죽이고 귀를 세웠다. 어디에서도 인기척은 느껴지지 않았다. 홍민은

조용히 배의 난간으로 올라섰다. 배는 움직임 없이 조용했다. 배 안에 아무도 없는 듯했다.

대체 어디로 간 거야?

그때 작은 진동이 느껴졌다. 홍민은 즉시 물속으로 들어갔다. 배 안에 누군가가 있는 듯했다. 진동은 서서히 크게 느껴졌다.

한 명?

분명히 한 명이었다.

누구지?

물속에 있는데도 손에서 땀이 나는 것이 느껴졌다. 누군가가 걸어 다니는지 배는 몇 번 출렁이더니 이내 잠잠해졌다. 홍민은 물 밖으로 고개를 내밀었다. 배 안에 아무도 없었다. 주위에도.

홍민은 배 난간으로 올라가 주위를 살폈다. 순간 찰칵, 하는 소리가 났다. 홍민은 또다시 물속으로 뛰어들었다. 칠흑 같던 어둠이 순식간에 환해졌다. 마치 찬란한 태양이 수십 개는 뜬 것 같았다. 홍민은 물속 깊숙이 들어가려고 숨을 들이켰다. 그때 수십 개의 불빛 사이로 효준의 얼굴이 나타났다.

이게 어떻게 된….

홍민은 물끄러미 효준을 쳐다보았다. 효준은 아무 일도 없었다는 듯이 웃으면서 손을 내밀었다. 홍민은 효준의 손을 잡고 배 위로 올라왔다.

"5분 48초. 통과."

효준이 소리쳤다. 홍민은 그 말이 끝나자마자 효준의 얼굴에 주먹을 날렸다. 효준의 잇몸에서 피가 터졌다.

"내가 얼마나 걱정한 줄 알아요!"

홍민은 피를 흘리면서도 웃는 효준을 껴안았다. 효준이 무사해서 다행이었다. 그가 옆에 있다는 안도감도 느껴졌다. 홍민은 효준의 품 안에 그대로 쓰러져 버렸다. 그에게는 참으로 힘든 하루였다. 평소보다 더 심한 훈련을 해야 했고, 극한의 극한까지 가는 시험을 받아야 했다. 그 결과 홍민은 효준이 바라는 시간 안에 들어올 수 있었다.

효준은 품에 안겨 있는 홍민을 바닥에 누이고 이불을 덮어주었다. 마지막 테스트였다. 효준은 홍민이 편안한 휴식을 취하기를 바랐다.

5

"중국으로 가게 됐어."

설거지를 하던 요코는 갑작스런 은혜의 말에 들고 있던 접시를 떨어뜨렸다. 그러나 다행히 나무로 된 접시여서 깨지지는 않았다. 은혜는 모른 척 뒤돌아서서 자신의 방으로 갔다. 요코는 나무 접시를 들어 설거지 통에 쑤셔 박고 은혜를 따라 들어갔다. 그러고는 은혜를 침대로 데려가 함께 앉았다.

"중국이라니?"

요코가 떨리는 목소리로 물었다. 그녀는 마음을 가라앉히기 위해 은혜의 손을 잡았다.

"박철영 지도원이랑 같이 가는 거야?"

"아니. 나 혼자."

"그럼 박철영 지도원은? 가지 않기로 했대? 송별회까지 했잖아."

"그러게."

"왜 갑자기 너로 바뀐 거지?"

그 이유는 은혜도 몰랐다. 불려가서 들은 말이라고는 박철영이 실종
됐다는 것과 중국으로 가라는 것뿐이었다. 은혜는 일어서서 책상 위에
올려놓은 서류 뭉치를 뒤적였다.

"그건 뭐야?"

"모르겠어. 가지고 가라고 해서 들고 왔어. 사실 뭐냐고 물어보지도
않고 도망치듯 나와버렸어. 이 땅에서 벗어날 수 있는 기회를 날려버릴
까 봐."

요코는 고개를 끄덕이며 말을 이었다.

"그럼 그 말이 사실인가?"

"그 말이라니?"

"너 호출 받고 나간 뒤에 요리원 아주머니가 오셔서 난리를 쳤었어.
박철영 지도원이 사라졌다고. 내가 도망갈까 봐 알아보러 나가지도 못
하고 발만 동동 굴리더라. 그 아주머니 다른 사람 일에 간섭하는 거 엄
청 좋아하잖아. 박철영 지도원 아내가 어젯밤부터 남편이 보이지 않는
다며 여기저기 돌아다녔대. 오늘 아침까지도 집에 들어오지 않아서 당
국에 알렸나 봐. 네가 중국에 가게 된 걸 보니 아직도 실종 상태인가
보다. 그렇게 중국에 가는 걸 자랑하더니 결국 못 가게 됐네."

"정말, 실종됐대?"

"응. 우리 같은 애들은 절대로 보내지 않는다고 들었는데. 너, 괜찮은 걸까?"

은혜는 서류를 꺼내 들었다.

"괜찮겠지, 괜찮을 거야."

은혜는 마치 주문을 외우듯 중얼대며 서류를 읽어나갔다. 요코는 침대에서 일어나 은혜 곁으로 다가갔다. 그녀는 서류에서 눈을 떼지 못하는 은혜의 어깨를 토닥이려다 말고 방을 나갔다.

"미안해. 혼자만 가게 돼서."

은혜가 책상에서 고개를 숙인 채 조용하게 말했다. 요코는 뒤돌아서서 은혜를 바라보았다. 은혜의 뒷모습이 흔들렸다. 요코는 은혜가 처음 이곳에 왔을 때의 모습을 보는 것 같았다.

은혜는 이곳을 벗어나고 싶어 했다. 유난히 적응을 하지 못했다. 초소에 도착했을 때 은혜의 손은 엉망진창이었다. 손톱은 부러지고 깨져서 피가 흐르고 있었다. 그 후유증으로 생긴 가지런하지 못한 손톱은 그녀에게 내내 상처가 되었다. 요코는 나중에서야 그 이유를 들을 수 있었다. 그것은 은혜가 갇혀 있었던 흔적이었다.

언젠가 은혜는 말했었다.

"오히려 잘된 일인지도 몰라. 이 손톱을 보면 내가 앞으로 어떻게 해야 하는지 알 수 있으니까."

그렇게 말하는 은혜의 표정은 섬뜩했다.

3개월 동안 손에 감고 있던 붕대를 풀던 날부터였을 것이다. 14세 어린 소녀의 얼굴에서 뿜겨져 나오던 독기는 보이지 않았다. 요코는 처음엔 그것이 다행이라고 생각했다. 적응을 했기 때문에 자주 웃고 열심히 공부하는 것이라고 여겼다. 그러나 요코는 어느 순간 그 모든 것이 은혜가 의도적으로 연출한 행동이었을 뿐임을 알게 되었다. 은혜는 현실에서 벗어나기 위해, 현실을 게임처럼 여기고 즐겼던 것이었다. 요코는 그런 은혜가 안타까웠고 애처로웠다.

은혜는 시간 가는 줄 모르고 열심히 서류를 들여다보았다. 이곳에서 벗어날 수 있다는 생각이 그녀를 기쁘게 하는 것 같았다. 요코는 직접 만든 차를 들고 들어와 은혜에게 내밀며 물었다.

"언제 출발이야?"

"연락이 오면 바로."

은혜는 요코를 쳐다보지도 않고 대답했다.

"차 마시면서 봐."

"응."

은혜는 여전히 고개를 들지 않았다. 보이지 않는 경계선이 은혜와 요코 사이를 가로막고 있었다. 요코의 눈에는 은혜가 위험해 보였다. 불안함을 넘어 위험해 보이기까지 했다.

"저기…."

"가지 말라는 말은 하지 마. 내가 걱정된다는 건 알아. 하지만 미안한데 걱정된다는 말도 하지 마. 알잖아. 내가 얼마나 이곳을 벗어나고 싶어 하는지."

은혜가 차갑게 내뱉었다. 요코의 귀에는 그 말이 쓸데없는 참견 따위는 하지 말라는, 일종의 경고처럼 들렸다. 심장이 쩍, 하고 갈라지는 것 같았다. 은혜는 14세 때와 똑같았다. 아무도 자신에게 다가오지 못하게 했다.

"알고 있어. 네가 얼마나 노력했는지. 그런데 뭔가 불안해. 생각할수록 더 그래. 여기 사람들이 널 중국에 보내줄 만큼 무른 인간들이 아니잖아. 분명 뭔가 함정이….'

"맞아. 함정이 있겠지. 내가 모를 것 같아? 위험이 닥친다 해도 난 여기서 벗어나고 싶어. 중국에 보내줄 거라는 말도 거짓일지 모르지. 하지만 난 거짓말이라고 해도 희망을 걸고 싶어."

은혜는 너무나 완고했다. 마치 깊은 늪에 빠진 듯했다. 아니, 스스로 늪에 빠져버린 것 같았다.

"여기보다 중국이 더 낫다고 생각하는 거야?"

"응. 확실히."

요코는 더 이상 참을 수 없어서 은혜의 어깨를 붙잡고 말했다.

"잘못된 길이라면? 더 힘들어진다면? 중국이 아니라 여기보다 더 안 좋은 곳이라면! 어떻게 할 거야?"

은혜는 요코의 손을 떼어내고 서류를 건넸다.

"내 최종 목적지는 집이야, 요코. 중국 따위가 아니야. 여길 봐. 중국이라는 글자가 확실하게 찍혀 있지? 여권까지 있어. 안 믿을 수가 없잖아. 중국으로 가기 전에 교육이 있을 거라고 하지만, 그렇지만 요코. 여기서 아무것도 하지 않은 채 마냥 기다릴 수만은 없어. 그들이 날 집으로 돌려보내줄 거라는 생각, 오래전에 버렸어. 이번이 마지막 기회일지도 몰라. 그러니까 그만두라는 말은 하지 마. 자꾸 그러면 날 질투하는 거라고 생각할 수밖에 없어."

그들은 은혜에게 이곳에서 열심히 공부하면 집으로 돌려보내주겠다는 당근을 던지곤 했었다. 그 당근을 믿고 은혜는 열심히 공부했다. 그러나 그들은 매번 약속을 지키지 않았다. 몇 번이나 속으면서도 다시 당근을 던지면 은혜는 또 기다렸다. 하지만 돌아오는 것은 절망뿐이었다. 희망은 순식간에 바닥으로 떨어졌다. 그 고통을 은혜가 이번에도 겪게 된다면 어떻게 될지 알 수 없었다.

"질투 따위는 하지 않아. 내가 어떻게 그럴 수 있겠어. 만약 내게 이곳에서 벗어날 기회가 주어진다면 난 기꺼이 그 기회를 너에게 양보할 거야. 그만큼 난 너의 행복을 빌어. 다만 이 기회가 네게 또다시 절망을 안겨주지는 않을까, 그게 걱정이 돼서 참을 수가 없어. 더군다나 박철영 지도원이 실종되고 대신 네가 가는 거니까 무슨 일이 생길 것만 같아. 그것이 널 힘들게 할 것 같아서 견딜 수가 없어."

은혜가 다정히 요코를 껴안았다.

"알아, 요코. 고마워. 신경질 부려서 미안해. 나도 자꾸 네가 걱정하는 생각들이 떠올라서, 불안해서 그랬어."

요코는 은혜를 꼭 안아주었다. 은혜와 헤어지는 것은 싫었다. 하지만 그녀가 꼭 행복해졌으면 좋겠다고, 요코는 생각했다.

"그런데, 요코. 배고프지 않아?"

"그러고 보니까, 응!"

두 사람은 서로를 마주 보았다. 웃음이 새어 나왔다.

"뭐 먹을까?"

은혜가 물었다.

"미소시루."

두 사람은 빙긋 웃으며 동시에 대답했다.

6

효준은 동원할 수 있는 모든 감각을 곤두세웠다. 그의 눈은 가려져 있었고, 몸은 의자에 묶여 있어 움직일 수 없었다. 그가 기댈 수 있는 건 귀와 코와 느낌뿐이었다. 그것만이 현 상황을 판단할 수 있게 할 것이었다.

발자국 소리가 들렸다. 투닥투닥. 둔탁했다. 문고리를 잡는 소리가 들렸고 문이 열렸다. 누군가가 들어왔다. 일곱 걸음. 의자에 앉는 소리가 들렸다. 그 사람은 탁자 모서리를 손으로 잡고 3초간 있었다. 효준은 그것만으로도 상대를 짐작할 수 있었다. 그는 깔끔하고 분명하며 신중한 성격의 소유자일 것이었다.

정확하게 10초 후, 상대가 입을 열었다.

"김홍민, 어디로 빼돌렸나?"

그는 직선적이기까지 했다. 상대방의 계획을 이미 파악했다는 듯 단번에 본론으로 들어갔다. 성질이 급해서 하고 싶은 말을 툭 내뱉는 것이 아니었다. 그것은 자신감이 넘쳐흐르기 때문일 것이었다. 다루기 힘든 사람이었다.

효준은 아무 말도 하지 않았다.

말은 하면 할수록 꾸밈이 많아진다. 거짓말을 하면 그 거짓말을 진실로 만들기 위해 또 다른 거짓말을 해야 하는 것과 같다.

째깍째깍. 마음속 시계가 20초를 넘겼다. 다른 사람 같으면 화를 내고, 윽박지르고, 고문을 시작했을 시간이었다. 이 사람은 1분, 아니 10분이 지나도 상대가 입을 열기만을 기다릴 것 같았다.

이럴 때는 기다리는 사람보다 기다리게 만드는 사람이 초조해지기 마련이다. 다음 공격을 예측하기 어려우니까. 그래서 더 무서운 것이다.

효준은 시간 고문을 이겨내기 어렵다고 판단하고 먼저 입을 뗐다.

"빼돌리지 않았습니다. 중국으로 보냈습니다."

효준은 긴장하지 않고 오히려 당당하게, 왜 이런 대접을 받아야 하는지 의문이 든다는 어투로, 한 자 한 자 말투를 조정하며 말했다.

"보고도 하지 않고 김홍민을 중국으로 보낸 이유라도 있나?"

"이미 중국에 있는 요원들에게 연락을 취해 홍민이 도착하면 바로 일을 할 수 있도록 준비해 놓은 상태였습니다. 홍민이 작전 이외의 것은 생각하지 못하게 해야 했기 때문에 먼저 보내놓고 보고할 생각이었습니다."

효준은 말하면서 변명처럼 들리지는 않는지 자꾸 신경이 쓰였다. 왠지 상대의 페이스에 말려들고 있는 것 같아 불안하기도 했다.

"그럼, 선원들은 왜 모두 배에서 내리게 한 건가?"

"어차피 남파공작원은 모든 일을 혼자서 처리해야 합니다. 실전은 모든 훈련의 집합입니다. 중국에서 남조선으로 넘어갈 때를 대비한 훈련을 했다고 생각해 주십시오."

거짓말에 거짓말이 더해지고 있었다. 상대는 효준이 말실수를 하기를 기다리고 있는 것 같았다.

효준은 짧게 호흡을 가다듬었다. 상대는 또 정확하게 10초를 기다린 후 말문을 열었다. 정말 완벽에 가까운 깔끔함이었다.

"그렇다면 이 모두가 이효준 지도원이 단독으로 계획한 것이란 말인가?"

"예, 그렇습니다."

효준은 제발 상대가 자신의 말에 넘어가길 바랐다. 거짓말을 더 보탰다가는 더 나쁜 상황이 일어날지도 몰랐다. 짧은 만남이었지만 효준은 상대가 절대 자신의 말을 믿지 않을 거라는 것을 느꼈다.

상대는 자신의 눈으로 모든 것을 확인하기 전까지는 아무것도 믿지 않는 사람이다. 다른 사람의 말에 귀를 기울이지 않는 지독하리만큼 냉정한 인간이다.

"지금부터 2시간 후, 다시 오도록 하지."

의자를 빼는 소리에 이어 정확하게 일곱 걸음. 문이 열리고 닫혔다. 효준은 짧고 작게 한숨을 내쉬었다. 누군가 자신을 지켜볼 수 있다는 생각에, 누구도 눈치 채지 못하게.

2시간 후라고 했다. 홍민이 중국에 도착해 북한 요원을 만나고 있다면 충분히 확인할 수 있는 시간이다. 그때까지 나는 이곳에 감금되어 있겠지. 홍민이 어디에서도 보이지 않는다면, 난, 당연히 죽을 것이다. 그 생각은 내 머릿속에서 떠나지 않을 것이고, 2시간 내내 나는 고문을 당하는 것 이상으로 괴로울 것이다.

효준의 마음속에서 헛웃음이 일었다.

정말 지독하군. 내게 2시간 후에 오겠다고 한 것에 그런 이유까지 포함되어 있다니. 심리적인 고문을 즐길 줄 아는 사람이 이런 곳에 존재할 줄은 몰랐는걸.

효준은 고개를 흔들었다. 처음으로 만만치 않은 사람을 만난 것 같았다.

홍민아, 훨훨 날아가라!

효준은 소리 없이 외쳤다.

7

홍민이 눈을 뜬 것은 다음 날 오후였다. 그는 아늑한 침대 위에 누워 있었다. 오랜만에 푹 쉰 것 같았다. 홍민은 편안함을 더 즐기지 않고 벌떡 일어나 주위를 살폈다. 창문이 없는 이상한 방이었다. 한쪽에는 통유리 샤워실이 있었고, 구석진 곳에 조그만 테이블과 의자가 놓여 있었다.

"뭐야? 내가 왜 이런 곳에 있는 거지?"

홍민은 그동안 하루도 편하게 잠든 적이 없었다. 불안했다. 주위엔 아무도 없었다.

"형. 형!"

홍민은 작은 소리로 효준을 불렀다. 그러나 인기척이 나지 않았다.

또…?

홍민은 두려워지기 시작했다. 무엇을 해야 할지 감이 잡히지 않았다. 마치 엄마를 잃어버린 아이처럼 그 자리에서 꼼짝할 수가 없었다. 그때 테이블 위에 놓인 종이가 눈에 띄었다. 홍민은 일어나서 조심스럽게 테이블을 향해 다가갔다. 종이에는 이렇게 씌어 있었다.

지금부터 너는 자유다!

효준의 글씨체였다. 홍민은 길게 안도의 한숨을 내쉬었다. 효준과 함께했던 날들이 주마등처럼 스쳐갔다. 홍민은 그동안 효준과 체력 훈련부터 달리기, 총 쏘기, 칼 던지기, 수영 등등 많은 훈련을 했었다. 특히 달리기는 산속에서 이루어졌는데 평지에서 100m를 달리는 것과 비슷한 기록을 내야 했다.

그래도 가장 힘들었던 훈련은 바로 수영이었다. 통과하는 데 가장 오랜 시간이 걸린 것도 수영이었다. 홍민은 깊고 넓은 강 한가운데에 내던져져 10km 이상을 헤엄쳐야 했다. 그것도 일반 수영 선수의 기록보다 더 빠른 시간 안에 목표 지점에 도착해야 했다. 효준이 머리를 써서 자신이 납치되는 계획까지 세운 것은 홍민이 좀처럼 시간을 앞당기지 못해서였다. 그러나 어쨌든 분명한 것은 홍민이 모든 훈련을 좋은 기록으로 통과했다는 사실이었다. 그 훈련이 앞으로 어떻게 쓰일지는 홍민 자신도 모르는 일이었지만.

홍민은 자신이 있는 곳이 어딘지 궁금해져서 조심스럽게 문을 열고 나갔다. 좁은 복도와 방문들이 보였다. 바닥에는 붉은 융단이 깔려 있었다.

"배잖아. 그런데 흔들림이 없어."

홍민은 복도를 지나 계단으로 올라갔다. 햇빛이 강하게 그의 눈을 찔렀다. 홍민은 손으로 햇빛을 가리고 주위를 둘러보았다. 배는 바다 한가운데를 지나가고 있었다. 이상한 예감이 번뜩이며 일어났다. 강한 혹을 맞은 것처럼 숨을 쉴 수 없을 정도였다.

홍민은 점차 두려워지기 시작했다. 갑판에는 아무도 없었다. 홍민은 조종실 쪽으로 고개를 돌렸다. 그쪽 역시 아무도 없는 것 같았다. 하지만 확인은 해봐야 했다.

홍민은 조종실로 걸어가 문고리를 잡아 비틀었다. 그러다 문고리에서 손을 뗐다. 문을 열기가 두려웠다.

"거기, 누구 있습니까?"

홍민은 크게 소리쳤다. 아무런 대답도 들리지 않았다. 그는 용기를 내서 문을 열었다. 조종실 안은 텅 비어 있었다.

"누구 없어요?!"

아무도 없었다. 홍민은 배 안에 자신밖에 없다는 것을 알았다.

이 배는 도대체 어디로 가고 있는 것일까.

홍민은 운전대 쪽으로 다가갔다. 쪽지가 보였다. 불안했다. 홍민은 마른 침을 삼키고 쪽지를 읽었다.

네가 이 쪽지를 읽을 때쯤엔 바다 위에 있을 것이다. 우리는 두 번 다시 만나지 못하겠지. 너와 함께 지내면서 한국에 대한 이런저런 소식을 들을 수 있어서 기뻤다.

중국에 도착하면 북한 요원들이 널 기다리고 있을 거야. 너도 알다시피 지금까지 너를 훈련시킨 것은 모두 널 남파 공작원으로 만들기 위해서였다. 그러나, 홍민아. 너는 중국에 도착하는 즉시 한국 대사관으로 가라. 네 실력이라면 북한 요원들을 따돌릴 수 있을 거야. 그래야만 넌 다시 조국으로 갈 수 있어.

부탁 하나 하자. 이 쪽지는 읽고 바로 없애주길 바란다. 그리고 조국으로 돌아가거든 우리 가족을 만나서 난 잘 있다고 전해 줘. 부디 몸조심하기를.

역시 효준의 글씨체였다. 쪽지를 다 읽은 홍민은 그 자리에 풀썩 주저앉았다.

집으로 돌아갈 수 있다. 집으로. 11년 만이다.

감정이 북받쳐 올랐다. 눈물이 흘렀다.

한국에 가려면 많은 일들을 겪어야 할 것이다. 그래도 갈 수 있는 길이 열렸다. 모두 효준 덕분이다. 그의 말대로라면 중국에 도착할 때까지 안전할 것이다. 편안하게 기다리면 된다. 편안하게.

8

홍민은 한없이 넓고 큰 바다 위를 유유히 헤쳐 나가는 배의 난간에 섰다. 햇빛을 받은 바닷물이 반짝반짝 빛이 났다.

홍민은 구명조끼를 찾아 입고 뒤쪽으로 걸어갔다. 보다 멀리 뛰기 위해서였다. 적당한 위치에서 걸음을 멈춘 홍민은 갑판 위를 내달리다가 훌쩍 몸을 날렸다. 마치 새처럼 날아오르던 홍민은 곧 바다 위로 떨어졌다.

홍민은 손목시계의 타임 버튼을 눌렀다.

훈련이다, 실전과도 같은. 이번에는 시간 내에 도착할 수 있을 것이다.

하지만 지금까지 강물에서만 연습을 한 터라 바다는 익숙하지 않았다. 강물에 비해 파도가 거셌고, 짠 바닷물이 입으로 들어와 신경이 쓰였다.

괜찮으려나…?

홍민은 힐끗 구명조끼를 보았다. 그것 때문에 움직임이 자유롭지 못했다. 하지만 바닷물에 익숙해지기 위해 입은 것이었다. 답답해도 참아야 했다.

"힘을 빼! 앞으로 나아가기 위해서는 힘을 비축해야 한다!"

효준의 목소리가 들리는 듯했다. 홍민은 힘차게 팔을 젓기 시작했다. 배는 사라지고 없었다.

앞으로 나아가야 한다. 시간은 계속 흐르고 있다.

그러나 홍민은 제대로 가고 있는 것인지 확신이 서지 않았다. 팔을 뻗고 다리를 차며 물살을 가르고는 있지만 의욕은 점점 더 약해졌다. 해는 서서히 떨어지고 있었다. 시계의 나침반을 따라 가고는 있지만 육지에 도착할 수 있을지는 의문이었다.

홍민은 바다에 누워 지는 해를 바라보았다.

"여기는 서해니까 해를 등져야 해."

언젠가 효준이 말했었다. 길을 잃었다면 자연에 의지하라고.

그러니까 이쪽이야!

홍민은 뭔가 대단한 발견을 한 것처럼 뿌듯해졌다. 다시 팔을 뻗었다. 불안했던 마음이 잡혔다.

정신 똑바로 차리자!

극한의 훈련도 마친 그였다. 목적지를 모른다는 것, 강이 아닌 바다라는 것, 조금은 구명조끼에 의지해야 한다는 것만 빼면 조건은 훈련할 때와 비슷했다. 그러나 이 세 가지 다른 점 때문에 계획이 틀어질 수 있었다. 여기서 흔들리면 모든 것을 날려버릴 수도 있었다.

홍민은 모든 잡념을 떨쳐버리려고 애썼다. 어느덧 마음이 편안해졌다. 바람 없는 날의 물결처럼. 홍민은 자세를 바꾸고 차분하게 헤엄을 치기 시작했다.

9

은혜는 자신의 눈을 의심했다. 이럴 수는 없었다. 중국으로 가라는 달콤한 이야기가 역시나 거짓말이었다니. 희망은 또다시 아득하게 멀어졌다. 가녀린 은혜의 고개가 아래로 떨어졌다. 틀어 올렸던 긴 머리도 흐트러졌다. 은혜의 마음처럼.

다시, 관리관에게 가볼까?

은혜는 고개를 세게 흔들었다.

그건 싫었다. 그렇다고 이대로 포기할 수는 없었다. 9년을 하루같이 기다려왔다. 이곳을 벗어날 수 있는 날이 오기를. 지금까지 살아올 수 있었던 것도 이곳을 벗어날 수 있다는 희망이 있었기 때문이었다.

은혜는 자리에서 일어났다. 어떻게든 이곳을 벗어날 방법을 찾아야만 했다.

"요코."

은혜는 노크를 하고 요코의 방문을 열었다. 요코의 방에는 갖가지 자수들이 걸려 있었다. 아름다웠다. 지금도 요코는 침대에 앉아 자수를 놓고 있었다.

"뭐 해?"

은혜는 요코가 무엇을 하고 있는지 알면서도 물었다. 요코는 빙긋 웃으며 은혜에게 들어오라고 손짓했다. 은혜가 방으로 들어가자 요코는 수놓은 것을 보이며 말했다.

"이거, 네가 중국으로 가는 기념으로 주는 선물. 여기선 내가 해줄 수 있는 것이 없잖아, 이것밖엔."

"하지 마, 이런 거. 자꾸 눈이 나빠지는 것 같다며."

은혜는 괜히 요코에게 퉁퉁거렸다.

"무슨 일, 있어?"

요코는 손에 들고 있던 자수를 침대 위에 놓고 은혜를 의자에 앉혔다. 그녀는 은혜의 마음이 흔들리고 있다는 것을 알았다. 아주 작은 변화도 그녀는 쉽게 눈치를 챘다.

"왜 그래? 말해 봐."

은혜는 쉽게 입을 열지 못했다. 그녀보다 더 오랜 시간을 이곳에서 보낸 요코였다. 이 이야기를 하면 요코는 분명 투정부리는 거라고 생각할 것이었다. 집에 갈 수 있다는 희망만 있다면 그까짓 시간쯤은 상관없지 않느냐고 말할 것이었다. 분명했다.

은혜는 자신을 빤히 쳐다보고 있는 요코를 바라보다 자리에서 일어났다.

"미안해."

그리고 은혜는 밖으로 나가버렸다.

"은혜야!"

요코가 뒤따라 나왔다. 하지만 은혜는 모른 척 현관문을 열고 나갔다. 요코는 은혜의 방문 앞에 서서 노크를 했다. 아무도 없는 방이었지만 노크하고 들어가는 것이 예의였기 때문이었다. 요코는 깔끔하게 정돈된 은혜의 방 책상이 어지럽혀져 있는 것을 보았다. 서류가 찢겨져 있는 것도 보였다.

지금 은혜를 괴롭히는 것이 있다면 분명 중국에 가는 것과 관련 있을 것이다.

그것은 굳이 깊게 생각하지 않아도 알 수 있는 일이었다. 요코는 책상 위에 흐트러져 있는 서류를 정리했다. 한쪽에는 찢겨진 서류 조각들을 옮겨놓고 이리저리 맞춘 후 글씨를 읽어나갔다.

공화국에서 3년간 요원 훈련을 요함.

더 이상은 읽을 필요가 없었다. 은혜가 이곳에 온 지 햇수로 벌써 9년째. 그 시간을 어떻게 견뎠는지 요코는 잘 알고 있었다. 그런 은혜에게 3년은 너무 가혹했다. 돌아갈 곳이 없는 자신은 어떻게 되든 상관없지만 은혜는 너무나 많은 것을 잃은 아이였다. 요코는 밖으로 나갔다. 느낌이 좋지 않았다.

10

은혜는 지붕 위에 올라가 있었다. 초대소 근처도 마음대로 갈 수 없는 그녀였다. 어디를 가려면 반드시 지도원에게 허락을 받아야 했다. 보이지 않는 철장에 갇힌 신세였다. 이곳에서의 생활은 아픔과 슬픔뿐이었다.

은혜는 담벼락에 기대앉아 자신의 몸 위로 쏟아져 내리는 태양빛을 바라보았다. 그 빛에 아픔과 슬픔이 빨래처럼 말라버렸으면 좋겠다고, 은혜는 생각했다.

"은혜야."

요코가 지붕 밑에서 은혜를 불렀다.

"거기 있는 것 다 알아. 대답하지 않아도 돼."

"나는, 요코. 아무 잘못도 하지 않았어."

요코도 담벼락에 기대앉았다. 은혜는 바로 위에 있었다.

"응, 아무 잘못도 하지 않았어."

"그런데 왜 나한테는 이런 일들만 생기는 거지? 납치되고, 갇히고, 억류되고…. 다른 사람들한테는 일어나지 않는 일이 나한테만 일어나 억울해 죽겠는데, 그나마 이곳에서 벗어날 수 있는 기회가 생겼는데, 그런데…."

울먹이는 소리가 들렸다. 요코는 아무 말도 하지 않은 채 은혜의 말을 들었다. 그것이 요코가 할 수 있는 유일한 일이었다.

"왜 자꾸 기다리라는 건데! 왜 또 뭔가를 배우지 않으면 안 되는 거냐고!"

은혜는 한참을 울었다. 그날, 그 저주스러운 저녁이 아직도 은혜를 옭아매고 있었다.

"난 믿었어! 열심히 공부하면 집에 보내준다고 해서 열심히 배웠어! 기다리면 집에 보내준다고 해서 기다렸어! 그런데 왜 또 기다리래! 왜!"

은혜의 목소리는 분노에 차 있었다. 요코는 일어서서 지붕을 올려다보았다. 은혜가 지붕 위에 서 있었다. 요코의 느낌은 정확하게 맞아떨어졌다.

"은혜야! 위험해!"

은혜가 한 발짝씩 앞으로 움직였다. 요코는 사다리 쪽으로 달려갔다.

"요코, 난 더 이상 기다릴 수 없어. 너무 힘들어."

요코가 은혜를 쳐다보았다. 눈이 마주쳤다. 은혜의 눈동자가 흔들렸다. 요코는 사다리를 움켜잡았다. 은혜가 요코를 향해 미소를 지으며 말했다.

"정말 다행이야, 요코. 고소공포증 때문에 네가 올라오지 못해서. 부탁이야. 날 막지 마."

요코의 손이 부르르 떨렸다. 요코는 오른쪽 발을 사다리에 올렸다. 온몸이 뻣뻣하게 굳었다. 그러나 올라가지 않으면 은혜를 구할 수 없었다. 요코는 식은땀을 흘리며 한 계단, 한 계단 올라섰다.

빨리 올라가야 한다. 그래야 은혜를 잡을 수 있다.

요코는 있는 힘을 다해 올라갔다. 은혜는 지붕 끝자락에 거의 떨어질 듯 서 있었다.

"은혜야!"

요코가 외쳤다. 은혜가 뒤를 돌아보았다. 다시 눈이 마주쳤다. 요코는 재빨리 달려가 은혜에게 손을 내밀었다.

"은혜야, 이리 와. 응?"

요코는 최대한 침착하게 말했다. 은혜가 고개를 저었다.

"은혜야, 제발."

"미안해. 더는 살아갈 희망도, 이유도 없어."

힘없이 말을 건넨 은혜가 앞으로 몸을 숙이려 했다.

"그럼, 난! 너 죽으면 난, 나는!"

요코는 바닥에 주저앉아 눈물을 흘렸다.

"너한테는 미안한 일이지만, 네가 절망에 빠져서 이곳에 왔을 때, 얼마나 기뻤는지 몰라. 난 더 이상 혼자가 아니니까. 함께 지낼 수 있는 친구가 생겼으니까. 날 욕해도 할 수 없어. 아주 오랫동안 이곳에 있으면서 나와 같은 또래를 만났다는 게 내겐 정말…. 그래, 네 희망은 이곳을 탈출하는 거였지만 내 희망은 너였어, 은혜야."

앞으로 나아가려던 은혜의 발이 멈칫했다.

"나에겐 희망이 없었어. 그런데 네가 온 뒤부터 달라졌어. 네가 웃으면 나도 즐거웠고 네가 울면 나도 슬펐어. 네가 중국에 간다고 기뻐했을 때 나도 기뻤어. 그래. 한편으로는 안타까웠지. 내 희망이 떠나는 것이니까. 그러나 단지 떠나는 것뿐이라고 생각을 바꿨어. 그건 죽는 것과는 달라. 살아 있으면 언젠가는 만날 수 있어. 하지만 죽으면 더 이상 널 볼수 없잖아. 희망이 사라지잖아. 내가 희망을 잃지 않게 도와줘, 제발."

"너의 희망이 되어 살아달라고?"

요코는 고개를 끄덕였다.

"내 희망이 죽은 이곳에서?"

"그래, 은혜야. 날 위해."

"너도 알지? 나는 참 이기적인 애야. 미안해. 네 부탁을 들어줄 수 없어. 내가 너의 희망이었다는 말, 고마워. 하지만 내 희망을 잃은 지금, 너의 희망이 될 자신도, 생각도 없어."

은혜의 몸이 다시 기울었다. 요코는 재빨리 손을 내밀어 은혜의 한쪽 팔을 잡았다. 은혜는 세차게 요코의 손을 뿌리쳤다.

"이것 봐, 요코!"

"안 돼. 싫어."

요코는 안간힘을 다해 은혜를 붙잡았다.

"희망은 사라진 게 아니야. 너 스스로 놓으려는 거지! 기다릴 수 있잖아! 겨우 3년이야. 열심히 노력하면 되잖아!"

"뭐?"

"나는 너처럼 희망을 놓지 않을 거야. 그러니까 넌, 내 앞에서 죽을 수 없어!"

은혜는 길게 뻗은 오른쪽 다리를 슬그머니 내려놓았다. 힘이 빠진 요코가 바닥에 주저앉아 소리쳤다.

"너도 나처럼 희망을 놓지 마! 부탁이야."

"하지만 3년…."

요코가 은혜의 말을 가로챘다.

"단지 시간일 뿐이야. 열심히 노력해서 3년을 1년으로 단축시키면 돼."

은혜의 몸이 휘청거렸다. 요코의 말에 충격을 받은 듯했다. 요코는 은혜의 팔을 잡아끌어 앉혔다.

"넌 나보다 늦게 왔지만 나를 앞질렀어. 지도원들이 원하는 대로 아주

짧은 시간 안에. 그러니까 이번에도 그러면 돼. 너라면 할 수 있어."

은혜는 요코를 가만히 안아주었다. 눈물이 볼을 타고 흘러내렸다.

"미안해, 요코. 그리고 고마워."

요코도 은혜를 껴안고 등을 토닥였다.

11

밤이 되었다. 은혜는 요코의 방에 들어가 침대에 누운 요코를 바라보았다. 고소공포증이 있으면서도 자신을 살리기 위해 지붕 위로 올라온 요코였다.

"그만 자."

은혜가 부드럽게 말했다.

"바다에 잠깐 다녀올게. 걱정 마. 네가 우려하는 일, 안 할 테니까. 약속할게."

요코가 고개를 끄덕이고 돌아누웠다. 그녀는 이내 잠이 들었다. 은혜는 문소리가 나지 않게 조심조심 요코의 방을 나왔다.

밖은 매우 어두웠다. 초대소에서 가까운 바다까지 가는 길은 세 갈래였다. 오솔길에 난 작은 길, 사람들이 드나드는 큰 길, 그리고 은혜와 요코만이 아는 지름길. 은혜는 지름길을 택했다. 혼자 조용히 바다를 보고 싶었다. 자신의 고향 바다와 맞닿아 있는 바다를.

12

얼마나 지났을까. 마침내 홍민은 해가 떨어진 어두운 바다 절벽에 다다랐다. 홍민은 가쁜 숨을 헐떡이며 땅 위로 올라섰다. 시계를 봤다.

5시간 43분.

"후우."

홍민은 길게 숨을 내쉰 후 구명조끼를 벗었다. 그리고 기특하다는 듯 토닥거렸다. 힘들면 구명조끼에 의지해 잠깐 누워서 숨을 고르고, 목이 마르면 구명조끼에 매달아두었던 물통을 열고 목을 축였다. 솔직히 구명조끼가 없었다면 여기까지 오지 못했을 거라고, 홍민은 생각했다.

홍민은 물병을 흔들어보았다. 다행히 물이 남아 있었다. 홍민은 바닷물에 절어 쪼글쪼글해진 손가락으로 뚜껑을 열고 벌컥벌컥 들이켰다. 피곤이 조금은 가시는 듯했다. 홍민은 고개를 돌리고 주변을 살펴보았다. 초소는 없었다. 해변을 순찰하는 군인도 보이지 않았다. 홍민은 조금 높은 곳으로 올라갔다. 저 멀리 산 능선 아래로 불빛이 보였다. 그쪽에 마을이 있는 것 같았다.

"방향은 남서쪽이 맞는데."

홍민은 시계의 나침반을 보며 위치를 가늠했다. 그런 다음 구명조끼에 주렁주렁 매달고 온 비닐봉투들을 풀었다. 비닐로 꽁꽁 싼 옷과 신발, 칼과 빵, 쿠키 등이 쏟아져 나왔다. 홍민은 옷을 갈아입고, 신발을 갈아 신었다. 젖은 옷과 신발은 모래 속에 파묻었다. 홍민은 빵을 한 입 베어 물고 마을로 향하는 작은 길을 뛰어갔다. 문득 악몽과도 같은 지난 일들이 떠오르기 시작했다.

13

유난히 푸른 쪽빛 바다였다. 홍민은 자전거로 모래사장을 달리며 명사십리 바다를 바라보았다. 망주봉 주변에는 거대한 하얀 규사 모래사장이 펼쳐져 있었다. 언제 봐도 질리지 않는 풍경이었다.

오늘, 여기서 일생일대의 경주가 벌어질 것이다.

홍민은 웃음을 머금고 자전거 페달을 밟았다.

"준비, 확실하지?"

언제 따라왔는지 진수가 홍민의 어깨를 쳤다.

"당연하지. 올해도 이길 테니까 맡겨둬."

홍민이 다짐하듯 말했다. 둘은 힘차게 페달을 밟으며 신나게 모래사장을 달렸다. 시원한 바닷바람이 얼굴을 할퀴었다.

선유도의 8월은 마을별 겨루기가 가장 심할 때였다. 해수욕장을 찾는 이들이 많아 마을 사람들은 어떻게든 이 기회에 한몫 챙기려 했다. 윗마을 사람과 아랫마을 사람이 서로 장사하기 좋은 자리를 차지하려다 다투는 일도 심심치 않게 일어났다.

선유도 아이들이 1년 동안 기다리는 경기도 이때 열렸다. 이름 하여 뗏목 젓기. 경기에서 이기는 마을에는 부상으로 관광객들에게 인기 있는 아이스케이크와 찹쌀떡을 팔 수 있는 권리가 주어졌다.

특히 올해 벌어지는 경기는 사상 최고의 경기가 될 거라는 예상이 나돌았다. 그 이유는 윗마을과 아랫마을의 자존심인 뗏목의 왕들이 나오기 때문이라는 것이었다. 홍민은 아랫마을의 뗏목 왕이었다.

오늘 밤, 모두가 힘을 합해 만든 뗏목을 탈 것이다. 내가 지면 아이들은 물론 어른들의 여름 장사도 물 건너가는 것이다. 반드시 이겨야 한다.

홍민은 자전거를 세우고 주먹을 꽉 쥐었다.

자신 있어!

홍민의 구릿빛 얼굴에 미소가 번졌다. 곧 하얀 이가 드러났다.

"마이클 잭슨이 와서 널 보면 웃다 가겠다."

뒤따라오던 진수가 홍민 옆에 멈춰 서서 말했다. 홍민의 얼굴은 유난히 검었고, 이는 유난히 하얗게 빛이 났다. 홍민은 얼마 전 미술 시간에 선생님이 명도대비를 설명하면서 들려주신 마이클 잭슨 이야기를 떠올렸다. 밝은 것은 더 밝게, 어두운 것은 더 어둡게 해주는 색 대비를 명도대비라고 했다. 마이클 잭슨의 얼굴과 이처럼.

"아니야. 너랑 날 보고 웃고 가겠지. 넌 흰둥이, 난 검둥이."

홍민이 진수에게 말했다. 둘은 웃으면서 학교로 향했다. 학교 안은 오늘 밤 있을 뗏목 경기에 대한 이야기로 시끌시끌했다.

14

해가 기울고 있었다. 일몰이 가까워오자 윗마을, 아랫마을 아이들이 모래사장에 모여들기 시작했다. 오랜만에 흥미진진한 경기를 볼 수 있을 거라는 기대감 때문인지 몇몇 어른들도 아이들 틈에 끼어 있었다.

잠시 후 진수가 바닷가에 섰다. 그의 손에는 깃발이 들려 있었다. 진수가 깃발을 흔들며 소리쳤다.

"아랫마을, 입장!"

아랫마을 아이들이 기세등등하게 1년 동안 공들여 만든 뗏목을 어깨에 메고 등장했다. 바람이 불자 소나무 가지를 엮어 만든 뗏목에 꽂아놓은 깃발이 흔들렸다. 깃발에는 아랫마을의 상징인 여왕벌 그림이 그려져 있었다.

"윗마을, 입장!"

곧이어 윗마을 뗏목도 들어섰다. 호두나무 가지로 만든 뗏목에 꽂은 깃발도 나부꼈다. 그 깃발에는 윗마을 상징인 붉은 매가 그려져 있었다.

바다 위로 달빛이 드리워지기 시작했다. 순간 기다렸다는 듯 검은 그림자가 뗏목에 올라탔다. 윗마을 아이들의 함성이 하늘 높이 울려 퍼졌다.

"와아ᅳ."

둥둥둥 북이 울렸고, 함성과 북소리가 뒤엉켰다. 뗏목에 오른 홍민이 하얀 이를 드러내며 윗마을 아이들을 향해 손을 흔들었다. 그러자 윗마을 아이들의 함성은 더욱 커졌다. 아랫마을 아이들은 멍하니 그 모습을

48

지켜볼 뿐이었다. 윗마을 아이들의 아랫마을 아이들 기세 누르기 작전이 먹혀든 것이었다.

기가 죽은 아랫마을 아이들이 이래서는 안 되겠다고 느꼈는지 뗏목을 높이 치켜들었다. 그런 다음 서로의 팔과 팔을 엮어 뗏목까지 가는 다리를 만들었다. 아랫마을 뗏목 왕인 성웅이 아이들이 만든 다리를 밟고 뗏목으로 올라섰다. 순간 아랫마을 아이들의 함성이 크게 울려 퍼졌다.

그것으로 전세는 역전되었다. 윗마을 아이들의 사기는 금방 땅에 떨어졌다. 이번 경기에서 질 것 같다는 불길한 예감이 윗마을 아이들의 머릿속을 휘저었다.

"기죽지 마! 아직 경기는 시작하지도 않았어! 나는 바다의 왕이야! 절대 지지 않아!"

홍민이 아이들을 둘러보며 소리쳤다. 믿음이 가는 당당한 목소리였다. 아이들의 마음은 어느새 경기에서 이긴 것처럼 든든해졌다.

"위치로!"

진수가 깃발을 위아래로 한 번, 좌우로 한 번 흔들었다. 곧 경기를 시작한다는 신호였다. 윗마을과 아랫마을 아이들이 뗏목을 바다 위에 올려놓았다. 도착지는 망주봉이었다.

북소리와 아이들의 함성으로 선유도 전체가 들썩였다. 어른들도 기싸움에 흥분되어 아이들과 함께 자신이 속해 있는 마을을 응원했다.

진수가 호루라기를 불었다. 그러나 함성과 북소리에 묻혀 들리지 않았다. 진수는 기다리고 있는 홍민과 성웅에게 가서 말했다.

"소리가 들리지 않으니 깃발로 신호를 보낼게. 내가 이렇게 깃발을 위에서 아래로 내리면 출발해."

홍민과 성웅은 알았다는 듯 고개를 끄덕였다. 서로를 바라보는 두 소년의 눈빛이 사뭇 날카로웠다.

진수는 두 소년이 잘 볼 수 있도록 바위 위로 올라갔다. 홍민과 성웅은 진수의 깃발을 노려보았다. 진수는 달빛이라도 뚫을 듯 하늘 높이 깃발을 치켜세웠다. 순간 북소리와 함성이 멈췄다. 숨 막히는 긴장감이 바닷가를 휩쓸었다. 진수가 호루라기를 불면서 깃발을 아래로 내렸다. 그와 동시에 우렁찬 함성이 터져 나왔다.

홍민과 성웅은 질세라 뗏목을 밀고 나갔다. 뗏목에 엎드려 바닷물에 팔을 넣고 저었다. 바다 위에는 오직 두 소년만 있었다. 누구도 도와줄 수 없었다. 오늘 경기의 승리는 당연히 끈기와 인내심이 더 강한 사람에게 돌아갈 것이었다.

홍민과 성웅은 서로를 힐끔거리며 망주봉을 향해 나아갔다. 역시 두 사람은 윗마을과 아랫마을이 왕으로 내세울 만한 기량을 갖추고 있었다.

그동안 대전 상대는 언제나 투표를 통해 뽑았고, 경기 1주일 전에 발표했다. 투표는 어떤 방식으로 하든 상관하지 않았다. 다만 아랫마을 사람은 윗마을 사람에게, 윗마을 사람은 아랫마을 사람에게 투표를 해야 했다. 그러다 보니 가장 약한 사람들이 뽑히기 일쑤였다. 당연히 경기는 흥미도, 재미도 없었다. 그래서 윗마을과 아랫마을 아이들이 모여 올해만큼은 재밌고 흥미진진한 경기를 보자고 의기투합해 뽑은 사람이 바로 홍민과 성웅이었다.

성웅이 홍민을 향해 차갑게 소리쳤다.

"너 따위한테는 안 져!"

"누가 할 소리!"

홍민도 지지 않고 맞받아쳤다. 저 멀리서 아이들의 함성과 북소리가 들려왔다.

두 소년은 윗마을 대표, 아랫마을 대표이기도 했지만 공부나 운동, 모든 면에서 라이벌이었다. 때문에 어떻게 해서는 상대에게 이기려고 입술을 깨물었다. 바닷물과 달빛이 망주봉으로 향하는 두 소년과 두 개의 뗏목을 밀어주고 있었다.

지지 않아, 절대로! 지지 않아!

홍민은 열심히 팔을 저었다. 마을을 위해서도, 자기 자신을 위해서도 절대 질 수 없는 경기였다.

어느새 홍민은 성웅을 따돌리고 앞으로 나아가기 시작했다. 성웅은 홍민의 상대가 되지 못했다. 홍민은 성웅과의 거리를 더 벌리면서 더욱더 힘차게 팔을 저었다. 성웅을 따돌렸다는 생각에 웃음이 저절로 나왔다. 조금만 더 가면 망주봉이었다. 그때였다.

"사, 살려줘!"

뒤에서 성웅의 목소리가 들렸다. 그러나 홍민은 뒤돌아보지 않았다. 콧방귀를 뀌며 앞만 바라보았다. 녀석이 분명 무슨 술수를 쓰는 거라고 생각했던 것이다. 아무도 보지 않는 곳에서는 반칙을 하고도 남을 놈이었다.

"홍… 민아!"

다급한 목소리였다. 물을 먹은 듯했다. 홍민의 마음은 반반이었다. 뒤를 돌아보느냐, 이대로 앞으로 가느냐.

잠깐 돌아보지 뭐. 잠깐.

슬쩍 고개를 돌린 홍민은 깜짝 놀라고 말았다. 성웅의 뗏목 뒤에 고래
같은 것이 서 있었던 것이다. 성웅은 무엇인가에 의해 끌려가고 있었다.

"성웅아!"

홍민은 뗏목의 방향을 돌렸다. 서둘러 팔을 저어 성웅에게로 다가갔
다. 홍민은 성웅의 뗏목에 자신의 뗏목을 갖다 붙이고 일어서서 성웅의
뗏목으로 넘어갔다. 성웅을 끌고 가는 것은 고래가 아니었다.

"자, 잠수함!"

홍민은 닫히려는 문을 힘껏 열고 안으로 들어섰다. 비좁은 계단 밑에
서 성웅의 울음소리가 들렸다.

"살려주세요! 살려주세요! 살려주시면 뭐든지 다 할게요!"

홍민은 서둘러 밑으로 내려갔다. 성웅이 발소리를 듣고 힐끗 뒤돌아
보았다. 두 소년의 눈이 마주쳤다. 홍민은 성웅 앞에 서 있는 남자에게
다가갔다.

성웅은 이제 살았다는 눈빛을 홍민에게 보내왔다. 하지만 곧 눈빛이
흔들렸다. 순간 누군가가 홍민의 머리를 방망이로 때렸다. 홍민의 의식
은 가물가물 멀어져갔다. 성웅이 자신을 향해 뭐라고 외치는 모습이 뿌
옇게 보였고, 그것을 끝으로 어둠이 찾아왔다.

15

홍민이 눈을 떴을 때, 그 앞에는 눈매가 매섭고 체격이 다부진 남자가 서 있었다. 성웅 앞에 서 있던 바로 그 남자였다. 온몸이 떨려왔다. 이 사람 앞에서는 어떤 거짓말도 통하지 않을 것 같았다.

"일어났군."

홍민이 불안한 눈빛으로 남자를 올려다보았다. 성웅은 처참한 몰골로 홍민 옆에 앉아 있었다. 성웅의 온몸은 피투성이였다.

남자가 대뜸 홍민에게 물었다.

"이놈이 가지 않겠다고 발버둥을 쳐서 말이야. 네가 이놈 대신 갈래?"

홍민은 멍하니 남자를 쳐다보았다. 남자의 말을 이해할 수 없었다. 홍민은 곰곰이 생각했다.

이 남자가 성웅에게 어디를 가자고 했는데 성웅이는 가지 않겠다고 대답했다. 그래서 화가 났고, 말을 듣지 않는 성웅이를 피투성이로 만든 것인가? 그런데 성웅이가 가지 않는다고 하니까 나에게 같이 가자고 하는 것인가? 아니면 성웅이가 자기 대신 나를 데려가라고 한 것인가?

"성웅이 말고 나를 데려가겠다는 겁니까? 아니면 성웅이가 나를 데려가라고 한 겁니까?"

홍민이 남자에게 물었다. 남자는 고개를 갸웃거리더니 갑자기 크게 웃었다.

"둘 다 아니야. 내가 마음에 두었던 녀석은 이놈이었어. 그래서 안 가겠다고 하기에 반쯤 죽여놨지. 널 데리고 가겠다니까 그건 또 절대로 안 된다고 하더군. 내가 너한테 물어본다니까 물어보지도 말고 자기를 죽이고 널 보내 달래. 근데 난 그렇게 성깔머리가 좋은 사람이 아니거든."

남자가 구석에 있는 사내에게 고갯짓을 했다. 그리고 홍민에게 말을 던졌다.

"난 네가 마음에 들어버렸어. 이 자식은 죽이고 널 데리고 간다."

남자의 지시를 받은 사내가 칼을 빼들고 성웅에게 다가갔다. 홍민은 몸으로 사내의 앞을 막았다.

"죽이려면 같이 죽여!"

성웅이 홍민의 등에 기대며 말했다.

"난 괜찮아. 상관없어. 홍민아. 난 네가 부러웠어. 내내."

홍민이 고개를 돌리자 성웅은 홍민을 밀치고 자신을 향해 날아오는 칼을 받아들였다.

"성웅아! 야, 임마! 정신 차려!"

성웅은 그대로 고꾸라졌다. 홍민이 성웅을 붙잡고 일어나라고 외쳤지만 성웅은 말이 없었다. 문 옆에 서서 그 모습을 구경하던 남자가 뚜벅뚜벅 걸어왔다. 남자는 홍민 앞에 앉아 성웅을 향해 손을 뻗었다. 홍민이 재빨리 성웅의 목을 움켜쥐려는 남자의 손을 쳤다. 남자의 표정이 섬뜩하게 변했다. 남자는 다짜고짜 홍민에게 주먹을 날렸다. 홍민은 엄청난 충격을 받고 고꾸라졌다. 남자는 자신의 주먹을 쓰다듬더니 성웅의 목덜미를 만졌다.

"아직 살아 있어. 다시 한 번 묻지. 이 아이를 대신해서 날 따라가겠나? 아니면 둘 다 이곳에서 죽을 텐가?"

홍민의 눈에서 눈물이 흘러내렸다. 어떤 선택을 하든 홍민은 자신의 집으로 돌아갈 수 없었다. 그렇다면 성웅이만이라도 보내야 했다.

"성웅이를 무사히 돌려보내 준다면 당신을 따라가겠어."

"좋아. 약속하지."

남자는 일어서서 다른 사내와 함께 성웅을 끌고 나갔다.

한순간에 벌어진 일이었다. 홍민은 자신에게 이런 일이 일어날 거라고는 단 한 번도 생각해 본 적이 없었다.

도대체 저 남자들은 누구인가.

홍민은 도무지 알 수 없었다.

이제 나는 모르는 사람들의 손에 이끌려 모르는 곳으로 간다. 유난히 푸른 쪽빛 바다로 둘러싸인 선유도에서 흔적도 없이 사라지는 것이다. 윗마을 뗏목 챔피언 이홍민, 어머니의 아들 이홍민, 우등생 이홍민이 말이다.

16

북한으로 끌려온 홍민은 알 수 없는 곳에 갇혀 지냈다. 그는 아무 힘 없는 자신에게, 막강한 힘을 갖춘 사내들에게 절망했다. 무기력한 자신이 미웠다. 아무것도 먹지 못하고, 아무것도 하지 못하는 나날들이 이어졌다.

"쓸모없다고 판단되면 죽일 거라는 생각을 하고 있지? 죽으면 마음이
편할 거라고."

얼마 전부터 낯선 사내가 심심하면 방에 들어와 홍민의 신경을 건드
렸다. 홍민은 껌을 질경질경 씹어대는 사내가 영 못마땅했다. 속이 부글
부글 끓었다.

이대로 죽고만 싶은 나를 왜 자꾸 건드리는 것인가.

그러나 홍민은 입을 다문 채 아무런 내색도 하지 않았다. 사내의 말을
못들은 척하면 자신에 대한 관심을 거둘 거라고 생각했던 것이다.

"가만히 있으면 내가 입 다물고 있을 줄 알아? 천만의 말씀. 죽고 싶어
도 마음대로 죽을 수 없는 곳이 바로 여기야. 너, 혀 한번 내밀어볼래?"

사내가 말했다. 순간 홍민은 최면이라도 걸린 듯 사내에게 혀를 내밀
어 보였다. 혀를 내밀 아무런 이유가 없다고 생각했지만 몸이 말을 듣지
않았다.

"크크크, 혀 깨물기 실패."

사내가 요상한 웃음소리를 내며 홍민의 혀를 손으로 꽉 움켜잡았다.
홍민은 자신도 모르게 비명을 질렀다. 지독히 아팠다.

"아주 독한 사람이 아니고서는 죽으려고 혀를 깨물진 못해. 그럴 확률
은 거의 제로에 가깝지. 당분간 퉁퉁 불어서 아플 거야."

"사람 그만 놀리고 나가세요!"

홍민은 더 이상 참지 못하고 소리쳤다.

"말할 줄 아네. 난 또 벙어리를 데리고 온 줄 알았지."

홍민은 적의에 찬 눈으로 사내를 노려보았다. 사내는 낄낄거리며 문 쪽으로 걸어갔다. 그러다 무슨 생각이 들었는지 뒤돌아서서 홍민에게 뭔가를 던졌다.

"너, 맘에 들었어. 자, 받아."

홍민은 엉겁결에 사내가 던진 것을 받았다. 사내는 뱀처럼 웃더니 문을 열고 나갔다. 발소리와 함께 낄낄대는 웃음소리도 멀어져갔다. 홍민은 손에 든 것을 펴보았다.

"이건…?"

설탕이었다. 입술이 부르트거나 입속에 염증이 생겼을 때 어머니는 홍민에게 설탕을 건네며 입에 물고 있으라고 했었다. 어머니 말씀대로 설탕을 물고 있으면 통증이 금세 사라지곤 했었다.

홍민은 사내가 준 설탕을 입에 넣었다. 부풀어 올라 따가웠던 혀가 가라앉았다. 그제야 참았던 눈물이 흘러내렸다. 죽기 위해 입술을 앙다물고 있었던 것이 아니었다. 울음을 참기 위해서였다. 홍민은 갑자기 어머니가, 집이 그리워졌다. 모두 이상한 사내 때문이었다. 더 이상 참을 수가 없었다.

홍민은 문을 두드리며 꺼내달라고 고함치기 시작했다. 마음에 담아두기만 하면 병만 될 뿐이라는 사실을, 주저앉아 있으면 앞으로 나아갈 수 없다는 사실을, 이상한 사내가 이상한 방법으로 가르쳐준 것이었다.

17

홍민은 그 지옥 같은 곳에서 효준을 만난 것은 행운이라고 생각했다. 효준은 처음부터 홍민을 따뜻하게 대했다. 홍민이 지금까지 숨을 쉴 수 있는 것도 모두 그의 배려 덕분이었다. 홍민은 효준을 엄마처럼 믿고 따랐고, 또 의지했다. 그래서일까. 효준이 옆에 없으면 불안했다. 홍민은 제발 효준이 살아 있기만을 바랐다.

조금만 기다려요, 형!

홍민은 달리기를 멈추지 않았다. 조금이라도 늦으면 효준은 이 세상에 없을지도 몰랐다. 홍민의 눈은 점차 어둠에 익숙해졌다. 뭔가가 나타나지 않는 한 계속 이 속도로 달릴 수 있을 것 같았다.

그때였다. 자그락거리는 소리가 철퍽거리는 파도 소리에 섞여 들려왔다. 홍민은 그 자리에 멈춰 섰다. 소리는 가까운 곳에서 났다. 어디에도 숨을 장소는 없었다. 바다로 뛰어들면 금방 발각될 것이었다. 홍민은 마치 바위처럼 웅크리고 앉아 소리의 주인공이 사라지기를 기다렸다. 빨리. 그러나 자그락거리는 소리는 점점 더 가까워졌다.

홍민은 고개를 들고 소리 나는 쪽을 바라보았다. 작은 숲길 사이로 누군가가 조심스럽게 걸어 나왔다. 홍민은 숨을 깊이 들이마시고 멈추었다.

"저기…"

누군가가 홍민에게 말을 걸었다. 여자 목소리였다. 홍민은 튀어나오는 기침을 참을 수 없었다. 갑자기 숨쉬기를 멈춰 사레가 들린 것 같았다. 여자가 다가와 홍민의 등을 토닥였다.

"괜찮아요? 갑자기 말 걸어서 죄송합니다."

홍민은 자신의 등을 두드리는 여자를 돌아보았다. 문득 어쩌면 죽을지도 모른다는 생각이 들었다. 홍민은 재빨리 여자의 목을 팔로 휘감았다.

"주, 죽이지 마세요."

여자가 말했다. 생각보다 차분한 목소리였다. 홍민은 여자의 목을 감았던 팔에 힘이 풀리는 것을 느꼈다. 홍민의 팔에서 빠져나온 여자가 무릎을 꿇고 앉았다.

"죽이지 마세요. 전 함부로 죽어서는 안 되는 사람이거든요."

여자는 홍민을 올려다보며 애원하듯 말했다. 홍민은 여자의 간절한 눈빛을 대하자 다급해서 실수를 하고 말았다는 생각이 들었다.

"이곳에서 본 적 없는 분이라서, 이곳 분이 아닐지도 모른다는 생각에 그만."

여자가 말했다. 무슨 뜻인지 알아들을 수 없었다. 홍민은 초조해졌다. 빨리 가야 했다. 더는 지체할 시간이 없었다.

효준이 죽어가고 있다. 11년 전 성웅이 그랬던 것처럼.

홍민은 망설이지 않고 뛰어갔다. 여자가 벌떡 일어서서 홍민을 불러 세웠다.

"어디서 온 분인지, 그것만 말해 주고 가면 안 되나요?"

홍민은 여자가 미쳤다고 생각했다. 그러나 여자에게는 거절할 수 없는 무엇이 있었다. 홍민은 자기도 모르게 여자에게 말했다.

"이곳 사람, 아닙니다."

"그럼 어디서 왔어요?"

여자는 눈을 동그랗게 뜨고 홍민을 바라보았다. 홍민은 여자의 시선을 피하고 소리를 꽥 질렀다.

"도대체 뭐가 알고 싶은 거요!"

여자가 움찔했다. 그러다 이내 바다를 바라보며 말했다.

"사실, 저도 이곳 사람이 아니에요. 저 바다 건너에서 왔어요."

홍민은 여자에게 휘말리고 있다는 생각이 들었다.

"그쪽 얘기, 더 듣고 있을 시간, 없습니다."

홍민은 냉정하게 뒤돌아섰다. 여자가 홍민에게 물었다.

"여기는 아무나 돌아다닐 수 없는 곳이에요. 몰라요? 특히 밤중에 타지 사람들이 돌아다닌다는 건 상상할 수도 없는 일이죠. 신고할 수도 있어요."

홍민이 여자를 돌아보았다. 여자도 홍민을 쳐다보았다. 홍민은 고개를 갸우뚱했다.

이 여자, 지금 뭐 하자는 거지? 신고할 수도 있다고? 그럼 신고를 안 할 수도 있다는 건가?

"신고를 안 할 수도 있구요."

여자가 말했다. 마치 홍민의 마음을 읽고 있는 것 같았다. 여자는 홍민에게 다가오더니 다시 물었다.

"혹시, 지도원인가요? 우릴 감시하고 있는."

"아니요. 나도 날 감시하는 지도원이 따로 있습니다. 조금이라도 늦으면 내 지도원이 죽어요. 그래서 빨리 가야만 합니다."

"지도원을 구하려고 간다고요? 남조선에서 납북된 사람인가요?"

홍민은 고개를 끄덕였다. 신분을 밝히지 않으면 여자는 원하는 것을 알아낼 때까지 '신고'를 무기 삼아 자신을 괴롭힐 것이 뻔했다.

"나도 납치된 사람이에요. …그렇구나. 남자도 납치되는구나."

여자는 신기한 듯 홍민의 몸을 이리저리 살폈다.

"그런데 이 짐들은 뭐예요?"

"미안하지만 이러고 있을 시간, 없습니다. 내가 가지 않으면 내 지도원이…."

순간 여자가 느닷없이 키스를 해왔다. 홍민은 너무 놀라 여자에게서 떨어졌다. 여자의 눈빛이 싸늘해졌다.

"24시간 내내 자신을 감시하는 악독한 지도원을 구하러 간다고요? 말이 된다고 생각해요?"

홍민은 자신이 왜 이런 여자와, 이런 곳에서 대화를 나누고 있는지 알 수 없었다. 그러나 어쨌든 이곳에서 벗어나기 위해서는 여자를 이해시켜야 했다. 죽일 수는 없으니까.

"내 지도원은 나처럼, 그리고 당신처럼 납치된 사람입니다. 그 사람이 없었다면 난 여기 이렇게 서 있을 수 없었을 겁니다. 나를 돌려보내기 위해 자신의 목숨까지 버리려는 사람입니다. 어떻게 모른 척할 수 있습니까?"

홍민의 말에 여자가 흠칫 놀랐다.

"그 지도원이 어디 잡혀 있는지 아세요?"

여자가 물었다. 홍민은 힘없이 고개를 저었다.

"모릅니다. 일단 마지막으로 본 곳에 가서 조사하고…."

여자는 또다시 홍민의 말을 가로챘다.

"어디 있는지도 모르면서 가는 거, 너무 무모하지 않나요? 더군다나 아무런 계획도 없이."

"시간이 없어요."

"급하다고 서두를수록 실수가 많아지는 법이죠. 제가 길을 가르쳐줄 게요. 대신…."

여자가 말을 멈추고 홍민을 빤히 쳐다보았다.

"나보다 먼저 이곳을 빠져나간다면, 집으로 돌아가게 된다면 우리 부모님을 찾아가 걱정 말고 있으라는 말, 전해 줄래요?"

여자의 눈가가 촉촉해졌다. 홍민은 고개를 끄덕였다.

"네. 그럴게요."

"꼭이요."

"네. 약속하죠."

여자는 홍민에게 단추를 건넸다. 그러고는 홍민에게 이 근처에 사람을 가둘 만한 곳이 어디 있는지, 자신의 고향집이 어딘지 알려주었다.

"어떻게 그렇게 잘 아느냐는 표정이네요. 내가 갇혀 있었던 곳이니 당연한 것 아니겠어요?"

여자가 말을 마치고 싱긋 웃었다. 참 예쁘고 단정한 여자라고, 홍민은 생각했다.

"고맙습니다."

홍민은 진심을 담아 말했다. 여자가 고개를 끄덕이며 바다를 바라보았다.

"여긴 나 혼자밖에 없습니다. 나는 바다와 이야기를 하는 것뿐이에요."

홍민은 그 말이 잘 가라는 인사임을 알았다. 여자가 건넨 단추를 주머니에 넣은 홍민은 바다를 보고 있는 여자에게 짧게 목례를 했다. 그러고는 여자가 가르쳐준 곳을 향해 뛰어갔다. 홍민은 여자가 준 정보 덕분에 시간을 줄일 수 있을 거라고 생각했다. 거짓인지 아닌지는 모르지만.

홍민은 여자를 믿어보기로 했다. 그런 눈빛으로 거짓말을 할 수 있는 사람을 본 적이 없으니까. 조금만 더 가면 효준이 있는 곳이 나올 것이었다. 조금만 더 가면.

18

물도, 먹을 것도 주지 않았다. 효준은 곧 죽을 사람이었다. 그런 효준에게 무언가를 베풀 인간들이 아니었다.

효준은 10시간 가까이 꼼짝 않고 의자에 앉아 있었다. 온몸이 뻐근했다. 일어날 수도 없었지만 조금이라도 자세를 흐트러뜨렸다면 이미 죽었을지도 모를 일이었다. 시험 같은 시간이 계속되고 있었다.

발자국 소리가 들렸다. 조금 명쾌했다. 그 남자는 아니었다.

지금쯤 홍민이가 중국에 도착하지 않았다는 걸 확인했겠지.

효준의 입에서 웃음이 새어 나왔다. 참을 수가 없었다. 효준이 웃음을 터뜨리는 동안 문이 열리고 명쾌한 발자국의 사내가 저벅저벅 걸어 들어왔다. 사내는 효준의 눈에 감겨 있는 붕대를 풀고, 몸을 의자에 묶어 놓았던 밧줄을 풀었다.

오랫동안 빛을 보지 못한 효준은 쉽게 눈을 뜰 수 없었다. 효준이 간신히 눈을 뜨는 순간 기다렸다는 듯 사내가 몽둥이로 효준의 배를 후려쳤다. 효준은 고통스러운 신음을 내뱉으며 바닥에 고꾸라졌다. 눈부심이 가시자 사내의 얼굴이 눈에 들어왔다.

저 사내는 냉정하고 깔끔한 그 사람이 아니다. 그저 사람 때리는 것을 좋아하는 단순무식한 인간일 뿐이다.

남자는 정신없이 효준을 두들겨 팼다. 그러다 몽둥이로 때리는 것이 재미없어졌는지 구둣발로 효준의 손과 발을 짓이겼다. 바닥은 지독히 차가웠다. 그때 투닥투닥, 귀에 익은 발자국 소리가 들렸다. 효준은 그 남자가 다가오고 있다는 것을 알았다. 그러자 견딜 수 있었던 사내의 발길질이 아파오기 시작했다. 온몸이 딱딱하게 굳어왔다.

문이 열리고 그 남자가 들어왔다. 효준을 때리던 사내가 발길질이 멈추고 남자에게 꾸벅 인사를 했다. 사내는 남자가 손짓하자 밖으로 나가버렸다. 남자는 효준 앞에 의자를 갖다놓고 앉았다. 효준은 바닥에서 일어나려고 안간힘을 썼다. 냉정한 남자의 분위기에 휘말려서는 안 된다는 생각에서였다.

"일어나지 말고 그대로 누워서 내 말 들어."

하지만 효준은 억지로 일어나 바닥에 앉았다. 남자의 냉정함을 무너뜨리고 싶었기 때문이었다. 효준은 몸을 가누고 남자를 보았다. 생각했던 그대로였다. 남자는 마치 흰 도화지 같은 얼굴을 하고 있었다. 아무런 감정도 엿볼 수 없었다. 누가 봐도 냉정한 얼굴이었다. 효준은 애써 가물가물 멀어지려는 정신을 바로잡았다.

남자가 말했다.

"네가 시간을 벌려고 수작을 부리고 있었다는 것쯤은 알고 있었어. 어느 정도 시간이 지나면 네가 본 모습을 보일 거라는 것도 말이야."

효준은 피식 웃었다.

"웃을 여유가 있을까? 김홍민이 탄 배를 폭파시켜 버렸는데."

효준의 입가에서 웃음이 가셨다. 그는 멍한 눈으로 남자를 바라보았다. 이 땅에서 탈출시키기 위해 중국으로 보낸 홍민이 죽었다니.

"거짓말하지 마! 녀석이 왜 죽어! 왜!"

남자는 바위처럼 꿈쩍도 하지 않고 효준을 지켜보았다.

"이유를 말해 줄까? 잡혀온 주제에 탈출을 꿈꾸었기 때문이야. 그래서 벌을 받은 것이지."

남자가 자리에서 일어났다. 효준은 밖으로 나가려는 남자를 붙잡았다.

"날 죽여. 죽이고 가."

"난 지금까지 내 손에 피를 묻힌 적이 없어. 그건 내 일이 아니라 다른 사람의 일이거든. 그들은 내가 누군가를 죽이라면 죽이고, 살려두라고 하면 살려두지."

남자는 웃어본 적이 없어 보이는 얼굴을 실룩였다. 섬뜩했다. 마치 악마의 얼굴 같았다. 남자는 잠시 효준을 쳐다보더니 나가버렸다.

홍민이 죽었다고?

믿기지 않는 일이었다. 효준은 그제야 벽에 걸린 시계를 보았다. 마음속으로 10시간은 지나 있을 거라고 생각했지만 실제로는 8시간이 지나 있었다.

"홍민아!"

홍민은 아직 죽지 않았다. 살아 있었다. 1시간은 더 걸려야 중국에 도착할 수 있을 것이었다.

남자는 효준의 마음을 흔들어놓기 위해 정신적인 고문과 육체적인 고문을 함께 가한 것이다. 남자의 의도는 성공했다. 결국 남자에게 홍민을 중국으로 보낸 것이 요원으로 만들기 위해서가 아니라 집으로 돌려보내기 위해서라는 사실을 실토한 셈이니까.

이제 홍민이 탄 배는 폭파될 것이고, 홍민은 배 안에서 혼자 쓸쓸히 생을 마감할 것이다.

남자는 그 일을 미리 효준에게 알려주기 위해 온 것이었다.

효준은 절망했다. 홍민을 탈출시키기 위해 떠웠던 마지막 승부수도 실패로 돌아갔다. 이제는 스스로 목숨을 거두는 수밖에 다른 방법이 없었다.

"미안하다, 홍민아."

효준은 주위를 둘러보았다. 사방이 벽이었다.

머리가 깨지면 숨도 끊어질 것이다.

효준은 비틀비틀 걸어가 벽에 머리를 박기 시작했다. 이마가 깨졌고,

깨진 이마에서 피가 흘러내렸다. 깨끗하게 한 번으로 끝낼 수도 있었지만 효준은 그렇게 하지 않았다. 홍민에게 미안했기 때문이었다. 홍민이의 몸은 바다 한가운데에서 갈기갈기 찢어져 흔적도 없이 흩어질 것이었다. 그에 비하면 머리가 짓이겨지는 것쯤은 아무것도 아니었다.

쿵쿵쿵쿵.

효준 계속 머리를 박아댔다. 피가 벽에도, 효준의 옷에도 튀었다. 그러다 효준은 마침내 의식을 잃고 말았다.

19

"형. 눈을 떠 봐요. 형!"

홍민의 목소리가 들렸다. 효준은 깜짝 놀라 눈을 떴다. 홍민이 효준을 안고 있었다.

"형! 괜찮아요?"

효준은 생각했다. 홍민이 보이니 분명 자기는 죽은 것이라고.

"홍민아. 미안하다."

"아니에요. 아니에요."

홍민의 눈에서 눈물이 흐르고 있었다. 효준은 눈물을 닦아주려고 힘겹게 손을 들었다. 그때 냉정한 남자의 목소리가 들렸다.

"결정했나?"

"예. 형을 보내주십시오. 제가 남아 있겠습니다."

"그때와 똑같은 결정을 하는군. 맘에 들어."

"약속은 꼭 지켜주십시오. 형이 무사히 집으로 돌아간다면 남조선 신문에 대문짝만 한 기사가 나겠죠. 그 신문을 구해서 저에게 보여주십시오."

"알았다."

잠시 후 둔탁한 발자국 소리에 이어 문이 닫히는 소리가 났다. 효준은 눈을 동그랗게 뜨고 물었다.

"홍민아. 여기가 어디야?"

"북조선."

"북조선이라고? 우리가 죽은 게 아니라고?"

"죽긴 왜 죽습니까!"

효준은 손을 뻗어 홍민의 팔을 잡았다. 얼굴도 만졌다. 느껴졌다. 홍민의 팔의 감촉과 눈물 모두. 살아 있었다. 그 자신도, 홍민도. 효준은 일어나 앉아 홍민을 바라보았다.

"그런데 무슨 말이냐? 약속을 지키라니!"

"왜 쓸데없는 짓을 해서 사람을 고생시킵니까? 이렇게 하면 내가 기뻐할 거라고 생각했습니까? 그리고 내가 죽었으면 어떡할 뻔했습니까? 이번엔 형이 집으로 갈 차례입니다."

홍민은 말을 마치고 자리에서 일어났다.

"홍민아!"

"건강하십시오."

홍민은 꾸벅 고개를 숙이고 문 밖으로 나갔다. 효준은 일어서려고 안간힘을 썼다. 하지만 몸이 말을 듣지 않았다.

"홍민아! 홍민아!!!"

효준은 굼벵이처럼 기어가 문을 두드렸다. 그러나 아무 소리도 들려오지 않았다. 그의 목소리만이 빈 방 안에 울려 퍼질 뿐이었다.

후회한다. 너를 만난 것도, 너를 훈련시켜서 돌려보내려고 한 것도. 내가 살자고 했던 일이 아니야. 널 중국에 보내면 집으로 돌아갈 길이 열리니까, 난 가지 못해도 넌 갈 수 있으니까, 그러자고, 널 처음 만났을 때부터 그러자고 마음먹었었어.

효준은 무너지듯 주저앉았다. 이번만큼은 냉정해질 수 없었다. 오랫동안 준비해 온 계획이 한순간에 물거품이 되어버린 것이었다.

20

사람들이 효준을 들어 뗏목 위로 던졌다. 효준은 뗏목 위에 내려앉아 자신을 던진 사람들을 보았다. 그들 뒤에 무표정한 얼굴의 남자가 서 있었다. 철저한 패배였다.

"살아서 돌아갈 수 있길 바란다."

남자가 말했다. 효준은 피식 웃어보였다.

그래. 살아야지. 반드시 살아서 내 손으로 널 죽일 것이다.

효준은 홍민이 모진 고문을 당하고 있는 것은 아닌지 걱정되었다.

남자들이 뗏목을 밀었다. 효준은 꿈쩍도 하지 않았다. 고개를 들었다. 파란 하늘이 보였다. 헤어지기 전에 홍민이 말했었다.

"형, 살아야 해요. 어떻게든 살아서 집으로 가세요. 그리고 부탁할 것이 있어요. 이곳으로 오는 길에 어떤 여자를 만났어요. 그 여자도 강제로 끌려온 것 같았어요. 그 여자의 부모님을 만나 그녀가 아직 살아 있다는 사실을 전해 주세요."

얼마나 많은 사람들이 납치되었는지 효준은 짐작조차 할 수 없었다. 그러나 어쨌든 이제 할 일이 하나 생겼다. 무슨 수를 써서라도 홍민의 부탁을 들어주어야 했다.

효준은 반드시 살아서 되돌아오겠다고 다짐했다. 반드시.

21

"지금 막 이효준이 떠났다."

남자가 말했다. 홍민은 고개를 치켜들었다. 남자는 11년 전과 똑같은 표정으로 홍민을 내려다보고 있었다. 홍민은 그를 죽여 버리고 싶었다.

"살의가 가득한 눈이군. 예나 지금이나 똑같아. 그래서 네가 맘에 들어."

"똑같지 않아. 넌 내가 납치되었다는 사실을 알고 있는 두 명을 살려

70

보냈으니까."

홍민은 차갑게 내뱉고 남자의 표정을 살폈다. 정말 지독하리만치 표정의 변화가 없는 사내였다.

"넌 내가 네 말만 듣고, 그것도 두 명씩이나 살려 보냈을 거라고 생각하나?"

사내가 비웃듯이 말했다. 홍민은 더 이상 참을 수 없었다.

"야, 이 나쁜 새끼야!"

홍민은 버럭 소리를 지르며 남자에게 달려들었다. 남자는 슬쩍 몸을 피했다. 홍민은 제풀에 쓰러지고 말았다. 홍민이 이곳에서 11년이라는 세월을 버틸 수 있었던 이유는 친구 성웅을 살렸다는 사실 때문이었다. 그리고 지금 목숨을 버리지 않은 이유는 효준을 한국으로 보냈다는 사실 때문이었다.

"재미있군, 재미있어."

남자는 여전히 무표정한 얼굴로 쓰러져 있는 홍민을 주시했다. 홍민의 얼굴은 남자에 대한 적개심으로 새빨갛게 달아올랐다. 남자는 조롱하듯 코웃음을 치더니 문 쪽으로 걸어갔다. 홍민은 죽일 듯이 남자의 뒤통수를 노려보았다. 남자는 잠깐 걸음을 멈추고 뒤돌아섰다.

"왜 너는 도망칠 수 있는 기회를 버리고 되돌아온 거지? 두 번 다신 오지 않을 기회인데 말이야. 나는 네 마음을 이해할 수 없어. 어차피 너 따위에게 한 약속 같은 건 지킬 사람이 아니라는 것쯤은 진작부터 알고 있었을 텐데."

남자는 마치 읊조리듯 말했다.

홍민은 가슴이 답답해지는 것을 느꼈다.

그의 약속을 믿다니. 참으로 멍청하고 어리석은 짓 아닌가.

홍민은 결국 자신이 살기 위해 성웅과 효준을 버린 셈이었다. 피투성이가 된 성웅과 효준의 모습이 떠올랐다. 견디기 힘들었다.

"미안해, 성웅아. 죄송합니다, 형."

홍민은 천장을 바라보았다. 눈물이 나왔지만 애써 참았다. 운다고 성웅이와 효준이 살아서 돌아오는 것은 아니었기 때문이었다. 홍민은 어렸을 때처럼 멍청하게 있지는 말자고 다짐했다.

남는 시간이다. 훈련을 하자.

홍민은 팔굽혀펴기, 윗몸 일으키기 등등을 하며 몸을 단련시켰다. 효준과 하루도 빠짐없이 했던 훈련 중 하나였다.

성웅과 효준이 살려준 목숨이다. 어떻게든 살아남아 집으로 돌아가야 한다. 성웅과 효준의 부모에게라도 용서를 구해야 한다.

22

10일 뒤.

남자는 홍민 앞에 뭔가를 던졌다. 홍민은 남자가 던진 것을 집어 들었다. 신문이었다. 펼쳐들었다.

납북되었던 이효준, 15년 만에 다시 남한으로!

신문에는 효준의 얼굴과 이름이 크게 박혀 있었다.

"살아… 있다…!"

홍민은 신문을 끌어안았다. 효준은 살아서 집으로 돌아간 것이었다. 홍민은 흥분을 감추지 못하고 남자를 쳐다보았다.

"네가 11년 전처럼 멍하게 있었다면 이 사실을 알려주지 않았을 것이다. 나도 이효준이 살아 있을 거라는 생각은 하지 못했다. 거의 죽은 목숨을 뗏목에 태워 보냈으니까. 하지만 살아서 돌아갔으니 너와의 약속은 지킨 것이다."

홍민은 차가운 남자의 목소리가 한없이 따뜻하고 정감 있게 느껴졌다. 남자는 들떠 있는 홍민을 잠시 쳐다보더니 뒤돌아서서 걸어갔다. 홍민은 멀어져가는 둔탁한 발자국 소리에 대고 소리쳤다.

"고맙습니다! 고맙습니다! 정말 고맙습니다!"

홍민은 신문을 들여다보고 또 들여다보았다. 이효준이 맞았다. 기뻤다. 그러다 홍민은 문득 효준을 인솔하는 남자의 얼굴을 보았다. 홍민은 깜짝 놀랐다.

홍민은 좀 더 자세히 들여다보았다. 틀림없었다. 그 남자는, 바로 성웅이었다. 어렸을 때의 모습이 그대로 남아 있었다.

23

요리원 아줌마의 얼굴에 '그럼 그렇지.' 라는 표정이 떠올랐다. 인민군 두 명을 데리고 온 관리관이 매섭게 은혜와 요코를 쳐다보았다. 요코는 은혜 옆에 찰싹 달라붙었다.

"이 사람들, 여기 왜 온 거지?"

요코가 은혜의 귀에 대고 속삭이듯 말했다. 은혜는 고개를 저었다.

"모르겠어."

"시끄럽다!"

관리관이 소리쳤다. 요코의 몸이 떨리기 시작했다. 그 떨림이 은혜에게까지 전해져왔다. 은혜는 꿀꺽 마른침을 삼켰다. 아무 이유 없이 불안했다. 처음 있는 일이었다.

"관리관 동지, 분명 이 에미나이들 짓거리가 맞디요? 그렇디요?"

요리원 아줌마는 혀 짧은 소리를 하면서 관리관 옆으로 다가갔다. 은혜는 그녀가 이 사람들이 여기 온 이유를 아는 것 같다고 느꼈다. 하지만 그녀에게 직접 물어볼 수는 없는 노릇이었다. 그녀와 관리관의 대화에서 단서를 찾는 수밖에 없었다.

요리원 아줌마가 계속 떠들어대자 관리관이 손을 들어 그만하라는 시늉을 했다. 요리원 아줌마는 금세 입을 다물었다.

"박철영 지도원이 실종된 사건은 알고 있겠지?"

관리관이 물었다.

"네."

은혜는 짧게 대답했다. 순간 요리원 아줌마가 대놓고 코웃음을 쳤다. 그녀가 왜 이런 반응을 보이는지 은혜는 알 수 없었다. 하지만 궁금했다. 박철영 지도원은 어쩌다 실종된 것일까.

"오늘 아침, 박철영 지도원의 시체를 찾아냈다. 얼마 전 폭파시킨 건물 속에 있더군."

관리원이 말했다. 은혜와 요코는 깜짝 놀라 서로의 얼굴을 쳐다보았다. 그런데 박철영 지도원이 실종되어 죽은 이야기를 우리에게 하는 이유는 무엇일까. 은혜는 도무지 알 수 없다는 표정으로 관리관에게 물었다.

"대체 박철영 지도원이 왜 그곳에서 발견된 것입니까?"

관리관은 묘한 눈빛으로 은혜를 훑어보며 퉁명스럽게 대답했다.

"며칠 전 박철영 지도원과 함께 그 건물에 들어가는 여자를 봤다는 신고가 들어왔다."

분명 은혜를 의심하는 눈빛이었다. 은혜는 기가 막혔다. 그러나 관리관이 아무런 증거도 없이 이곳에 나타나지는 않았을 것이었다. 은혜는 먼저 이야기하는 수밖에 없다고 생각했다. 의심스러운 일은 만들지 말았어야 했다. 하지만 이미 누군가가 보았다.

은혜는 당당하게 말했다.

"박철영 지도원이 실종되기 전날, 그 건물에서 만났던 것은 사실입니다. 하지만 죽이지는 않았습니다. 죽일 이유가 없지 않습니까?"

그러자 기다렸다는 듯 요리원 아줌마가 끼어들었다.

"왜 이유가 없음? 박철영 지도원이 실종돼서 대신 중국에 가게 된 거

아님메? 그 사람의 죽음으로 가장 큰 이득을 얻게 된 동무가 범인 아니 겠음메?"

요리원 아줌마는 흥분된 목소리로 말했다. 얼토당토않은 추리였다. 은혜는 억지를 쓰는 요리원 아줌마를 노려보았다. 그녀 때문에 억울하게 누명을 쓴 사람들이 많았다. 그들은 누명이 벗겨질 때까지 관리인들에게 온갖 수모를 당했고, 고초를 겪어야만 했다.

은혜는 오들오들 떨고 있는 요코의 손을 잡았다. 요코는 자살하려는 은혜를 막아내긴 했지만 사실은 은혜보다 겁이 많았다. 무엇보다 사람들이 해코지를 하면 몹시 힘들어했다.

"끌어내!"

관리관이 뒤에 서 있는 인민군들에게 지시했다. 인민군들이 은혜 쪽으로 다가왔다. 순간 느닷없이 요코가 소리쳤다.

"내가, 내가 그랬어요. 내가 죽였다고요!"

요코를 제외한 모든 사람들이 깜짝 놀라 그녀를 바라보았다. 몇 초간 침묵이 흘렀다. 침묵을 깨뜨린 사람은 관리관이었다. 그는 갑자기 크게 웃음을 터트렸다.

"이봐. 동무가 박철영 지도원을 죽였다는 게 말이 돼?"

관리관은 요코의 몸을 위아래로 훑어보았다. 느끼한 눈빛으로. 요코는 관리관의 눈길이 징그러웠다. 마치 지렁이가 온몸을 기어 다니는 것 같았다.

"데리고 가."

관리관이 다시 지시했다. 그는 요코의 말에는 신경도 쓰지 않는 듯했다. 그러자 요코가 은혜 앞을 막아섰다. 은혜는 고개를 저으며 요코의 뒷모습을 바라보았다.

대체 어디서 저런 용기가 튀어나오는 것일까, 요코는. 나는 흉내조차 낼 수 없을 거야.

은혜는 요코를 다독이며 말했다.

"요코, 걱정하지 마. 난 아무 짓도 하지 않았으니까. 곧 돌아올 거야."

요코가 은혜를 돌아보았다. 은혜는 요코에게 미소를 지어보였다. 요코는 두 번 다시 은혜를 만날 수 없을 것 같다는 생각에 관리관을 붙잡고 애원했다.

"내가 죽였으니까, 날 데리고 가세요. 제발요."

"이 에미나이, 저리 가지 못해!"

관리관은 귀찮다는 듯 요코를 발로 찼다. 저만치 나가떨어진 요코의 입에서 피가 흘러내렸다. 바닥에 떨어질 때 입술을 부딪친 듯했다. 은혜는 재빨리 달려가 요코를 끌어안았다.

"요코, 괜찮아?"

요코는 비틀비틀 일어서서 은혜를 막아섰다.

"날 데리고 가요. 내가 죽였다는데 왜 죄 없는 사람을 끌고 가려는 거죠? 내가 그랬다고요, 내가!"

요리원 아줌마가 발버둥치는 요코를 잡아끌었다.

"내 처음부터 알아봤음메. 저런 에미나이는 고저 혼쭐을 나봐야 하는 것이니끼니."

요코가 요리원 아줌마를 노려보았다.

"아줌마죠? 아줌마가 고발한 거죠? 나한테 말했었잖아요. 박철영 지도원이랑 은혜가 건물 안으로 들어가는 것을 봤다고."

당황한 요리원 아줌마가 요코를 밀쳤다.

"고발을 누가 함메? 난 고저 있는 사실을 말했을 뿐임메."

"금방 건물에서 나온 박철영 지도원은 집으로 갔고, 은혜도 돌아왔다고 했잖아요, 나한테! 그때부터 은혜는 나랑 붙어 지냈는데 어떻게 박철영 지도원을 죽여요! 어떻게!"

"요코, 진정해."

은혜가 요코를 달랬다. 관리관이 요리원 아줌마를 노려보았다.

"이보시오, 동무! 거짓 고발하면 어떻게 되는지 알고 있는 기요?"

순간 요리원 아줌마의 말이 바뀌었다.

"제가 말씀드리지 않았음메? 그날 박철영 지도원이랑 은혜 동무가 그 건물에서 나오는 걸 봤다고 말임메."

요리원 아줌마는 요코를 날카로운 눈으로 쳐다보았다.

"그런데 동무는 왜 박철영 지도원을 죽였다고 나서는 겁메?"

그녀는 이제 요코를 범인으로 몰고 갈 작정을 한 것 같았다. 은혜가 차갑게 쏘아붙였다.

"날 걱정해서 대신 잡혀가려고 하는 게 요리원 동무 눈에는 보이지 않나요?"

관리관과 인민군들도 곱지 않은 눈빛으로 요리원 아줌마를 쳐다보았다. 그녀의 말만 믿고 온 것이 찜찜해진 관리관이 요리원 아줌마에게 소리쳤다.

"안 그래도 위에서 박철영 지도원이 죽은 이유를 알아내라고 질책하는 통에 이리저리 돌아다니기 바빠 죽겠는데 이런 거짓 고발로 힘들게 할 기요?"

기세등등했던 요리원 아줌마가 갑자기 풀이 죽었다. 은혜는 그녀가 어설픈 추리로 되지도 않는 말을 늘어놓다가는 언젠가 큰코다칠 거라고 생각했었다. 하지만 그날이 바로 오늘일 줄은 몰랐다.

관리관이 인민군들을 데리고 초대소에서 나갔다. 요리원 아줌마는 은혜와 요코 앞에 앉아 다정하게 말을 건넸다.

"난 다 알고 있었음메. 두 에미나이가 박철영 지도원과는 아무런 관계가 없다는 것을 말임메."

은혜와 요코는 요리원 아줌마를 빤히 쳐다보았다. 헛웃음이 나왔다. 정말 못 말리는 아줌마였다.

24

얼마 후, 은혜는 다시 관리관 사무실에 불려갔다.

은혜는 조금 겁이 났다. 박철영 지도원이 사라져서 중국에 가게 된 것이 영 찝찝했었는데 그를 죽였다는 누명까지 쓸 뻔했던 것이다. 은혜는 사무실 문 앞에 서서 단정하게 묶은 머리를 매만지고 옷매무새를 확인했다.

은혜는 노크를 하고 안으로 들어갔다. 관리관이 은혜의 몸을 구석구석까지 살폈다. 소름끼칠 만큼 징그러웠지만 은혜는 싫은 기색 하나 없이 무표정하게 서 있었다. 조금이라도 감정을 드러냈다가는 내쳐질 수 있었기 때문이었다.

관리관이 몸 탐색을 끝내고 입을 열었다.

"서류에 있는 내용은 다 습득했겠지?"

"네."

은혜는 딱 부러지게 대답했다. 관리관이 은혜 앞에 서류를 던졌다.

"그곳으로 가."

은혜는 서류를 집어 들었다.

"이제야 위에서 지시가 내려왔다. 동무가 가서 위대한 수령 동지를 위해 열심히 일해야 할 곳이다."

은혜가 3년을 보내야 할 곳이라는 이야기였다. 그곳이 서류에 적혀 있다는 말이었다.

"궁금한 것이 있습니다. 물어봐도 되겠습니까?"

은혜가 관리관에게 질문을 한 것은 이번이 처음이었다. 관리관이 의외라는 듯 은혜를 바라보았다. 그러다 물어봐도 좋다는 손짓을 했다. 은혜는 짧게 고개를 끄덕이고 말했다.

"왜 제가 선택된 것입니까? 이곳에는 저보다 훌륭한 요원이 얼마든지 있을 텐데요."

"물론 우리 인민공화국에는 훌륭한 요원들이 많다. 그러나 위에서 이번 임무만큼은 전은혜 동지가 다른 어떤 요원들보다 잘해 낼 것이라는 판단을 했다. 해서, 뽑힌 것뿐이다."

"그럼….."

은혜는 더 말하려다 말고 입을 닫았다. 관리관이 은혜를 바라보았다.

"뭔가? 더 궁금한 게 있는가?"

"아닙니다."

은혜는 가볍게 목례를 하고 밖으로 나왔다. 그녀는 요코와 함께 가고 싶다는 말을 하려고 했었다. 하지만 입이 떨어지지 않았다. 그로 인해 어떤 일이 벌어질지 몰랐기 때문이었다.

뭔가가 있어!

중국으로 가라는 말을 처음 들었을 때, 은혜의 마음은 설레었었다. 그러나 이번에는 달랐다. 불안했다. 은혜는 서류를 가슴에 안고 초대소로 갔다.

결국 떠나는구나.

은혜는 하늘과 땅을 번갈아 쳐다보면서 걸어갔다. 9년이었다. 9년 동안 이 길을 걷고, 또 걸으며 수없이 절망했었다.

이제는 다른 곳으로 옮겨 3년을 보내야 한다. 쉽게 적응할 수 있을까? 또 요코와는 어떻게 헤어져야 할지….

은혜는 문득 걸음을 멈췄다. 평소에는 그렇게도 싫던 길이 막상 떠나려고 하니까 마음에 와 박혔다. 이상한 일이었다. 속이 시원해야 하는데 왜 자꾸 눈물이 나는 것인지, 정말 모를 일이었다.

은혜는 터덜터덜 걸어서 초대소 앞까지 갔다. 요코가 마중을 나와 있었다.

"가는, 거니?"

요코가 은혜에게 물었다. 은혜는 어떻게 대답해야 좋을지 몰랐다.

"그게… 뭐…."

요코는 기쁜 듯이 웃으며 얼버무리는 은혜에게 말했다.

"내가 얘기했지? 넌 나의 희망이라고. 나의 희망이 살아 있으면 나도 살아갈 수 있다고. 그러니까 내 곁을 떠난다고 해서 나에게 미안해하지 마. 난 정말 기뻐."

"요코!"

은혜가 요코를 안았다. 요코도 은혜를 꽉 끌어안았다.

이곳에서 처음 만나 서로를 의지하고 위로하며 9년을 함께한 두 사람은 친자매 이상으로 서로를 아꼈다. 두 사람 모두 이렇게 헤어지게 될 줄은 몰랐었다. 그래도 요코와 은혜는 둘 중 한 명이 이곳을 벗어난다면, 자기 일처럼 축하해 주고, 행복을 빌어줄 사람들이었다.

25

은혜가 떠나는 날, 요코는 평소처럼 아침 식사를 챙겨주었다. 그리고 초대소 밖으로 배웅 나와서는 아무렇지도 않게 말했다.

"잘 다녀와 은혜."

"그래. 잘 갔다 올게, 요코."

은혜도 늘 하던 대로 인사했다. 요코와 다시는 만날 수 없다는 생각 따위는 하기 싫었던 것이다.

"…기다리고 있을게."

요코가 힘없이 말했다. 뜻밖의 말이었다. 은혜는 가슴이 아팠다. 요코의 마음이 전해져 목이 메여왔다. 은혜는 솟구치는 눈물을 억지로 참았다.

"고마워, 요코."

은혜는 간신히 대답하고 돌아섰다. 그녀는 요코에게 당당하게 보이고 싶어 큰 동작으로 걸어갔다. 요코의 웃음소리가 들렸다. 요코는 은혜가 우스꽝스러운 행동을 할 때마다 소리 내어 웃곤 했었다. 은혜는 손을 치켜들고 크게 흔들었다. 그녀는 분명 요코도 손을 흔들고 있을 거라고 생각했다.

아마도 내가 보이지 않을 때까지 손을 흔들겠지, 요코는. 언제나 그랬으니까.

그 사실을 알기에 은혜도 손을 흔들며 걸어갔다. 요코의 웃음소리가 더 크게 들려왔다. 은혜는 더 이상 웃음소리가 들리지 않는 곳까지 걸어가서 뒤돌아섰다. 요코의 모습도 보이지 않았다.

"요코! 고마웠어! 잊지 않을게!"

은혜가 크게 소리쳤다.

요코는 내 목소리를 들었을까?

은혜는 들었을 거라고 생각했다.

요코는 내 모든 것을 알고 있는 사람이니까.

26

성웅과 효준이 살아 있다!

참으로 기쁜 일이었다. 홍민은 더욱 열심히 훈련을 했다. 지독하게 냉정한 그 남자가 싫었지만 그래도 약속은 지킬 줄 아는 사람이어서 다행이라고 생각했다. 그것만으로도 홍민은 충분히 살아갈 수 있었다.

오늘 훈련은 사격이었다. 그러나 단순한 사격 훈련이 아니었다. 뛰면서 움직이는 목표물을 맞혀야 했다. 얕은 야산에 있는 훈련장에는 무너진 건물과 소나무 밭, 진흙탕 등이 있었다. 단 한 발로 여기저기 숨어 있기도 하고 움직이기도 하는 목표물의 숨통을 끊어야 했기 때문에 집중해서 정확하게 맞혀야 했다.

홍민은 쉴 새 없이 목표물을 맞혀 나갔다. 홍민의 성적을 기록하는 지도원은 홍민의 놀라운 솜씨를 보고 입을 다물지 못했다.

"저렇게 단 한 발의 오발도 없이 정확하게 맞히는 요원은 본 적이 없습메다."

지도원이 남자에게 말했다.

"역시 참모장님의 안목은 대단하십메다."

그러나 남자의 표정에는 변화가 없었다. 지도원은 머쓱해져 고개를 돌렸다.

"한 마디만 하지."

남자가 입을 열었다. 지도원은 밝은 표정으로 어떤 말이라도 귀 기울여 듣겠다는 듯 남자를 바라보았다.

"아부하면 내가 진급시켜 줄 거라는 생각은 버리는 게 좋을 거야. 그리고 저 동무의 실력은 지도원 동무보다 내가 더 잘 알아."

남자는 둔탁한 발자국 소리를 내며 걸어갔다. 지도원의 얼굴이 순식간에 새빨개졌다. 그는 무안함을 날려버리려는 듯 홍민에게 소리쳤다.

"오늘 목표물을 빵꾸내서 없애버리기 전에는 쉬지 못할 줄 알라우!"

지도원은 혼자 뭐라고 투덜대더니 가버렸다. 홍민은 싱긋 웃었다.

"내가 바라는 바야!"

목표물에는 점점 더 구멍이 많아졌다. 흙투성이가 된 홍민은 진흙 구덩이에 발이 빠질 때도 있었지만 정확하게 목표물을 맞혔다. 그러다 홍민은 먼발치에서 자신을 지켜보는 눈이 있다는 것을 눈치 챘다. 방향을 바꾼 홍민은 시선의 주인공을 찾아 건물 안으로 들어갔다.

홍민은 한 걸음 한 걸음 천천히, 조심조심 걸어갔다. 건물 안 벽돌이 쌓여 있는 속에서 뭔가가 꿈틀거리는 것이 보였다. 그렇다고 바로 총을 겨눌 수는 없었다.

"단 한 발도 낭비해서는 안 된다."

효준이 언제나 홍민에게 강조하던 말이었다. 홍민은 그쪽으로 다가갔다. 순간 갑자기 홍민을 향해 천이 날아왔다. 홍민은 천을 피해 물러섰다. 천을 휘두른 사람은 여자였다. 홍민은 깜짝 놀라고 말았다.

"돌아간다고 했잖아요! 그랬잖아요!"

여자가 소리쳤다. 홍민은 겨누었던 총을 거두었다. 그 여자였다. 바닷가에서 만났던. 단추를 건네며 고향 이야기를 했던 여자.

"믿었는데. 집으로 돌아가는 길이 조금은 더 빨리 열릴 거라고. 그래서 무사히 돌아가기를 빌고, 또 빌었는데."

홍민은 이런 곳에서 그 여자를 만나리라는 생각은 전혀 하지 못했었다. 여자에게 말을 해주어야 했다.

"무라카와 아이 상. 제 말 좀…."

"잠깐만."

그녀는 재빨리 홍민의 입을 막고 말했다.

"이곳에서의 이름은 전은혜입니다."

"왜 자기 이름을…."

"버려야만 살아갈 수 있으니까요."

은혜는 떨리는 목소리로 말했다.

"그런데 여긴 어떻게?"

홍민은 여자에게 묻고 싶은 것이 많았다. 말해 줘야 할 것도 있었다. 그러나 은혜는 아무 말도 하지 않았다. 남자와 지도원이 두 사람을 향해 걸어오고 있었기 때문이었다.

"이런, 이런. 벌써 만났군."

남자가 홍민과 은혜를 번갈아 쳐다보며 말했다. 남자는 홍민과 은혜를 계속 살펴보고 있었던 듯했다. 그러고도 남을 인간이었다.

홍민이 소리쳤다.

"대체 왜 사람을 들여보낸 겁니까? 잘못했으면 쏠 뻔했다고요!"

"아직 훈련이 덜 된 모양이군요. 들었던 것과는 다른데요? 설마 진짜 살아 있는 생명체는 쏘지 못하는 거 아니에요?"

홍민이 놀라서 은혜를 바라보았다.

"이, 이봐요."

은혜의 표정이 확 달라져 있었다. 홍민은 조금 전에 자신과 대화를 주고받던 그 여자가 맞나 싶었다. 마치 지도원이나 남자와 같이 홍민을 평가하는 사람처럼 보였다.

"아직 담력이 부족하네요."

"그렇군."

남자가 은혜의 말에 맞장구를 쳤다.

"자, 이제부터 같이 훈련하게 될 김홍민, 전은혜."

"얼굴에 마음이 드러나는 것부터 고쳐야 하지 않나?"

은혜가 비웃듯이 말했다. 남자의 입 꼬리가 살짝 올라갔다. 기분 나쁜 웃음이었다. 남자가 홍민을 쳐다보았다.

"저 친구 말, 새겨두는 게 좋을 거야."

남자는 두 사람에게 따라오라는 손짓을 하고 걸어갔다. 그러다 문득 걸음을 멈추더니 뒤를 돌아보았다.

"말하지 않은 것이 있다. 두 사람 모두 중국에 보내기로 결정한 건 아니야. 두 사람 다 갈 수도 있지만 한 사람만 갈 수도 있어. 그리고 중국에 가는 사람은 남은 한 사람을 총으로 쏘아 죽일 수도 있지."

남자는 홍민과 은혜의 어깨에 양손을 올렸다.

"두 사람 모두 분발하도록!"

남자는 무척 즐거운 듯 이까지 드러내며 웃었다. 홍민은 남자가 정말 즐거워하고 있다는 것을 알았다. 이렇게 기뻐하는 모습은 본 적이 없었던 것이다. 남자는 이내 웃음을 거두고 지도원과 함께 가버렸다.

"한 사람만 갈 수도 있다는 건 두 사람 다 중국에 갈 수도 있다는 말과 같아요."

홍민은 은혜를 빤히 쳐다보았다.

"대체 어느 장단에 맞춰 춤을 춰야 하는 겁니까?"

"카멜레온이라는 동물을 아세요?"

은혜가 물었다. 홍민은 고개를 끄덕였다.

"여기서 살아남으려면 카멜레온처럼 수시로 변해야 해요. 저처럼요."

홍민은 효준과 함께 있었을 때는 훈련만 했었다. 효준이 도맡아 지도원들을 상대했기 때문이었다. 그가 홍민의 방패막이 되어준 것이었다. 하지만 이제는 홍민 자신이 홍민을 보호해야 했다.

은혜가 말했다.

"나도 살아남고 당신도 살아남으려면, 우리 둘 다 중국으로 가려면 서로를 가르치는 수밖에 없어요."

"가르치다니? 내가 뭘 어떻게 당신을 가르쳐요?"

"난 총도 못 쏘고, 수영도 못 해요. 뛰는 것도 잘 못 해요. 그러니까 당신이 나를 가르쳐주세요. 지도원도 참모장도 믿을 수 없어요."

"그럼 당신은 나에게 뭘 가르쳐줄 겁니까?"

"중국어, 할 줄 아세요?"

홍민은 고개를 저었다.

"그럼 일본어는요? 러시아어는?"

"못 합니다."

"그래도 영어는 조금?"

"아니요."

은혜가 웃었다.

"난 중국어도, 일본어도, 러시아어도, 영어도 잘해요."

홍민이 은혜를 쳐다보았다.

"훈련 기간은 3년이라더군요. 그동안 당신에게 외국어를 가르칠 테니 당신은 나를 훈련시켜 주세요. 그래야만 우리 두 사람 다 중국으로 갈 수 있어요."

"정말 우리가 갈 수 있을까요?"

"그럼요. 갈 수 있어요."

은혜가 다짐하듯 말했다. 그녀의 긴 머리카락이 바람에 날렸다.

"내 이름은 은혜, 전은혜입니다."

27

15년 만에 돌아온 한국은 눈이 부실 정도로 아름다웠다. 사람들은 고층 빌딩이 인간미가 없다고 말하지만 효준은 고층 빌딩에서도 사람 냄새가 나는 듯했다.

한국과 일본, 양국에서 동시에 열리는 세계인의 축제 월드컵이 한 달 앞으로 다가와 있었다. 텔레비전에서는 연일 월드컵 관련 방송을 내보냈고, 사람들은 모이기만 하면 축구 이야기에 열을 올렸다.

효준은 이제 어디든지 자유롭게 갈 수 있었다. 그저 행복할 따름이었다. 그래도 잊어서는 안 되는 것이 있었다. 홍민이 준 자유였다. 먼저 그의 가족을 찾아가야 했고, 일본에도 다녀와야 했다. 효준의 가슴속 주머니에는 아직도 홍민이 건넨 단추가 들어 있었다.

효준은 북에서 남파공작원을 훈련시키는 일을 했다. 때문에 국가정보원에서는 효준에게 많은 정보를 캐내려 했다. 효준은 서울에 도착한 다음 날부터 어느 곳에 들렀는지 알 수 없을 만큼 여기저기 불려가 수많은 질문에 대답을 해야 했다. 질문은 비슷비슷했고, 그래서인지 효준은 시간이 지날수록 자신이 앵무새가 된 것 같다는 느낌을 받았다. 그래도 대충 진술할 수는 없는 일이었다. 이 모든 과정을 거쳐야 한국에서 자유롭게 살아갈 수 있기 때문이었다.

사실 효준이 지도원이 된 것은 자의에 의해서가 아니었다. 효준은 강제로 북에 끌려갔고, 살아남기 위해 어쩔 수 없이 지도원이 되었다. 그런 효준을 혹시 북에서 보낸 남파공작원이 아닐까, 의심하는 이들도 있었다. 그 비슷한 말을 들을 때면 효준은 자신을 지켜주지 않은 나라가 원망스럽기도 했고, 화도 났다. 하지만 자신을 한국으로 보내준 홍민을 생각해서 꾹 참았다.

그러던 어느 날이었다. 그날도 홍민은 조사실에 앉아 착실하게 정보원의 질문에 대답을 하고 있었다. 그때 정보원 한 명이 들어왔다. 선원들에게 구조되어 실려 간 병원에서 처음 만났던 그 정보원이었다. 효준은 그를 보자 조금 안심이 되었다. 왠지 모르게 그를 보면 홍민이 생각났다. 그래서 안심이 되는 것인지도 몰랐다.

"들어오세요, 어머니."

정보원 뒤로 눈물을 훔치며 서 있는 중년의 여자가 보였다. 효준의 심장이 쿵, 하고 내려앉았다. 효준은 머리 희끗한 중년 여자의 쌍꺼풀 없는 눈매, 작지만 오뚝한 콧날과 얌전한 입 주위가 홍민을 빼닮았다고 느꼈다.

여자는 정보원의 안내로 효준 앞에 앉았다. 효준은 못에라도 찔린 듯 몸을 들썩거렸다. 청초하고 단아한 중년 여자는, 홍민이 하루도 빠짐없이 말한, 세상에서 가장 아름다운 그의 어머니였다.

어머니는 홍민이 사라진 후 색깔 있는 옷은 단 한 번도 입지 않은 듯했다. 그녀는 손수건이 닳도록 눈물을 훔치며 말없이 효준을 바라보았다. 가슴이 아팠다. 효준은 벌떡 일어서서 큰절을 올렸다. 그는 엎드린 자세로 눈물만 흘렸다.

"어머니, 죄송합니다…. 저만 돌아와서 정말, 정말 죄송합니다…."

홍민의 어머니가 효준 앞에 주저앉아 그의 손을 잡았다.

"우리 홍민이, 살아 있어요? 살아… 있지요?"

"으흐흑…."

효준은 입을 열 수가 없었다. 너무 죄스러워서, 자신이 홍민의 자유를 가로챈 것 같아서 터져 나오는 울음을 멈출 수가 없었다. 홍민의 어머니도 마찬가지였다. 두 사람은 서로 끌어안은 채 눈물만 흘렸다.

보다 못한 정보원이 홍민의 어머니를 일으켜 세웠다.

"어머니, 우선 자리에 앉으세요."

"성웅아. 우리 홍민이 좀 구해다오. 그 불쌍한 거, 어떡하면 좋으니?"

홍민의 어머니는 정보원에게 하소연을 했다.

성웅이라고?

효준은 정신을 차리고 성웅을 바라보았다. 효준처럼 홍민 덕분에 목숨을 잃지 않은 친구 이름이 바로 성웅이었다.

"성웅 씨?"

효준이 물었다. 정보원이 고개를 끄덕였다. 효준은 벌떡 일어서서 정보원에게 손을 내밀었다.

"나도 당신처럼, 홍민이 때문에 살 수 있었습니다."

"네?"

성웅은 깜짝 놀라 효준의 손을 잡았다.

"홍민이를 아세요?"

"제가 그 친구 지도원이었습니다."

"아, 네. 그렇지 않아도 당신에게 물어보고 싶은 게 있었습니다. 홍민이는 살아 있습니까?"

효준이 고개를 끄덕였다.

"내가 이곳으로 오기 전까지는 건강하게 살아 있었습니다. 날 살려 보낸 후 어떻게 됐는지는 모르지만…."

"어떻게, 어떻게 당신을 살린 겁니까?"

성웅은 모든 것을 알고 싶어 했다. 효준은 그를 이해할 수 있었다. 친구를 북으로 보내고 얼마나 많은 사람들에게 손가락질을 받았겠는가. 얼마나 힘들었겠는가.

"제가 홍민이를 맡아서 훈련시키고 단련시켜서 어떤 남파공작원보다 더 강하게 만들었습니다. 모든 테스트를 끝낸 후 목적지가 프로그램 되어 있는 배에 잠든 홍민이를 태워서 중국으로 보냈지요."

"중국에는 왜 보낸 겁니까?"

"그곳에 북한 요원들이 있습니다. 그들과 합류해서 남한으로…."

성웅이 효준의 얼굴을 향해 주먹을 날렸다. 효준은 피하지 않았다.

"오해하지 마십시오. 중국에 보낸 이유는 그것이 가장 빨리 북한에서 벗어날 수 있는 방법이라고 생각했기 때문입니다. 도착하자마자 바로 한국 대사관을 찾아가라고 했죠. 그러면 탈출할 수 있다고, 집으로 돌아갈 수 있다고 말해 주었죠. 난, 홍민이를 계속 북한에 머물러 있게 할 수는 없었습니다."

"하지만 지금 여기에는 홍민이가 아니라 당신이 있지 않습니까!"

성웅이 크게 소리쳤다. 효준은 고개를 숙였다. 홍민이를 집으로 돌려보내고 싶었지만 돌아온 사람은 바로 그였다. 그것도 홍민이가 스스로를 희생한 덕분에 돌아올 수 있었다.

"성웅아, 됐다. 그만해. 너도, 여기 있는 이 사람도, 내 아들이나 진배없어."

홍민의 어머니가 성웅을 말렸다. 성웅의 눈에 눈물이 맺혔다.

"어머니. 제가 지금까지 어떤 마음으로 살았는데요."

어머니는 성웅의 손을 토닥여주었다.

"알지, 내가 왜 모르겠어. 성웅아. 홍민이는 건강하게 잘 있을 거야. 다음번에는 분명 홍민이가 올 거야. 난 그렇게 믿고 있다. 이제 그만 가자."

홍민의 어머니가 자리를 털고 일어났다. 성웅이 어머니를 부축했다.

"어머니! 약속드립니다! 제가 꼭 홍민이를 데리고 오겠습니다."

효준이 몸을 일으키는 어머니를 향해 머리를 숙였다. 성웅은 어머니를 부축한 채 뒤도 돌아보지 않고 밖으로 나갔다. 그러나 효준은 보았다. 홍민의 어머니가 고개를 끄덕이는 것을.

'믿겠습니다. 약속입니다. 우리 홍민이, 꼭 데리고 와 줘요.'

어머니는 효준에게 그렇게 말하는 듯했다.

28

효준은 성웅과 함께 비행기에 올랐다. 그는 자리에 앉아 옆에 앉은 성웅을 바라보았다. 친구라서 그런 것일까. 효준은 성웅이 신기하리만치 홍민을 닮았다고 생각했다.

그동안 성웅은 홍민 몫까지 두 배로 열심히 살아왔다. 홍민이 살려준 목숨이었기 때문이었다. 그래서 닮아 보이는지도 몰랐다.

"그만 보십시오."

성웅이 마뜩잖다는 듯 내뱉었다.

"홍민이를 참 많이 닮아서요. 그 녀석, 지금 뭐 하고 있을까, 생각하다 무심결에 그쪽을 보게 되었습니다."

효준이 변명 아닌 변명을 했다.

"그 자식, 내 라이벌이었습니다."

성웅의 말에 효준이 미소를 지었다.

"들었습니다. 공부나 운동, 모든 면에서 라이벌이었다고 하더군요."

"그런데 단 한 번도 그 자식을 이겨본 적이 없습니다. 어이없게도 그 자식한테 목숨까지 빚졌습니다."

퉁명스러운 목소리였다. 하지만 효준은 성웅이 친구를 보고 싶어 하고, 그리워한다는 것을 알 수 있었다.

"그 자식, 그렇게 대단한 요원이 된 겁니까?"

성웅이 물었다. 효준은 고개를 끄덕였다.

"사격, 달리기, 수영, 모든 면에서 상대가 될 요원이 없을 정도로."

"나와 똑같은 방법으로 살아남은 당신이 미웠습니다. 하지만 미워할 상대가 당신이 아니라는 것을 알고 있습니다. 그 남자. 표정 하나 변하지 않고 사람의 인생을 망가뜨리는 그 남자가 바로 내가 미워하고 증오해야 할 상대죠."

성웅이 말하는 그 남자를 효준도 알고 있었다. 지독하게 냉정한 남자의 얼굴이 떠올랐다.

내가 다시 북으로 가서 홍민이를 구하려면 반드시 그 남자와의 싸워서 이겨야 할 것이다.

뗏목을 타고 오면서도, 돌아와서도 그 남자의 얼굴은 효준의 가슴에서, 머리에서 지워지지 않았다.

"내가 국정원 요원이 될 수 있을까요?"

효준이 물었다. 성웅은 깜짝 놀라 효준을 쳐다보았다.

"어렵겠죠? 그래도 내가 정보원이 될 수 있도록 도와주세요. 홍민이를 구할 방법은 그것밖에 없습니다."

효준의 말이 끝나자마자 스튜어디스의 목소리가 흘러나왔다.

"잠시 후 나리타공항에 도착할 예정입니다. 손님 여러분께서는…."

29

은혜는 비장한 각오를 하고 잡초 무성한 트랙 위에 섰다. 그녀는 낡은 운동화에 헐렁한 트레이닝 옷을 입고 있었다. 배드민턴을 곧잘 했던 은혜였다. 어느 정도 자신은 있었다.

목표 지점에 서 있는 홍민이 깃발을 내렸다. 은혜는 있는 힘껏 내달려 목표 지점에 다다랐다. 홍민이 스톱워치를 눌렀다. 은혜가 홍민에게 손짓을 했다.

"힘드니까, 그쪽이 이쪽으로 올래요?"

홍민은 은혜에게 가려다 말고 물었다.

"조금이라도 더 움직여요. 그쪽이 이쪽으로 오시죠. 기록, 궁금하지 않아요?"

은혜는 입을 삐죽이며 홍민에게 다가갔다.

"왔어요. 됐죠? 몇 초예요?"

"14초 09. 요원이 되려면 적어도 11초대에는 들어와야 해요. 이래 가지고서는 안…."

은혜는 홍민의 손에서 스톱워치를 빼앗았다. 시작 버튼을 누르고 뛰어왔던 방향으로 달려가기 시작했다. 은혜는 출발 지점에 이르자마자 스톱워치를 눌렀다.

"14초 87!"

홍민이 저 멀리서 소리쳤다. 정확했다.

"맞죠?"

은혜는 입을 딱 벌렸다.

저 인간, 스톱워치도 없으면서 몇 초인지 어떻게 안 거야?

홍민은 은혜 쪽으로 뛸 준비를 하고 있었다. 은혜는 홍민이 출발하자마자 스톱워치를 눌렀다. 홍민은 거의 빛의 속도로 달려와 은혜 앞에 멈춰 섰다. 은혜가 물었다.

"몇 초인 줄 알아요?"

"10초 12."

홍민이 싱글싱글 웃으며 말했다. 은혜는 홍민을 흘겨보다 스톱워치를 보았다.

"정확하죠?"

깜짝 놀란 은혜가 홍민을 쳐다보았다. 홍민은 은혜 손에 있는 스톱워치를 빼앗아 들고 확인했다.

"맞네, 10초 12."

"초능력이라도 있어요?"

은혜가 물었다.

"시간을 지배하는 자가 승리한다."

"무슨 말이에요?"

"스승님이 나한테 해준 말입니다. 시간을 잘 관리하라고. 마음속으로 분, 초를 쪼개고 쪼개서 모두 내 것으로 만들라고. 그러면 세상 무서울 게 없는 최고가 될 거라고."

은혜는 홍민의 말을 이해하지 못했다.

"무슨 말인지 모르겠지만 좋게는 들리네. 나한테도 가르쳐줄래요? 마음속으로 분, 초를 쪼개는 방법."

홍민은 대답하지 않았다. 은혜가 화를 내며 따졌다.

"왜요? 나한테는 가르쳐주기 싫어서 그래요? 진짜 치사하네."

은혜가 휙 하니 뒤돌아섰다. 홍민이 은혜의 팔을 잡았다.

"가르쳐준다고 해서 되는 게 아니라 그래요. 연습하고 연습하다 보면 저절로 알게 되는 거지."

"알았어요, 알았다고요."

"정말이에요. 달리기도 계속 연습해야 실력이 느는 것과 같아요. 꾸준히 연습하는 것밖에 다른 방법이 없어요."

은혜는 깔깔대며 웃었다. 얼굴이 벌겋게 달아올라 은혜에게 해명하는 홍민의 모습이 재미있었다.

"미안해요. 너무 열을 내면서 말하니까. 카멜레온이 되려면 아직 멀었네요."

홍민은 아차, 싶었다. 은혜의 술수에 또 말려든 것이었다.

"부탁이 있어요."

은혜가 진지한 표정으로 물었다.

"나랑 같이 뛰어줄래요?"

홍민이 고개를 끄덕였다. 그런 일이라면 얼마든지 할 수 있었다.

두 사람은 100m, 200m, 400m를 끊어서 달렸다. 은혜와 홍민의 거리는 갈수록 벌어졌다. 은혜가 300m쯤 달렸을 때 홍민은 이미 목표 지점에 도착해서 숨을 고르고 있었다.

은혜는 자존심이 상했다. 홍민 옆에 멈춰 서서 초시계를 보았다. 기록 역시 형편없었다.

"날 가르치라고 했지, 언제 앞질러 달리라고 했나?"

은혜는 못마땅하다는 듯 홍민을 흘겨봤다.

"같이 뛰자는 소리 아니었어요?"

"날 봐달라는 거였지 날 이기라는 말은 아니었어요. 자존심 상하네."

홍민은 문득 효준이 생각났다. 그러고 보니 효준은 홍민과 같이 달려준 적이 없었다. 언제나 뒤에서, 앞에서 홍민의 몸 상태를 체크했었다.

"미안해요. 다시 하죠. 이번엔 제대로."

"됐어요. 오늘 일본어 수업할 때 봐요."

은혜는 툴툴거리며 앞서갔다. 은혜의 뒤를 따라가던 홍민은 싱긋 웃으며 중얼거렸다.

"진짜 카멜레온 같은 여자네."

30

낮에는 홍민이 은혜에게 요원 활동에 필요한 사격, 태권도, 수영, 달리기 등을 가르쳤고 밤에는 은혜가 홍민에게 일어, 중국어, 러시아어 등을 가르쳤다. 다른 나라를 통해 남한으로 들어가는 것이 가장 좋은 방법이기 때문에 남파공작원은 세 개 이상의 외국어를 할 줄 알아야 했다.

두 사람 모두 시간이 갈수록 실력이 향상되었다. 그들은 서로를 격려하고 도와주며 힘든 시기를 넘겼다. 어떤 때는 경쟁자가 되기도 했고, 어떤 때는 동료가 되기도 했다.

밤이 되자 두 사람은 저녁을 먹고 외국어 공부를 시작했다.

"우리, 같이 가요. 중국에."

은혜가 중국어를 가르치다 말고 느닷없이 말했다. 홍민은 멀뚱히 은혜를 바라보다 입을 열었다.

"짜믄타빤통씽〔咱搭伴同行〕, 쭝교오〔中國〕."

은혜가 입술을 삐죽거렸다.

"아뇨, 이거요."

그녀는 책상 위로 새끼손가락을 내밀었다. 홍민은 또 멍하니 은혜를 바라보다 고개를 갸우뚱하며 일본어로 말했다.

"약소쿠〔約束: やくそく〕."

"진짜 못 알아듣는 거예요, 아니면 모르는 척하는 거예요?"

은혜가 짜증 섞인 목소리로 물었다. 홍민은 어깨를 으쓱해 보였다.

"당신 혼자도 말고, 나 혼자도 말고 둘이서."

은혜는 대뜸 홍민의 손을 잡았다.

"이렇게 손잡고 함께 중국에 가자고요. 약속하자는 의미."

은혜는 홍민의 새끼손가락을 잡아 세우고 자신의 새끼손가락을 걸었다. 홍민은 슬쩍 새끼손가락을 빼냈다.

"날 이겨서 혼자 가고 싶은가 보죠?"

"그런 게 아니라…."

"그런 게 아님 뭐예요? 말해 봐요."

은혜가 다그쳤다. 홍민은 쉽게 입을 열지 못했다. 은혜는 뾰로통해져서 고개를 돌렸다.

"…난 함께 가자는 말, 믿지 않습니다."

홍민이 침울한 표정으로 말했다. 그는 책을 챙기며 일어섰다. 은혜는 홍민의 행동을 이해할 수 없었다. 그녀는 나가려는 홍민을 잡아 세우고 따졌다.

"도대체, 왜, 믿지 않는 건데요?"

"내가 있는 곳이 여기니까. 그래서 믿지 않습니다."

홍민은 차갑게 내뱉고 나가버렸다. 은혜는 못 박힌 듯 그 자리에 서서 홍민의 뒷모습을 바라보았다. 한숨 섞인 웃음이 그녀의 입에서 흘러나왔다.

"그렇지, 참. 나조차도 믿지 않는 곳이 바로 여긴데."

은혜는 이곳이 어딘지 잠깐 잊고 있었다. 홍민과 함께 훈련하는 것이 즐거워서였을까. 은혜는 중국에 갈 수 있다는 희망과 홍민이 함께한다는 사실에 들떠 있었다.

"…그래. 그의 말이 맞아."

은혜는 힘없이 중얼거렸다.

"함께 갈 수도 있고, 그 혼자 갈 수도 있고, 나만 갈 수도 있다. 그도, 나도 아닌 다른 사람이 갈 수도 있지. 여긴 그런 곳이야. 바보, 멍청이."

은혜는 누군가와 단 하나의 약속도 할 수 없는 이곳이 새삼스럽게 싫어졌다.

31

바닷가 모래사장 위에 효준과 성웅의 구두 발자국이 선명하게 새겨졌다. 참으로 조용하고 한적한 마을이었다. 범죄라고는 한 번도 일어나지 않은 곳 같았다. 효준은 9년 전 이곳에서 한 아이가 납치되었을 때 경찰이 단순 가출로 처리한 것이 어느 정도 이해되었다.

"정말 빠르군요."

효준이 감탄하듯 말했다.

"국가정보원들끼리는 정보를 교환하게 되어 있으니까요."

성웅이 대답했다.

"하지만 실종된 사람들이 모두 납북되었다고 볼 수는 없으니까…"

"말하지 않아도 압니다. 성웅 씨는 홍민이 친구였잖습니까? 더군다나 납북되는 광경을 직접 봤으니 납북자 명단에 당연히 홍민이 이름이 들어가 있었겠지요."

성웅은 효준이 무슨 말을 하고 싶은 건지 알 수 있었다. 효준도 이곳에서 납북된 여자처럼 단순히 실종된 것으로 처리되어 있었다. 효준은 아직 가족을 찾지 못했다. 그가 '실종자'가 된 후 그의 가족이 어떤 고통을 겪었을지, 성웅은 가늠할 수 없었다.

성웅은 효준의 가족을 찾아다니면서 뜻밖의 사실을 알게 되었다. '실종'된 효준은 파렴치한 불효자에 불한당 같은 놈으로 알려져 있었다. 이 세상에서 사라져버렸으면 하는 그런 인간 말이다.

"무라카와 아이 상도 나처럼 나쁜 사람이 되어 있을까요?"

"글쎄요. 정확하게는 모르겠습니다만 가족들이 아직도 아이 상을 기다리고 있는 것을 보면 그건 아닌 것 같습니다."

"그랬으면 좋겠네요. 어느 날 갑자기 딸이 사라진 것도 가슴 아픈 일인데, 다른 사람들의 입방아에까지 오르내린다면 부모 마음이 어떻겠습니까?"

성웅이 고개를 끄덕였다. 맞는 말이었다.

잠시 후 해변가에 차가 와서 섰다.

"너무 구체적인 내용은 말씀하시면 안 됩니다."

성웅이 효준에게 말했다.

"알고 있습니다. 하지만…."

"외교와 관계된 일입니다. 이해해 주세요."

성웅이 효준을 바라보았다. 효준은 묵묵히 고개만 끄덕였다.

한 사람이 납치되고 9년이라는 시간이 흘렀다. 이것은 한 나라의 문제이기 이전에 한 가족의 문제였다. 한 가족의 비극이었다. 그런데 과연 엄청난 일을 겪은 가족의 아픔을 나라가 책임지고 치료해 줄 수 있을까?

효준은 빨리 홍민을 구하러 가고 싶었다. 그러나 현실적으로는 불가능한 일이었다. 너무 답답했다.

차에서 일본 정부 관계자가 내려 효준과 성웅에게 다가왔다. 그 뒤를 중년의 부부가 자식들의 부축을 받으며 따라왔다. 부부의 눈에는 벌써 눈물이 고여 있었다. 효준은 한눈에 알아볼 수 있었다. 아픔을 품고 살아온 사람들은 멀리서도 알아볼 수 있었다.

"이효준 씨입니까?"

일본 정부 관계자가 물었다.

"네. 제가 이효준입니다."

"이분이 무라카와 상입니다."

일본 정부 관계자가 중년 남자를 소개시켜 주었다. 효준은 그들에게 정중히 인사를 했다. 중년의 여인, 아이 상의 어머니가 효준의 손을 잡고 눈물을 흘리며 물었다.

"우리 아이짱은, 살아 있나요?"

효준은 마음이 아팠다. 홍민의 어머니도 아이의 어머니도 제일 먼저 그에게 물은 말이 '살아 있나요?' 였다.

"예. 살아 있습니다. 외국인이 머무는 초대소에서 살고 있습니다."

"우리 아이짱은 어떻게 만나서 아시게 된 건가요?"

효준은 아이의 어머니에게 홍민이 준 단추를 건넸다.

"이걸 전해 달라고 했답니다."

아이의 어머니가 떨리는 손으로 단추를 받았다.

"우리 아이짱 교복 단추예요."

하얗게 질린 그녀는 가슴에 단추를 품고 모래사장 위에 주저앉았다.

"아이짱! 아이짱!"

그녀의 흐느낌은 한동안 계속되었다.

아이의 아버지가 물었다.

"아이짱이 이걸 당신에게 직접 주었습니까?"

효준은 고개를 저었다.

"제 동생이나 다름없는 홍민이라는 청년이 건네주었습니다. 저를 구하러 오는 길에 무라카와 상을 만났다고 하더군요. 그때 먼저 집으로 돌아가는 사람이 각자의 집에 들러 무사하다고, 그리고 북한에 납치되었다는 사실을 알려주기로 했다더군요. 건강하게 잘 지내고 있으니 걱정하지 말라는 말도 꼭 전해 주기로요."

아이의 어머니가 벌떡 일어나 정부 관계자를 향해 소리쳤다.

"지금 당장 우리 아이짱을 데려와요! 데리고 오란 말입니다! 당신들 때문에 우리 아이짱이, 우리 아이짱이…."

아이의 어머니는 말을 다 잇지 못하고 쓰러졌다. 아이의 남자 동생들이 어머니를 부축했다. 아이의 아버지가 피를 토하듯 중얼거렸다.

"우리 아이짱은 9년 동안 이 동네의 수치였습니다. 집 벽마다 온통 '아이짱 걸레, 나쁜 짓하는 년'이라는 낙서가 휘갈겨져 있었죠. 우리 아이짱이 언제 돌아올지 모르니까, 우리 아이짱이 돌아왔을 때 그 낙서를 보면 가슴 아파 할까 봐 매일 지우고 또 지우고…. 그러면서 9년을 이 마을에서 살았습니다."

효준이 주먹을 움켜쥐었다. 성웅은 간신히 화를 누르고 있는 효준을 바라보았다. 효준이, 효준의 가족이 그랬던 것처럼 무라카와 아이 상도, 그녀의 가족들도 모두 돌덩이를 가슴에 안고 살아온 것이었다.

당황한 일본 정부 관계자가 효준에게 물었다.

"그냥 살아 있다는 것 정도만 말씀하시기로 한 거 아닙니까?"

불만 가득한 표정이었고, 따지는 듯한 말투였다. 효준은 더 이상 참지 못하고 관계자의 멱살을 잡았다.

"당신이 이들 가족과 납치된 사람의 마음을 어떻게 알아! 9년은 단순한 숫자가 아니야! 당신 가족 중 누군가가 납치되어 소식조차 알지 못한다고 생각해 봐! 외교? 한 가족이 겪은 참담한 아픔을 당신들이 무엇으로, 어떻게 보상해 줄 거야? 처음부터 이런 일이 생기지 않도록 철저히 보호했어야지!"

효준이 악을 쓰듯 소리쳤다.

"여기서 이러시면 위험해져요."

성웅이 효준을 말렸다. 효준은 잠시 성웅을 쳐다보다 잡은 멱살을 풀고 아이의 아버지에게 말했다.

"어쩌면 아이 상은 지금 홍민이와 함께 있을지도 모릅니다. 마음 놓으세요. 괜찮을 겁니다. 그리고 약속드립니다. 제가 홍민이와 함께 아이 상도 꼭 데려오겠습니다."

효준은 그들에게 인사를 하고 자리를 떴다. 성웅이 그의 뒤를 따라왔다. 효준은 힐끔 뒤를 돌아보았다. 아이의 어머니가 울부짖는 모습이 보였다. 울음소리는, 파도 소리에 묻혀 귀에 들리지는 않았지만, 효준의 가슴에는 뚜렷하게 들렸다.

"들립니까? 저 울음소리를 더는 듣고 싶지 않습니다. 난, 기필코 정보원에 들어갈 겁니다."

32

산등성이 아래로 해가 기울고 있었다. 홍민은 침대에 누워 창문 너머로 지는 해를 바라보았다. 문득 은혜가 한 말이 떠올랐다.

'우리 같이 가요, 중국에.'

홍민도 그러자고 하고 싶었다. 못 알아들은 척 중국말로, 일본말로 얼버무렸지만 은혜가 내민 새끼손가락에 손가락을 걸고, 꼭 둘이서 함께 가자고 말하고 싶었다. 그러나 그럴 수는 없었다. 홍민에게 있어 약속은 깨지라고 있는 것이었다. 특히 이곳에서는 약속 따윈 하고 싶지 않았다. 희망이 걸린 약속이라면 더더욱.

홍민은 당황하는 은혜의 표정이 계속 마음에 걸렸다. 미안했다. 침대에서 일어나 방을 왔다 갔다 했다.

오늘 안으로 사과를 해야 할 텐데 그녀가 받아줄까?

홍민은 방문 쪽으로 갔다가 되돌아오기를 반복했다.

가자. 가서 사과하고 새끼손가락 걸고 약속하자. 그게 뭐 어려운 일
인가.

홍민은 문고리를 잡았지만 또 망설였다.

"열자. 가는 거야."

홍민은 질끈 눈을 감았다. 하나, 둘, 셋. 손목을 돌려 문을 열었다. 마
음을 먹으니까 방문을 열고 나가는 것도 쉬웠다.

그녀가 뭐라고 할까? 너무 느리게 반응한다고 거북이라고 하는 건 아
니겠지.

혼자서 이런저런 생각을 하던 홍민은 은혜에게 가는 길이 멀게 느껴
져 빠른 속도로 걷다가 뛰기 시작했다. 은혜의 숙소가 보였다. 방문이
열리고 은혜가 걸어 나왔다. 홍민은 큰소리로 은혜를 부르려다 멈칫했
다. 지도원이 은혜의 뒤를 따라 나오고 있었다. 은혜의 표정이 어두웠
다. 홍민은 은혜에게 걸어갔다. 순간 눈이 마주쳤다. 은혜가 따라오지
말라는 눈짓을 보냈다. 홍민을 본 지도원도 그에게 방으로 가라고 손짓
했다.

대체 무슨 일이지?

홍민은 그 자리에 멈춰 서서 멀어져가는 은혜와 지도원의 뒷모습을
바라보았다. 그러다 발길을 돌려 숙소로 걸어갔다. 하지만 은혜의 얼굴
이 자꾸 떠올라 다시 방향을 돌려 은혜와 지도원이 사라진 곳으로 달려
갔다. 저만치 앞서 가는 지도원과 은혜가 보였다. 홍민은 한 발, 한 발,
조심조심 뒤를 따라갔다. 지도원과 은혜는 홍민이 따라오는 것을 눈치
채지 못했다. 그것은 수년간 지독한 훈련을 받은 결과였다.

은혜와 지도원은 관리관과 지도원들이 기거하는 숙소로 들어갔다.

저긴 왜 들어가는 거야?

홍민은 복도 벽에 몸을 밀착시킨 채 그들이 나오기를 기다렸다. 잠시 후, 지도원이 문을 열고 나왔다. 열린 문틈으로 어떤 남자가 미소를 지으며 은혜를 바라보고 있는 것이 보였다. 역겨워하는 은혜의 표정이 홍민의 눈에 와 박혔다.

밖으로 나온 지도원은 뭐가 좋은지 혼자서 낄낄댔다. 그는 일부러 발자국 소리를 크게 내며 걸어가더니 까치발을 들고 살금살금 되돌아와 창문 너머로 방 안을 들여다보았다. 홍민은 이대로 있으면 안 될 것 같다는 생각에 복도를 성큼성큼 걸어갔다. 놀란 지도원이 정색을 하고 홍민을 막아섰다.

"지금 어딜 가는 거야?"

"전은혜 동무, 어디 있습니까? 참모장 동지께서 찾습니다."

홍민은 창문에 대고 들으라는 듯이 고래고래 고함을 질렀다.

"왜 이러는 겁메? 참모장 동지가 아무 연락도 없이 오갔어?"

홍민이 입을 막으려는 지도원을 밀치고 말했다.

"언제 참모장 동지가 연락하고 온 적 있습니까?"

지도원은 뜨끔해서 홍민을 쳐다보았다. 홍민의 말에 일리가 있었던 것이다. 참모장은 마음 내킬 때면 이곳에 들르곤 했었다. 때문에 그는 늘 가슴을 졸이며 홍민과 은혜의 훈련을 꼼꼼히 체크했다.

지도원은 안 되겠다는 생각이 들었는지 바로 노크를 했다.

"관리관 동지. 아무래도 참모장 동지께서 시찰을 오신 것 같습네다.

빨리 나오시라우요."

지도원의 말에 대충 옷을 걸친 한 관리관이 문을 열고 뛰쳐나왔다.

"어디, 어디 오고 있다는 기야?"

관리관은 나오자마자 빠르게 주변을 둘러보았다.

"얼른 이리 오시라우요. 관리관 동지가 여기 왔었다는 것을 참모장 동지께 들키는 날에는 우린 끝입메다!"

지도원은 자기가 알고 있는 비밀 장소로 안내하겠다며 부리나케 관리관을 데리고 뛰어갔다. 홍민은 그들이 사라지자 문을 열고 안으로 들어갔다. 은혜가 침대에 앉아 부들부들 떨고 있었다.

"저기…."

은혜는 온 힘을 다해 일어났다.

"참모장 동지, 왔다면서요?"

은혜가 물었다. 홍민은 머리를 긁적이며 대답했다.

"아뇨. 오지 않았는데 거짓말했어요."

은혜는 홍민을 스치듯 지나쳤다.

"그러다 들키면 어떻게 하려고 거짓말을 했어요?"

그녀는 뒤돌아보지도 않고 물었다.

"내가 거짓말하지 않았으면 어떻게 됐을 것 같아요?"

홍민이 은혜에게 소리쳤다. 생각조차 하기 싫은 일이었다. 은혜는 자신이 점점 더 작아지는 것 같아 싫었다.

"이런 모습 보여주고 싶지 않아 오지 말라고 했던 건데."

은혜가 나가려고 하자 홍민이 그녀의 팔을 잡았다.

110

"대체 언제부터?"

은혜는 홍민의 손을 뿌리치고 문고리를 쥐었다.

"나한테 약속은 곧 희망이에요. 아무리 조그만 희망이라도 가지고 있어야, 난, 살 수 있어요. 이렇게라도 하지 않으면 손톱만큼 보이는 희망도 사라지니까, 그러니까, 그러니까 약속했어야죠! 내가 어떤 마음으로…."

은혜가 더는 말할 힘도 없다는 듯 고개를 숙이고 문을 열었다. 홍민이 다급히 말했다.

"약속할게요. 나, 약속하려고 온 겁니다."

"늦었어요."

은혜는 차갑게 내뱉고 나가버렸다. 문이 닫혔다. 그녀의 마음도 닫혀버렸다.

왜 진작 알아채지 못했을까. 약속하자는 말이 바로 그녀가 보내는 신호였다는 것을.

홍민은 스스로를 꾸짖었다.

이미 늦은 것일까. 그녀의 말처럼. 나는 그녀에게 마음을 전하지 못했다. 그녀가 보이고 싶어 하지 않은 모습을 본 탓도 있다. 엇갈리고 만 것이다. 물에 빠져 살려달라고 애원하는 그녀를 더 깊은 곳으로 밀어넣은 꼴이 아닌가.

홍민은 창문 가까이 다가갔다. 추운 듯 잔뜩 몸을 웅크린 채 숙소로 돌아가는 은혜의 모습이 보였다.

33

홍민은 트랙에서도, 강에서도, 사격 훈련장에서도 은혜를 볼 수 없었다. 그녀는 외국어를 가르치는 방에도 나타나지 않았다. 이런 날들이 벌써 며칠째 이어지고 있었다. 홍민은 혼자서 트랙을 돌고, 수영을 하고, 총을 쏘아대고, 외국어를 공부했다. 달리기와 수영 기록은 형편없이 떨어졌고, 사격은 전혀 목표물을 맞히지 못했다.

홍민은 트랙을 돌다 땅바닥에 누워 하늘을 쳐다보았다. 구름 한 점 없이 맑은 하늘이었다.

"김홍민 동무!"

그때였다. 지도원이 홍민에게 달려왔다.

"아, 여기서 뭐 하고 있는 겁메? 참모장 동지가 빨리 찾아오라고 성화임메."

홍민은 고개를 갸우뚱했다.

참모장이 왜 나를 찾는 것일까?

"무슨 일 있나요?"

홍민이 물었다. 지도원이 애매모호한 표정으로 대답했다.

"그건 나도 잘 모르겠음메. 그리고 제발 부탁이니끼니 관리관 동지와 전은혜 동무 사이에 무슨 일이 있었다는 이야기는 참모장 동무한테 하지 말아달라우."

지도원이 애원하는 눈빛으로 홍민을 쳐다보았다. 홍민도 참모장에게 그 일을 말하고 싶진 않았다. 관리관뿐만 아니라 은혜까지 위험해질 수 있었기 때문이었다. 하지만 홍민은 그 문제가 아니면 참모장이 자신을 찾을 이유가 없다는 생각이 들었다. 그러다 홍민은 생각을 멈췄다. 참모장은 도무지 속을 알 수 없는 사람이었다.

어차피 만나면 알게 될 것이다.

홍민은 지도원을 따라 참모장이 있는 사무실로 갔다. 참모장은 홍민을 보더니 어울리지 않는 미소를 지었다.

"내가 왜 너를 불렀는지 생각해 봤나?"

참모장이 물었다. 홍민은 망설임 없이 대답했다.

"아뇨. 이제 생각 같은 건 하지 않기로 했습니다."

"중국에 누가 가게 될지 궁금하지 않나 보군."

"누군지 이미 알고 있습니다."

참모장이 흥미롭다는 듯 홍민을 쳐다보았다. 홍민은 거침없이 말을 이어갔다.

"당신은 분명 이 자리에서 나에게 흥정을 할 것입니다. 빤한 흥정을. 내게 또 어쩔 수 없는 선택을 강요하겠죠. 내가 무엇을 선택할지는 잘 알고 있을 테고."

"그래서 중국에 가게 되는 건…."

"전은혜."

"김홍민."

참모장이 거의 동시에 홍민의 이름을 불렀다. 홍민은 놀란 눈으로 참모장을 바라보았다.

"지금 누구라고 했습니까?"

"중국에 가게 되는 건 너, 김홍민이라고 했다."

홍민은 참모장이 성웅이 때처럼, 효준이 때처럼 자신에게 선택을 강요할 것이고, 중국에 가게 되는 것은 은혜일 거라고 생각했었다.

이건 또 무슨 수작인가.

홍민이 비꼬듯 말했다.

"이번엔 선택을 강요하는 방식을 바꾸셨나 봅니다. 일단 희망을 갖게 해놓고 잔뜩 들떠 있는 나에게 선택을 하라고 하실 작정…."

참모장이 홍민의 말을 끊었다.

"지금까지 네가 봐온 나는 분명 그랬지. 하지만 난 그 누구에게도 희망이라는 것을 주지 않아. 희망은 사람을 나약하게 만들기 때문이야. 너를 봐도 알 수 있지 않나? 그런 내가 뭣 때문에 시간을 낭비하면서 희망을 주겠나?"

홍민은 물끄러미 참모장을 바라보았다. 그랬었다. 참모장은 어쩔 수 없는 선택을 강요한 적은 있어도 희망을 준 적은 없었다. 언제나 사실을 말했고, 내뱉은 말은 반드시 책임졌다. 홍민은 솔직히 이런 곳에서 이런 관계로 만나지 않았다면 이 사람을 믿고 따랐을지도 모른다고 생각했다.

"아직 테스트를 치르지도 않았습니다. 어떻게 저로 결정 난 것입니까? 전은혜 동무는요?"

"전은혜 동무는 이제 여기 없다. 오직 너 혼자 훈련에 훈련을 거듭해야 할 것이다. 오늘부터 너에게 새로운 외국어 선생을 붙일 것이다. 그리 알아."

참모장은 서류를 챙기고 일어섰다. 홍민이 그의 앞을 막아섰다.

"말씀해 주십시오! 선택을 강요해도 상관없습니다! 전은혜 동무는 어디로 간 것입니까?"

참모장의 얼굴이 일그러졌다.

"전은혜 동무는, 사형이다."

참모장은 그 말만 남기고 나가버렸다. 믿을 수 없는 일이었다. 홍민은 밖으로 뛰쳐나가 참모장을 붙잡았다.

"무슨 말씀입니까? 사형이라니요? 전은혜 동무가 왜?"

"관리관을 죽였다."

참모장이 차갑게 말했다. 홍민은 정신을 차릴 수 없었다. 투닥투닥. 둔탁한 참모장의 발자국 소리가 홍민의 귓가에 울렸다. 그가 마치 은혜의 목숨을 거두려 가는 저승사자처럼 느껴졌다.

무슨 말이든 해야 한다!

홍민은 참모장의 뒤통수에 대고 소리쳤다.

"그 관리관, 제가 죽였습니다!"

둔탁한 발걸음 소리가 멈췄다. 참모장이 뒤돌아섰다. 그는 한 걸음, 한 걸음 홍민을 향해 걸어왔다. 홍민은 참모장의 생각을 읽을 수 없었다. 그는 도무지 알 수 없는 표정으로 홍민을 바라보았다. 홍민이 다시 말했다.

"제가 죽였습니다. 그러니까 전은혜 동무를 풀어…"

순간 참모장이 홍민에게 주먹을 날렸다. 갑자기 일어난 일이라 홍민은 피할 수 없었다.

"네가 죽였다고? 자, 그럼 한번 읊어봐. 관리관을 어떻게 죽였는지."

어떻게 죽였냐고? 어떻게, 어떻게…?

홍민은 빠르게 머리를 굴렸다. 그러나 무슨 말을 해야 좋을지 알 수 없었다. 관리관을 죽였다는 것은 어떻게든 은혜를 살려야 한다는 생각에서 내뱉은 말이었다.

"정확한 기억은 나지 않습니다."

홍민은 대충 얼버무렸다.

"기억나지 않는다고? 어떻게 죽였는지 알 수 없는 건 아니고? 너의 그 희생 가득한 영웅놀이를 보는 것도 이젠 지겨워지려고 한다."

참모장이 고개를 흔들며 걸어갔다. 홍민은 다급히 소리쳤다.

"돌! 돌로 내리쳤습니다!"

참모장이 멈칫했다. 그는 뒤돌아서서 무섭게 홍민을 노려보더니 오른손을 뻗어 홍민의 목을 움켜쥐었다.

"내가 세상에서 제일 싫어하는 것이 바로 거짓말이다. 넌 시키는 대로 훈련받고 중국으로 가면 돼. 영웅놀이는 두 번으로 족하다!"

홍민은 숨을 쉴 수가 없었다. 그의 얼굴이 뻘겋게 달아올랐다. 참모장은 홍민의 목을 잡은 손을 놓고 거칠어진 호흡을 가다듬었다. 홍민이 헐떡거리며 말했다.

"이번에도 당신은 저에게 똑같은 선택을 강요하고 있습니다. 둘 다 죽느냐, 아니면 둘 다 사느냐. 전은혜 동무를 대신할 수 없다면 같이 죽겠습니다. 전 전은혜 동무가 관리관을 죽일 때 옆에 있었습니다. 옆에서 도왔습니다. 제가 이렇게 증언한다면 저는 분명히 사형당할 겁니다."

홍민은 참모장의 눈을 똑바로 쳐다보았다.

절대 지지 않을 것이다.

홍민은 각오를 단단히 했다.

"죽고 싶어 환장했구나. 따라와. 죽여줄 테니까."

참모장이 뒤돌아섰다. 홍민은 주먹을 꽉 움켜쥐고 참모장의 뒤를 따라갔다. 이렇게 해서라도 은혜를 만나야 했다. 그녀에게 해줄 말이 있었다.

"희망은 사라지는 게 아니야. 언제나 우리 옆에 있어. 다만 우리가 발견하지 못하는 것뿐이야."

34

"북파공작원이라뇨? 저희 보고 간첩질을 하라고요?"

북파공작원에 지원할 사람 손들라는 국장의 말에 회의실에 모인 정보원 내 북한정보국 요원들이 농담하지 말라는 듯 쏘아붙였다.

"남파공작원들이야 임무를 수행하면 영웅 대접을 받고, 가족들도 아무 걱정 없이 살 수 있지만 북파공작원은 임무를 잘 수행해 봤자 돌아오면 아무도 알아주지 않습니다. 오히려 사람 취급도 받지 못하는 경우가 많은데 그런 일을 대체 누가 합니까?"

그때였다. 성웅이 오른손을 번쩍 들었다.

"제가 지원하겠습니다."

옆에 앉아 있던 우경이 꼿꼿하게 올라가 있는 성웅의 손을 내리며 말했다.

"아니랍니다. 얘가 잠깐 정신이 어떻게 됐었나 봅니다, 국장님."

우경은 미친 거 아니냐는 듯 성웅을 쳐다보았다. 성웅이 다시 왼손을 번쩍 치켜들었다.

"지원, 합니다."

그러자 이번에는 뒤에 있던 두현이 우람한 손으로 성웅의 팔을 잡아내렸다.

"지원, 안 한답니다, 국장님."

두현이 성웅의 귀에 대고 작게 말했다.

"그런 데는 지원하는기 아이다. 니가 잘 몰라가 그라는 거믄 회의 끝나고 내하고 맨담 좀 하자, 으이?"

"역시, 아무도 없나?"

국장이 요원들을 둘러보았다.

"어쩔 수 없군. 그렇게 보고를 올리는 수밖에."

국장이 고개를 흔들며 문 쪽으로 걸어갔다. 성웅은 우경과 두현에게 양팔을 붙잡힌 우스꽝스러운 모습으로 자리에서 일어나 소리쳤다.

"국장님!"

우경과 두현이 다급히 성웅의 입을 막고 어깨를 잡았다. 국장이 돌아섰다. 우경과 두현이 성웅을 자리에 앉히며 말했다.

"아무것도 아닙니다, 국장님. 하하."

"별일 아니에요, 하하하."

성웅이 발버둥치자 두현이 성웅의 머리를 쥐어박았다.

"대체 왜 그러는 거야?"

우경과 두현은 성웅을 끌고 밖으로 나갔다.

"북파공작원이 뭔지 제대로 알고 하는 소리야? 영웅이 되고 싶어서 그래? 성웅아, 북파공작원이 된다고 해도 한국 땅에서는 절대로 영웅이 될 수 없어. 열에 일곱은 가서 죽거나 실종되기 일쑤야. 죽었는지 살았는지도 알 수 없어. 좋아. 운 좋게 임무를 수행하고 돌아왔다고 치자. 너에 대한 기록은 어디에도 남지 않아. 취직하려고 해도 취직할 데도 없어요. 그놈의 기록이 다 없어지거든. 어디, 그뿐이냐? 북한 한 번 갔다 오면 평생 죄수처럼 감시당하며 살아야 돼. 죽어도 국립묘지에 묻어주지 않아. 너, 이 모든 걸 감당할 자신 있어?"

두현이 옆에서 거들었다.

"우리들은 그냥 중국 가가 북한 조금 감시해 불고 인공위성으로 사진 찍은 거 보고하고 그라믄 되는 기라. 남파공작원들하고 우리는 대우부터 다르다 안 하나."

"대우받고 싶어서 지원하는 거, 아니에요. 영웅이요? 되고 싶지 않아요. 실종이요? 겁나지 않아요. 거기서 죽어도 상관없어요."

두현이 성웅의 이마에 손을 갖다 댔다.

"행님, 애 열은 없는데. 와 이리 헛소리를 지껄이쌌는지 모르겠네."

"북한에서 온 이효준하고 붙어 다니더니 실성을 한 모양이다."

우경과 두현은 어떻게든 성웅을 말리려 했다. 그들은 나라를 위해 목숨 걸고 일하는 정보원이었다. 그러나 죽으러 가겠다는 성웅을 두고 볼 수만은 없었다.

"아까 안 봤나? 국장님도 니 안 보내려고 하신다. 우리 북한정보국에 정보원 신입 중 1등이 들어온 건 니가 처음이다. 우리 정보국의 보물을 누가 보내고 싶겠노? 안 글나? 니 진짜 와 그라노? 이효준이 니 뇌에다가 세뇌를 시키드나? 북한에 가자, 가자, 하든서? 니가 안 가도 우리 한국은 지대로 잘 돌아간다."

성웅은 우경과 두현의 마음을 알 수 있다.

"저, 가야 합니다. 이효준이 북에서 왔을 때부터 마음먹은 일이에요."

"이건 또 무슨 소리야? 알아듣게 설명해 봐."

"제가 국가정보원에 왜 들어왔는지 아세요? 내 목숨 살리기 위해 나 대신 납북된 친구 때문입니다. 그 친구, 내가 꼭 다시 한국으로 데려오려고 말입니다."

우경은 너무 놀라 담배를 피려고 꺼낸 라이터를 떨어뜨렸다.

"친구가 납북됐다꼬?"

"뭐라고? 너, 지금까지 우리한테 그런 말한 적 없잖아."

"나라를 위해서도, 국민의 안녕을 위해서도 아니에요. 납북된 제 친구, 되찾아오려고 들어왔어요, 여기."

성웅은 두 사람에게 자기 대신 끌려간 홍민의 이야기를 들려주었다.

"지난 11년 동안 단 하루도 그날을 잊은 적이 없어요. 홍민이 어떤 심정으로 끌려갔을지, 짐작조차 할 수 없었죠. 그런데 이효준이라는 남자가 나타나 홍민이 이야기를 하는 것을 들었어요. 내가 자청해서 그 사람 경호를 맡았던 이유는 홍민이가 살아온 날들을 더 자세히 알고 싶었기 때문이었어요."

두 사람은 말없이 성웅의 이야기를 들었다. 믿기 힘든 이야기였다.

"북한에서 죽어도 좋아요. 홍민이를 데리고 간 그 남자를 만나면 이번에는 내가 홍민이 대신이 남겠다고 하고 싶어요."

"아마도 그런 일은 없을걸."

누군가가 성웅의 말을 잘랐다. 성웅이 뒤를 돌아보았다. 그곳에 효준이 서 있었다. 효준은 정보원 배지를 보이며 말했다.

"당신들보다 계급이 좀 높기도 하고, 나이도 많으니까 지금부터 말 놓겠다. 민성웅. 그 남자를 상대해 보고도 몰라? 대한민국에 그 남자를 상대할 수 있는 사람이 과연 있을 거라고 생각해? 천만에. 단 한 명도 없을 거야. 내가 정보원에 들어온 이유를 말해 줄까? 그 남자가 누군지 알고 싶어서야. 나를 알기 전에 적을 파악해야 하는 건 기본이니까. 내가 북에서 그 남자에게 진 이유는 바로 그것 때문이었어. 그 남자가 누군지 몰랐다는 것."

효준은 성웅을 빤히 바라보며 말을 이었다.

"북파공작원을 뽑아야 한다고 국장님께 말씀드린 사람이 나야. 아니나 다를까. 다들 꽁무니를 빼더군. 민성웅, 너만 빼놓고. 차라리 잘됐어. 괜히 인원수만 많은 것보다는 소수 정예가 더 나아. 훨씬 더 빠르게, 안정적으로 임무를 수행할 수 있거든."

효준이 뒤돌아서려다 말고 성웅을 쳐다보았다.

"북파공작원과 남파공작원의 가장 큰 차이점이 뭔 줄 알아? 바로 실력이야. 북한에서는 최고의 엘리트들만 남파공작원으로 선발해. 선발 과정? 수많은 엘리트들이 선발 과정을 통과하지 못하고 죽어나가지. 손들고 소신 있게 북파공작원에 지원한 누구하고는 엄청난 차이가 나지 않을까?"

"그걸 어떻게 알고 있는 겁니까?"

성웅이 물었다. 효준은 냉정하게 대답했다.

"내가 남파공작원을 지도하는 지도원이었고, 북한의 수많은 엘리트들을 죽이고 최고의 요원이 된 사람이 바로 네 친구 김홍민이기 때문이다."

효준이 성웅을 꿰뚫듯 노려보았다.

"그런 네가 김홍민을 대신할 수 있을 거라고 생각한다면 큰 착각이지."

35

참모장은 도심 한복판으로 들어갔다. 사람들은 서로 다른 방향으로 각자의 길을 걸어가고 있었다. 표정도 다양했다. 웃는 얼굴, 무표정한 얼굴, 찡그린 얼굴, 화난 얼굴 등등. 이곳에도 사람들이 있었다. 그들도 자신에게 주어진 삶을 열심히 살아가고 있었다.

부지런히 참모장의 뒤를 따라가던 홍민은 교복을 입은 남자 아이를 보았다. 자전거를 탄 그 아이는 열심히 페달을 밟고 있었다. 홍민은 바닷가에서 자전거를 타던 자신의 모습을 떠올렸다.

"홍민아!"

저만치서 진수가 홍민을 부르며 환하게 웃었다. 홍민은 진수에게 손을 흔들어보였다.

"어…."

순간 갑자기 진수가 사라지고 참모장의 얼굴이 보였다.

"뭐 해? 안 와?"

참모장이 물었다. 그제야 홍민은 정신을 차렸다. 이곳은 북한이었고, 지금은 은혜를 만나러 가는 중이었다.

홍민은 참모장을 따라 건물 안으로 들어갔다. 가슴이 아팠다. 이제 다시는 성웅이와 뗏목 경기를 하지 못할 것이다. 진수와 자전거를 타고 달릴 일도 없을 것이다. 문득 어머니의 얼굴이 떠올랐다. 어머니도 이제는 나이 들어 머리가 하얗게 세셨을 것이다. 안타까웠다. 그러나 지금은 그런 생각을 할 때가 아니었다.

마음을 가라앉히자. 어떻게든 은혜를 살려야 한다. 그것이 먼저다.

홍민은 무겁게 발걸음을 옮겼다. 마치 지옥문을 열고 들어가고 있는 기분이었다. 이곳에 온 이후, 단 한순간이라도 행복을 느꼈던 적이 있었는가. 모를 일이었다.

앞서 복도를 걸어가던 참모장이 멈춰 섰다. 홍민도 걸음을 멈췄다. 참모장이 홍민을 돌아보며 냉정하게 물었다.

"이쪽과 저쪽. 어느 쪽을 택하고 싶어?"

참모장은 손가락으로 두 개의 방을 번갈아 가리켰다. 그는 홍민에게 선택을 강요하는 것을 즐기고 있는 듯했다. 분명한 것은 선택은 언제나 홍민의 몫이고, 어느 쪽을 선택하든 희생이 따른다는 것이었다.

"무엇을 위한 선택입니까?"

"목숨. 난 항상 너에게 삶의 길과 죽음의 길 중 하나를 선택할 기회를 주었다. 지금도 마찬가지다. 자, 이쪽과 저쪽. 어느 쪽을 선택할 건가?"

"어느 쪽도 선택하지 않는다면 어떻게 됩니까?"

"꽤 괜찮은 말도 할 줄 아는군."

참모장은 고개를 끄덕이며 홍민을 훑어보았다. 그러더니 홍민 뒤에 있는 방문을 열었다.

"들어가."

죽음의 길을 선택한 것일까, 삶의 길을 선택한 것일까.

홍민은 가슴이 방망이칠 치는 것을 느꼈다. 그는 천천히 몸을 돌리고 안으로 들어갔다. 순간 문이 닫혔다. 밖에서 문이 잠기는 소리가 들렸다. 놀란 홍민이 문을 두드리며 소리쳤다.

"참모장 동지! 참모장 동지!"

"넌 어느 쪽도 선택하지 않았다. 전은혜 동무에 대한 처결이 끝날 때까지 이곳에 있어라."

참모장이 나지막하게 말했다. 곧이어 참모장의 발자국 소리가 복도에 울려 퍼졌다.

"참모장 동지!"

발자국 소리가 끊겼다. 그러더니 점차 가까워졌다. 홍민은 더욱 크게 외쳤다.

"참모장 동지!"

"전은혜 동무를 대신해 죽고 싶다고 했지?"

참모장이 물었다.

"네. 그렇습니다!"

홍민이 고개를 끄덕였다. 사실이었다. 그녀를 구할 수만 있다면 목숨을 내던질 수도 있다고, 홍민은 생각했다.

"왜?"

참모장이 다시 물었다. 그의 질문이 비수처럼 홍민의 가슴을 찔렀다.

왜? 왜라니?

홍민은 더듬더듬 대답했다.

"…아직 왜 그래야 하는 건지는 모르겠지만, 그래도…."

"민성웅은 친구고, 이효준은 너와 11년을 함께 보낸 동료이자 스승이다. 그런데 전은혜 동무는 대체 너에게 무엇인가? 무엇인데 그녀를 대신한다고 하는 거지?"

홍민도 궁금했다. 그녀는 나에게 어떤 존재일까? 하지만 깊게 생각할 시간 따위는 없었다. 먼저 은혜부터 만나야 했다. 생각은 그다음에 해도 늦지 않았다.

"아쉽군. 난 불분명한 건 질색이야."

참모장이 비웃듯 말했다. 둔탁한 발자국 소리가 다시 멀어져갔다. 다급해진 홍민은 계속 문을 두드리며 소리쳤다.

"꺼내주십시오, 참모장 동지!! 전은혜 동무를 만나게 해주십시오! 아무런 설명도 없이 가둬두면 어쩌란 말입니까! 참모장 동지! 참모장 동지!"

그러나 참모장은 되돌아오지 않았다. 홍민의 목소리만이 건물 안에 울려 퍼질 뿐 그 외에는 아무 소리도 들리지 않았다. 홍민은 스르르 주저앉았다.

은혜를 만나지 못한다. 하고 싶은 말도 못 했는데. 그녀가 나에게 어떤 존재이든, 그것이 뭐 그리 중요하단 말인가!

마치 가위질 당하는 것처럼 홍민의 마음은 갈기갈기 찢겨져나갔다. 아팠다.

36

은혜는 힘없이 아래를 내려다보았다. 하늘과 땅, 그 사이에는 공중에 매달린 자신이 있었다.

이틀 전이었는지 3일 전이었는지 기억조차 희미했다. 홍민에게 약속을 받아내지 못한 것이 마음 아파 며칠 동안 훈련장은 물론 외국어 공부방에도 가지 않았던 그녀는 홍민이 훈련하는 모습을 몰래 지켜보다 누군가에 의해 정신을 잃고 말았다. 놈들은 은혜를 마취제로 잠재우고 어딘가로 끌고 갔다.

은혜는 몇 시간이 지나서야 눈을 떴다. 밧줄로 단단히 묶여 있는 팔이 아팠다. 그녀는 주위를 둘러보다 자신이 공중에 매달려 있다는 사실을 알았다. 피가 아래로 쏠려 온몸에 통증이 일었다.

햇빛이 무섭게 쏟아져 내리고 지열까지 올라와 은혜는 숨이 턱턱 막혔다. 은혜는 비라도 내렸으면 좋겠다고 생각했다. 하지만 비가 내리면 밧줄이 빗물에 불어 팔과 배를 옥죄어올 것이 분명했다. 속수무책이었다. 함부로 울지도 못했다. 수분이 몸에서 빠져나가는 것을 막아야 살수 있기 때문이었다.

"난, 죽… 이지 않았어…."

침도 말라서 바싹바싹 목이 탔다. 그래도 은혜는 계속 중얼거렸다. 죽이지 않았다고. 지도원을 죽이고, 관리관을 죽였다니. 억울했다. 은혜는 죽고 싶지 않았다. 차라리 죽는 편이 낫다는 생각도 했었지만 이렇게 죽기는 싫었다. 집으로 돌아가고 싶었다. 엄마, 아빠, 동생들이 보고 싶었다.

"난 죽이지 않았어!"

은혜는 있는 힘을 다해 발악하듯 소리쳤다. 은혜의 목소리가 멀리까지 퍼져나갔다. 은혜는 누군가, 단 한 사람이라도 자신이 외치는 소리를 들어주길 바랐다. 기운이 점점 빠졌다.

언제까지 이러고 있어야 하는 것일까.

그가 생각났다. 김홍민. 은혜가 좋아한다는 말을 돌려서 한다는 걸 알아채지도 못하는 멍청한 남자였다.

"우리 같이 가요, 중국에. 약속."

은혜는 입을 달싹였다. 그러나 말은 소리가 되어 나오지 않았다.

홍민이 내가 한 말의 뜻을 알아챘다면, 그래도 나는 여기에 있을까? 아니면 홍민 옆에 있을까?

은혜는 곰곰이 생각하다 아예 생각을 접어버렸다. 어쨌든 상황은 변하지 않을 테니까.

은혜는 홍민이 믿음직스러웠다. 그는 항상 훈련하는 그녀를 지켜봐주었고, 그녀가 힘들어할 때 손을 내밀어주었다. 은혜는 그의 웃는 얼굴이 보기 좋았다. 그가 있어서 이 지옥 같은 곳이 행복해졌다. 그런데 이제는 모든 것이 변했다. 그녀를 지켜주었던 홍민은 곁에 없었다. 그는 더 이상 은혜에게 손을 내밀어주지 못할 것이었다.

그를 보지 못하고 이대로 죽게 되는 것일까.

은혜의 입술이 떨렸다.

"안녕… 홍민 씨."

37

눈을 감고 벽에 기대앉아 있던 홍민은 번쩍 눈을 떴다. 분명 은혜의 목소리였다. 홍민은 벌떡 일어나 문을 두들기기 시작했다. 멍하니 앉아 있으면 은혜가 사라질 것 같았다.

"꺼내주세요! 전은혜 동무를 만나야 한다고요! 참모장 동지!"

갑자기 철컥 소리가 났다. 홍민은 꿀걱 침을 삼켰다. 문이 열리고 참모장이 들어왔다.

"말해. 너에게 어떤 존재인지."

"그녀가 어떤 존재이든 참모장 동지와 무슨 상관이 있습니까?"

"상관이 없다?"

"그렇게 알고 싶습니까? 말씀드리죠. 좋아하게 된 동무입니다. 남자로서 한 여자를 가슴에 품게 됐다는 말입니다. 이제 후련하십니까?"

"좋아하게 되었다?"

홍민이 단호하게 고개를 끄덕였다. 참모장이 의미를 알 수 없는 표정을 짓더니 밖으로 나갔다.

"따라와. 전은혜가 있는 곳으로 간다."

잠시 후 참모장이 다시 들어와 말했다.

왜 진작 은혜에 대한 마음을 알아채지 못한 것일까.

홍민은 자기 자신을 책망하면서 참모장의 뒤를 따라갔다.

38

멀리 잡초와 꽃들이 무성한 얕은 야산이 보였다. 나무가 울창한 높은 산은 없었다. 주위는 오직 얕은 야산과 평지뿐이었다.

"세워."

참모장이 말했다. 차가 멈췄다.

"내려."

홍민은 참모장과 함께 차에서 내렸다.

"저쪽, 보이나?"

홍민은 참모장이 가리키는 곳을 바라보았다. 얕은 야산 중간에 뭔가가 삐죽 올라와 있었다.

"은혜 동무에게 가려는 것 아님….."

"자."

참모장이 말을 끊고 홍민에게 망원경을 건넸다. 홍민은 망원경을 들고 바라보았다. 지독한 광경이 눈에 들어왔다. 은혜가 전봇대에 묶여 있었다.

"대체, 은혜 동무에게 무슨 짓을 한 겁니까? 며칠 동안 저러고 있었던 겁니까?"

"전은혜는 지도원 박철영을 죽인 것도 모자라 조구한 관리관까지 죽였다. 어떻게 처리해야 할 것 같은가? 박철영 지도원은 중국에서 너에게 외국어를 가르칠 사람이었다. 그런데 중국으로 떠나기 하루 전에 실종되었고, 얼마 전 폭파된 건물 안에서 온몸이 찢겨진 채 시체로 발견되었다. 그때도 전은혜는 용의자였다. 하지만 증거가 없었지. 그러다 이번엔 관리관이 죽었다. 그의 시체 역시 폭파된 건물 안에서 발견되었다. 그들이 죽기 전에 만난 사람은 바로 전은혜였다. 어떤가? 누가 그들을 죽였을 것 같은가?"

홍민은 입을 열 수 없었다. 은혜를 지도했던 사람, 관리했던 사람 모두 죽었다. 이곳은 증거가 없어도 사람을 죽일 수 있는 곳이었다. 사람을 죽이고 살리는 데 이유 따윈 필요치 않았다.

"네가 좋아하는 영웅놀이를 또 한 번 해볼까?"

참모장이 물었다. 홍민이 힐끗 참모장을 쳐다보았다.

"전은혜를 살릴 수 있는 방법은 두 가지가 있다. 하나는 네가 전은혜

대신 전봇대에 매달려 죽는 것이고, 또 하나는 살아서 전은혜가 범인인지 아닌지 감시하는 것이다."

홍민에게 선택의 여지는 없었다.

"전은혜 동무를 감시하겠습니다."

참모장이 그럴 줄 알았다는 듯 고개를 끄덕였다.

"넌 정말 이기적인 놈이야."

참모장이 징그럽게 웃었다. 홍민이 도대체 무슨 소린지 모르겠다는 표정으로 참모장을 쳐다보았다.

"넌 절대 영웅이 될 수 없어. 네가 죽기 싫으니까 다른 사람들 대신 붙들려 있다고 생각할 뿐이지. 왜 그때 함께 죽는 것을 택하지 않은 거지? 너나 너 때문에 살아난 두 사람이나 모두 다 불행한 삶을 이어가고 있지 않나? 이미 끝난 일이니까 말해 주겠는데 이번에도 역시 넌 죽을 용기가 없어서 감시를 선택한 거야. 경고한다. 앞으로 두 번 다시 내 앞에서 영웅 흉내 내지 마."

참모장이 차에 올랐다. 차는 곧 뿌연 먼지를 날리며 은혜가 있는 쪽으로 달려갔다. 홍민은 심장이 덜컹 내려앉는 것 같았다.

내가 정말 영웅놀이를 한 것일까? 11년 동안 지옥에서 살았다. 성웅과 효준을 대신해서. 그런데 내가 그들 입장이라면, 과연 어떤 심정일까?

홍민의 머릿속에 마지막에 본 성웅의 얼굴과 효준의 얼굴이 번갈아 떠올랐다. 두 사람 모두 홍민 때문에 살았다는 죄책감에 시달릴 것이 분명했다.

나는 어쩌면 참모장이 말한 대로 성웅과 효준의 영웅으로 살아가고 있는 자신을 뿌듯해 하고 있었던 것일지도 모른다. 마치 전지전능한 신의 능력을 가진 것처럼 우쭐대면서.

홍민은 망원경으로 은혜가 있는 곳을 바라보았다. 우뚝 솟아 있던 전봇대는 포클레인에 의해 내려지고 은혜의 몸을 묶었던 밧줄이 풀리고 있었다. 은혜는 의식을 잃은 듯했다. 홍민은 어떻게 해야 좋을지 갈피를 잡지 못했다.

39

성웅은 집기류를 들고 엘리베이터에 올랐다. 왠지 가슴이 뿌듯했다. 북파공작원이 된 그에게 첫 임무가 주어진 것이었다. 성웅은 1층에서 내려 지하층으로 내려가는 입구로 갔다.

"어이, 간첩 나으리! 이사 하냐?"

우경과 두현이 이기죽거리며 성웅에게 다가왔다. 성웅은 그들은 무시한 채 지하로 내려가는 계단을 밟았다. 순간 우경이 성웅의 목덜미를 낚아채고, 팔로 목을 휘어 감았다. 그 바람에 성웅은 들고 있던 집기류를 떨어뜨렸다. 집기류는 우당탕 소리를 내며 계단 아래로 굴러 떨어졌다.

성웅이 우경과 두현을 노려보았다. 그들은 무슨 일이 있었냐는 듯 딴청을 피웠다. 성웅은 계단을 뛰어 내려가 집기류를 챙겼다. 그들을 상대해 봤자 자신만 손해였다.

"가자, 두현아!"

우경이 옆에 있는 두현에게 소리쳤다. 누구 들으라는 듯이. 두 사람은 곧 어깨동무를 하고 북한정보국 쪽으로 걸어갔다. 그러다 문 앞에 떡 버티고 서 있는 효준을 보았다.

"비켜주시죠."

우경이 귀찮다는 듯 효준에게 말했다. 효준은 빙긋 웃었다.

"날 이긴다면 비켜주지. 그러나 날 이기지 못하면 함께 간첩선에 올라야 할 거야."

"좋습니다."

두현이 나섰다. 그러면서 타이트한 티셔츠 위로 두드러지게 보이는 근육을 움직였다. 상대에게 겁을 주려는 행동이었다. 하지만 효준은 아무렇지 않다는 듯 두현에게 먼저 공격하라는 손짓을 했다. 그러자 두현은 대뜸 두 팔로 효준을 안고 옴짝달싹 못하게 힘을 주었다. 우경이 두현의 팔에 갇힌 효준에게 말했다.

"그 녀석 장기입니다. 방심하다가 당한 사람이 한두 명이 아니죠."

두현은 여유 있게 주위를 둘러보았다. 어느새 정보원들이 정보국 앞에 모여들어 세 사람을 구경하고 있었다.

"그런가? 내 장기에 당한 사람도 한둘이 아닌데?"

효준은 말을 마치자마자 이마로 두현의 턱을 받았다. 두현이 어이쿠, 하며 효준을 감쌌던 팔을 풀었다. 효준은 슬쩍 몸을 날려 뒤돌려 차기로 두현의 가슴을 걷어찼다. 두현은 낙엽처럼 나가떨어졌다.

"두현아!"

우경이 놀란 표정으로 두현에게 다가갔다. 두현은 가슴을 움켜쥐고 고통스러운 신음을 토해 냈다.

"으이구, 못난 자식."

두현의 상태를 확인한 우경은 인상을 찌푸리며 일어섰다.

"행님!"

두현은 울상이 되어 우경을 올려다보았다.

"시끄러워. 넌 옆에서 구경이나 해."

"알겠십니더 행님. 잘 부탁합니더!"

우경은 잠시 두현을 쳐다보더니 효준에게 먼저 공격하라는 손짓을 했다.

"괜찮겠나?"

"나 참. 먼저 공격하라잖소?"

우경은 권투선수처럼 두 손으로 얼굴을 가리고 이리저리 몸을 움직였다. 하지만 그 모습이 어딘가 모르게 우스꽝스러웠다.

"간다!"

효준이 뛰어오르려는 자세를 취했다. 우경은 멈칫하더니 뒤로 물러섰다. 효준은 그 틈을 놓치지 않았다. 왼쪽 무릎을 구부리고 그것을 회전축 삼아 원을 그리듯 오른쪽 다리를 휘돌렸다. 날짐승처럼 부드럽고 빠른 몸놀림이었다. 효준의 다리에 두 발이 걸린 우경이 빙판에 미끄러지듯 뒤로 넘어져 보기 좋게 엉덩방아를 찧었다.

"아이쿠!"

우경은 고통스러운 듯 엉덩이를 매만졌다. 정보국 복도는 순식간에 웃음바다가 되었다. 정보원들은 저마다 한마디씩 했다.

"바쁜 일이 있어서 일부러 져준 거 맞지?"

"일타에 일피라. 싸움의 정석이군."

"멋지십니다! 나중에 한 수 가르쳐주십시오!"

우경과 두현은 고개를 들지 못했다.

"미안하게 됐네. 성웅이와 나만으로는 부족해서 말이야."

효준이 차분하게 우경과 두현을 쳐다보았다. 두현이 슬그머니 손을 들었다.

"저기요, 행님."

"뭔가? 설마 남자가 한 입 가지고 두말 하는 건 아니겠지?"

"그게 아이고요. 경상도 싸나이는 한 입 갖고 두말은 안 합니다. 근데 부탁이 있심더."

"좋아. 말해 봐."

"쪽팔리니깐요, 성웅이한테는 내가 자원했다고 해주시믄 안 되겠십니까?"

효준이 피식 웃었다. 그러자 두현도 덩치에 어울리지 않게 환하게 웃었다.

"저기요."

두현 옆에 있던 우경도 손을 들었다.

"저도 자원입니다."

효준이 두 사람에게 말했다.

"솔직히 말하겠는데 처음부터 두 사람을 간첩선에 태우고 싶었다."

두 사람은 놀라서 효준을 쳐다보았다. 효준이 고개를 끄덕거렸다.

"우리가 실력이 좀 있습니다. 안 그렇십니까, 행님?"

두현이 어깨를 으쓱하며 물었다.

"그래. 우리가 한 실력 하는 건 사실이지."

우경도 우쭐해져서 대답했다. 효준이 자화자찬하는 두 사람에게 찬물을 끼얹었다.

"두 사람 실력이 뛰어나서가 아니야."

"아니라면?"

우경과 두현이 합창하듯 물었다.

"두 사람이 빠져도 정보국에는 별 문제가 없기 때문이다."

효준은 입을 쩍 버리는 두 사람을 잡아끌고 지하로 내려갔다.

성웅은 세 사람이 들어서자 그럴 줄 알았다는 듯 미리 씻어놓은 걸레를 우경과 두현에게 던졌다. 하지만 효준이 걸레를 잡아챘다. 성웅은 왜 그러냐는 표정으로 효준을 보았다.

"걸레질할 시간 따윈 우리에게 없다. 그리고 이곳은 임시 사무실이다. 우리는 다른 정보원들보다 더 많은 시간을 몸 만드는 데 쏟아 부어야 한다. 따라서 지하실에 있는 모든 운동장을 내 집처럼 생각하고 이용할 생각이다. 최우경, 박두현!"

"넵!"

두 사람은 큰소리로 대답했다.

"너희들은 지금부터 북한과 일본의 움직임을 주시하며 관련 정보를 빠짐없이 체크한다. 그리고 민성웅."

"네!"

성웅도 큰소리로 대답했다.

"감상에 젖어 있을 시간이 없다. 넌 빠른 시일 내에 우리가 봤던 그 남자에 대해 알아내야 한다. 그러면 홍민이 있는 곳을 알 수 있을 것이다. 그 남자는 항상 홍민이를 주시하고 있으니까."

"네. 알겠습니다."

효준이 힘주어 대답하는 성웅의 어깨를 토닥거렸다. 성웅은 시간이 빨리 갔으면 좋겠다고 생각했다.

이제부터는 힘들어질 것이다. 지금까지 해봤던 훈련보다 훨씬 더 강도 높은 훈련이 우리를 기다리고 있다. 하지만 그편이 더 나았다. 홍민의 소식을 앉아서 기다리는 것보다는.

성웅은 힘에 있어서 국정원 최고인 두현과 정보력에 있어서 역시 국정원 최고인 우경이 함께해서 다행이라고 생각했다.

김홍민. 너에게 진 빚을 갚으러 너를 찾아갈 날도 얼마 남지 않았다. 효준은 반드시 우리를 너에게 데려갈 것이다!

40

은혜는 병원에서 치료를 받고 의식을 되찾았다고 했다. 낮에는 뜨거운 태양빛에, 밤에는 차가운 바람에 시달리며, 물 한 모금 못 먹으면서도 생명줄을 놓지 않은 은혜였다. 그녀가 살아 있다는 것은 기적에 가까웠다.

홍민은 은혜에게 가고 싶었다. 가서 그녀를 돌봐주고 싶었다. 하지만 발걸음이 떨어지지 않았다. 그녀가 자신을 원망할까 봐 겁이 났기 때문이었다.

홍민은 하루 종일 훈련에 매달렸다. 훈련을 하지 않으면 머릿속에 성웅과 효준이 나타나 그의 목을 졸라댔다.

홍민은 트랙을 돌다가 건물로 들어갔다. 아무 생각 없이 계단을 뛰어올라갔다. 홍민은 옥상 위에 서서 하늘을 바라보았다. 손을 뻗었다. 태양이 잡힐 듯 손에 들어왔다. 주먹을 쥐었다. 그러나 태양은 그의 손에 쥐어지지 않았다. 홍민은 자신이 여태까지 태양처럼 쥐지 못하는 것을 붙들고 살아오는 건 아닌가, 생각했다. 답답했다.

홍민은 건너편 건물을 바라보았다. 은혜의 방 창문이 보였다. 누군가가 커튼을 걷고 있었다. 은혜였다. 긴 머리카락에 가려져 얼굴은 보이지 않았지만 분명 은혜였다. 그녀는 무언가를 찾고 있는 듯했다.

"은⋯."

홍민은 그녀를 부르려다 그만두었다.

투닥투닥. 멀리서 들어도 알 수 있는 발자국 소리가 다가왔다. 홍민은 마음을 정리하고 뒤돌아섰다.

"오셨습니까?"

참모장이 홍민 옆에 와서 은혜를 쳐다보았다. 홍민은 어쩔 수 없이 참모장과 함께 은혜를 보았다.

"전은혜를 살려주는 조건, 왜 실행하지 않는 거지?"

참모장이 물었다. 홍민은 다 알고 있으면서 묻는 그가, 사람의 마음을 주물럭대는 그가 싫었다. 홍민은 이를 악물었다.

이놈은 반드시 내 손으로 죽이고 여길 떠날 것이다!

은혜는 창문에 힘없이 기대서 있었다. 어쩐지 위태위태했다.

"아직 몸도 제대로 가누지 못하는데 가봤자…."

"가봤자 원망만 들을 것 같아서, 그게 무서워서 이러고 있다는 말인가? 목숨도 아까워하지 않는 우리 영웅께서 말이지. 그래도 기껏 살려놓은 여자를 저렇게 내버려두면 되겠어? 네 임무는 감시뿐만이 아니야. 저 여자가 다 나을 때까지 간병하는 것도 네 임무야. 이곳에 돌아온 후로는 아무것도 먹지 못했거든."

"그 이야기를 왜 이제야 하는 겁니까?"

홍민이 안타까운 표정으로 물었다. 참모장은 아무 대답도 하지 않았다. 그는 무표정한 얼굴로 은혜를 보았다. 은혜가 무너지듯 바닥에 쓰러지고 있었다.

"이만 가보겠습니다."

홍민은 꾸벅 참모장에게 인사를 하고 서둘러 옥상을 내려와 건너편 건물로 갔다. 그는 건물 안으로 들어가자마자 은혜의 방으로 갔다. 문을 열고 들어갔다. 은혜는 창문 앞에 쓰러져 있었다. 홍민은 은혜를 안고 침대로 갔다. 그녀의 몸은 지푸라기처럼 가벼웠다. 홍민은 조심조심 그녀를 침대에 눕혔다. 뼈만 앙상하게 남아 있는 은혜의 모습이 그의 마음을 아프게 했다. 홍민은 방을 나와 식당으로 달려갔다. 무엇이든 만들어 먹여야 했다.

홍민은 미음을 쒀서 들고 은혜에게 갔다. 다행히 은혜는 정신을 차린 모양이었다. 깨어 있었다. 은혜는 홍민과 눈이 마주치자 고개를 돌려버렸다. 홍민은 침대에 쟁반을 내려놓고 은혜를 일으켰다.

"먹지 않으면 버티기 힘들어요. 어서 먹어요."

은혜가 그를 쳐다보았다. 그녀의 눈에는 홍민에 대한 원망이 가득했다. 홍민은 충분히 짐작할 수 있었다. 성웅과 효준도 은혜처럼 자신을 원망하며 살아가고 있다는 것을.

그래도 먹여야 한다.

홍민은 숟가락으로 미음을 떠서 은혜에게 가져갔다. 은혜는 싫다는 듯 고개를 돌렸다.

"날 미워한다는 것도 알고, 싫어한다는 것도 알아요. 그래도 당신이 나을 때까지는 내가 돌봐야 해요."

은혜의 입술이 떨렸다.

"여기, 놓고 갈게요. 꼭 먹어요."

홍민이 일어서서 문 쪽으로 걸어갔다. 은혜가 잘 나오지 않는 목소리로 말했다.

"고마워요. 당신이 날 살렸다는 얘기, 들었어요."

"고맙다는 말은 하지 마십시오. 난 당신을 살린 것이 아닙니다. 선택을 했을 뿐입니다. 당신 대신 죽을 수 없어서 앞으로 당신을 감시…."

은혜가 침대에서 일어났다. 그녀는 기듯이 걸어와 홍민을 뒤에서 안았다. 홍민은 깜짝 놀라 은혜의 손을 뿌리쳤다. 은혜가 안타깝다는 듯 말했다.

"솔직히 당신을 원망했어요. 미안해요. 그리고 감사해요. 정말이에요. 내 희망은 집으로 돌아가는 거예요. 이곳이 지옥이라 할지라도 살아 있어야만 가능한 희망이니까, 그러니까, 들려줄래요? 나한테 하고 싶었던 말."

홍민은 뒤돌아서서 은혜의 눈을 보았다.

정말일까? 나를 원망하지 않는다는 것이?

홍민은 믿을 수 없었다. 그를 원망해야 정상이었다. 홍민은 잠시 망설였다.

"내 마음, 받아주지 않을 건가요?"

은혜가 애처롭게 물었다. 홍민이 손으로 은혜의 얼굴을 만졌다. 은혜는 힘없이 웃으며 홍민의 손을 잡았다.

"우리 같이 가요, 중국에. 중국말로."

은혜가 재촉했다. 홍민은 입술을 달싹거렸다.

"짜른타빤퉁씽, 쭝교오."

은혜가 웃으며 새끼손가락을 내밀었다.

"약속. 일본말로."

"약소쿠."

홍민은 은혜의 새끼손가락에 자신의 새끼손가락을 걸었다.

"이 말만 계속 외우고 다녔어요. 우리 함께 가요. 중국에."

"그래요. 약속했으니까."

은혜가 말했다. 홍민은 은혜를 끌어당겨 힘껏 안았다.

"미안해요. 미안합니다. 당신이 그렇게 되고 나서야 알았어요. 내 마음을. 날 위해 살아줘요. 부탁입니다."

은혜가 고개를 끄덕였다. 홍민은 포옹을 풀고 그녀의 눈을 뚫어지게 쳐다보았다.

"같이 중국에 가려면 밥도 많이 먹고, 훈련도 빠지면 안 돼요. 다른 남자 만날 때는 꼭 날 불러서 데리고 가요."

"날 감시해야 하니까?"

은혜가 장난스럽게 물었다. 홍민은 더욱 세게 은혜를 안아주었다.

"예. 앞으로 계속 감시할 테니까요."

41

"피치 올려! 더, 더, 더!"

효준이 소리쳤다. 성웅은 있는 힘을 다해 수영장의 물살을 갈랐다.

"아직 멀었어!"

효준은 간신히 목표 지점에 다다른 그를 발로 차서 물속으로 밀어넣었다.

"처음부터 다시!"

효준이 소리쳤다.

"민성웅. 지금까지 홍민이한테 빚 갚을 생각, 머리로만 했어? 느려터진 몸은 어쩔 거야! 홍민이와 라이벌이었다며? 라이벌답게 시간을 단축시켜 봐! 그럼 인정해 줄 테니까!"

효준은 매섭게 성웅을 채찍질했다. 빠른 시간 안에 북한 요원들보다 뛰어난 몸을 만들기 위해서는 어쩔 수 없는 일이었다.

두현과 우경도 마찬가지였다. 효준은 격투 훈련을 할 때마다 가차 없이 두현과 우경을 때려눕혔다. 성웅도 두 사람과 대련할 때면 인정사정 봐주지 않았다.

효준 등 네 사람은 유도 훈련을 마치고 잠시 쉬었다. 태권도장에서 효준에게 얻어터지고, 유도장에서 성웅에게 패대기쳐진 두현과 우경은 못마땅한 표정으로 효준과 성웅을 노려보았다.

"왜 그런 눈으로 쳐다보는 겁니까?"

성웅이 두 사람에게 물었다.

"니 눈에는 내가 니 친구 데꼬 간 그 나쁜 놈으로 보이는 갑네?"

두현이 목소리를 높였다. 성웅은 어이없다는 듯 두현을 바라보았다.

"그만둬! 저런 놈이랑 말 섞을 필요도 없어!"

순간 우경이 벌컥 화를 내며 유도장을 나가버렸다. 성웅은 멍한 눈으로 우경의 뒷모습을 바라보았다. 처음 있는 일이었다.

"니나 효준이 행님이나 우경이 형하고 나한테 너무한다고 생각 안 하나?"

두현이 심각한 표정으로 진지하게 말했다. 성웅은 갑작스러운 두 사람의 태도에 당황하고 말았다.

"형님들, 왜 그래요, 갑자기? 무섭게. 우경이 형도 그렇고, 형도 형답지 않아요."

성웅은 조심스럽게 말했다.

"나다운 기 뭔데? 이거?"

두현이 매트 밑에 숨겨두었던 고깔모자를 꺼내 썼다. 그와 동시에 유도장에 불이 꺼지고, 우경이 환하게 빛나는 촛불이 꽂혀 있는 케이크를 들고 들어왔다.

"감격 좀 했나? 일등 간첩."

우경은 성웅의 도복 안에 얼음까지 넣어주었다.

"임무가 있지만도 생일인데 축하는 하고 넘어가야 안 하나."

"고맙습니다!"

성웅은 콧날이 시큰해지는 것을 느꼈다.

"사실….."

성웅은 애써 눈물을 참으며 말했다.

"내 생일 까먹고 산 지 11년입니다. 11년 전 그날이 바로 내 생일이었습니다."

"아, 진짜. 행님! 내가 이래서 하지 말자고 안 했십니꺼!"

"앞으로는 까먹지 마라."

그때까지 잠자코 있던 효준이 나섰다.

"매년 이날이 되면 홍민이는 혼자 네 생일을 축하하는 노래를 불렀어. 너에게 들렸을지 안 들렸을지 모르겠지만. 아마 오늘도 부르고 있을 것이다. 그러니 맘껏 축하받아라."

"받아랏!"

우경이 케이크를 성웅의 얼굴에 대고 문질렀다. 성웅의 얼굴은 땀과 눈물과 케이크로 범벅이 되었다. 하지만 성웅에게는 그것이 최고의 생일 선물이었다. 유쾌한 웃음소리가 유도장에 울려 퍼졌다.

"자자."

효준이 마무리하자는 뜻으로 박수를 치며 말했다.

"모두들 복싱 체육관으로 이동!"

"이동!"

효준의 말이 떨어지기가 무섭게 세 사람은 서둘러 복싱 체육관으로 걸어갔다.

42

은혜는 차츰 기운을 되찾았다. 그녀는 몸 상태가 좋아지자 다시 훈련을 시작했다. 그 무렵 요코가 은혜를 찾아왔다. 은혜는 요코를 보자마자 힘껏 안아주었다.

"괜찮아? 얼굴 좀 보자."

요코는 살짝 은혜의 몸을 밀어냈다.

"많이 상했다. 이야기 듣고 얼마나 놀랐는지 알아? 관리관까지 같은 방법으로 죽었다니, 무슨 말이야?"

"여긴 어떻게 온 거야?"

은혜가 되물었다. 그 이야기는 더 이상 하고 싶지 않았다.

"나, 여기 있게 됐어."

요코가 알겠다는 듯 웃으며 말했다.

"뭐? 진짜?"

은혜는 요코의 손을 맞잡았다. 기쁘고 놀라운 소식이었다.

"어떻게? 그래도 된대?"

"응."

요코가 고개를 끄덕였다.

멀리서 기뻐하는 은혜와 요코를 지켜보던 홍민의 입가에도 미소가 번졌다.

은혜가 홍민을 향해 자신들 쪽으로 오라고 손짓했다. 홍민은 가지 않겠다는 듯 고개를 저었다. 은혜는 요코를 데리고 홍민에게 갔다.

"내 훈련 지도원 겸 동지 겸 내가 좋아하게 된 김홍민 동무."

은혜가 요코에게 홍민을 소개했다. 홍민은 꾸벅 인사를 했다.

"김홍민입니다."

"이쪽은 나랑 초대소에서 9년을 함께 지낸 가족 같은 친구 요코, 미조라 요코."

요코가 빤히 홍민을 바라보았다. 홍민은 시선을 어디에 둘지 몰라 은혜에게 물었다.

"이름을 그대로 쓰시네요. 은혜 동무처럼 바꾸지 않고."

"네. 그대로 쓰고 있어요. 일본으로 돌아간다고 해도 가족이 없거든요, 그곳엔. 그래서, 일본에서의 나를 잊지 않으려고 이름을 바꾸지 않았어요."

요코가 대답했다. 예기치 못한 상황에 당황한 홍민이 요코에게 사과를 했다.

"미안합니다."

요코는 허둥대는 홍민의 태도가 재미있다는 듯 웃으며 말했다.

"아니에요. 모르고 하신 말씀이잖아요. 앞으로 잘 부탁합니다. 우리 은혜도요. 많이 아픈 아이거든요."

"요코, 그렇게 말하니까 내가 마치 중병에 걸린 환자 같잖아."

"환자인 건 맞아요. 어서 가서 식사하죠. 당분간 식사는 제대로 해야 합니다."

홍민이 말했다.

은혜는 요코의 손을 잡고 식당으로 걸어갔다. 홍민은 머리카락 흩날리며 소풍 나온 어린아이처럼 신나게 걸어가는 은혜의 뒷모습을 흐뭇하게 바라보았다.

43

홍민은 자신을 호출한 참모장 앞에 서서 말했다.

"전은혜 동무가 지도원과 관리관을 죽였다는 증거는 없습니다. 마지막에 만난 사람이 은혜 동무였다는 것은 증거가 될 수 없습니다. 앞으로 철저히 전은혜 동무를 감시하겠습니다. 물론 증거도 찾을 생각입니다.

먼저 전은혜가 동무가 지도원을 죽일 때 함께 있었다고 주장한 사람을 만나고 싶습니다."

참모장이 묘하게 웃으며 책상 위에 있던 서류를 건넸다. 홍민이 서류를 받아들었다.

"참모장 동지의 생각이 틀렸다는 것을 밝히고야 말겠습니다."

홍민은 자신 있게 말했다. 참모장은 네가 과연 그럴 수 있을까, 하는 표정으로 홍민을 쳐다보았다.

"난 지금까지 단 한 번도 틀린 적이 없어. 그것이 내가 여기에 있는 이유 중 하나지."

"세상에 한 번도 실수를 하지 않은 사람은 없습니다. 사람들은 그 실수를 통해 자신이 틀렸다는 것을 알게 되죠. 참모장 동지는 아마도 저를 통해 알게 될 겁니다."

"좋아. 기대하겠네."

"참모장 동지의 기대에 어긋나지 않도록 노력하겠습니다."

홍민은 참모장에게 인사를 하고 밖으로 나왔다. 그의 눈은 이미 서류를 향해 있었다.

기필코 은혜가 무죄라는 사실을 밝혀내고야 말 것이다. 그래서 저 남자의 콧대를 꺾어놓고 말 것이다.

홍민은 다짐하고, 또 다짐했다.

44

숙소로 돌아온 홍민은 꼼꼼히 서류를 읽어나갔다. 그 내용을 요약하면 다음과 같았다.

박철영 지도원 : 미조라 요코를 일본에서 납치, 북한에 데리고 와 북조선말을 비롯해 러시아어, 중국어, 영어를 가르침. 그러나 효과를 보지 못함. 일본에 가족이 없어서 고향에 가고자 하는 의지가 없는 것이 문제. 다시 일본으로 건너가 무라카와 아이를 납치. 북조선말은 물론 러시아, 중국, 영어 모두 단기간에 섭렵함.

조구한 관리관 : 초대소 주변 지역구 관리관. 무라카와 아이의 이름을 전은혜로 바꾸고 관리. 교육 정도를 확인하고 임무를 수행하는 데 있어서 적합한 자를 추슬러 보고하는 능력이 탁월함. 전은혜의 임무 완수 능력을 높이 평가해 박철영 지도원 실종 후 상부에 전은혜를 중국 요원으로 추천함. 박철영 지도원이 폭파된 건물 안에서 발견되자 전은혜와 요코를 의심해 추궁했지만 혐의를 찾지 못함. 중국으로 바로 보내려다 전은혜에 대한 의심을 접지 못하고 3년간 유예를 정함. 전은혜를 만나러 왔다가 참모장이 오기 전에 돌아감.

김설린 요리원 : 초대소 요리사. 인근의 사람들을 감시하고 누명 씌우는 게 특기. 말도 안 되는 추리를 함. 박철영 지도원이 마지막으로 만난 사람이 전은혜라는 사실을 보고한 인물.

강태만 훈련소 지도원 : 김흥민과 전은혜를 감시하고 훈련 일지를 작성. 조구한 관리관과 전은혜가 만나는 것을 목격함.

홍민은 곰곰이 생각했다. 박철영이 실종되기 전에 만난 사람이 은혜였다는 것은 사실인 듯했다.

요리원은 두 사람이 만나는 것을 보고 은혜가 박철영을 살해했다는 추리를 했을 것이다. 말도 안 되는 추리를 하는 사람이니까.

홍민은 조구한과 은혜가 만난 날짜를 확인했다.

강태만이 은혜와 조구한이 만나는 것을 목격하고 보고서를 작성했다면 그날이 바로 조구한이 살해된 날일 것이다.

날짜를 확인한 홍민은 서류를 내려놓고 참모장을 찾아갔다. 참모장은 느긋하게 의자에 앉아 책을 읽고 있었다.

"자, 이제 어쩔 거야? 너도 이제는 전은혜와 조구한이 그렇고 그런 사이였다는 사실을 알았겠지?"

참모장은 홍민을 쳐다보지도 않고 말했다.

"전은혜는 필요에 의해 지도원과 관리관과 그렇고 그런 사이가 되었다. 그러다 너를 만났다. 널 만났으니 두 사람이 필요 없어졌겠지. 오히려 자기 앞길에 방해가 된다고 생각했을 거야. 전은혜는 지도원을 죽였다는 혐의를 받게 되자 평소 자기에게 흑심을 품고 있던 관리관마저 죽인다. 물론 정황만 있을 뿐 분명한 증거는 없다. 지도원과 관리관이 마지막으로 만난 사람이라는 이유만으로 사형되지는 않을 거라고 생각했겠지. 증거 불충분으로 풀려난 뒤에는 너와 함께 중국에 가면 된다고."

참모장이 갑자기 홍민을 쳐다보았다.

"그러기 위해서는 너의 마음을 잡아야 했지. 결국 너의 마음을 잡았고, 너를 이용해서 훌륭하게 죽기 직전에 살려났지. 자, 이제 중국에 가면, 어떻게 될까? 전은혜는 더 이상 필요 없는 너를 죽이고 다른 남자 품에 안길 것이다. 여자는 그래. 늘 남자를 이용하지."

홍민은 입을 꾹 다문 채 참모장의 말을 듣고만 있었다. 참모장이 벌떡 일어섰다.

"이런, 전은혜가 지도원과 관리관을 죽이지 않았다는 사실을 간파한 모양이로군. 그렇다면 더 이상 널 놀려먹지 못하잖아. 아쉬운데."

참모장은 책을 책장에 꽂고 홍민의 발 앞에 앉았다. 그러더니 홍민의 구두에 묻은 먼지를 닦았다.

"그래서 한 사람을 죽음으로 몰고 간 겁니까? 나를 놀리는 재미에?"

"얘기가 그렇게 되나? 너도 알잖아. 내가 누구를 죽이든 살리든 이곳에서는 내 마음대로 할 수 있다는 것을. 말했지. 난 너의 다음 행동, 너의 다음 말까지도 알고 있다고."

"넌더리가 날만큼 분명히, 너무 잘 알고 있습니다."

홍민은 자신이 초라하게 느껴졌다. 참모장의 잘못을 지적하고 무엇이 틀렸는지 그에게 알려주려 했던 자신이 한심스러웠다.

홍민은 힘없이 고개를 숙이고 뒤돌아섰다. 참모장은 문을 열고 나가려는 홍민에게 말했다.

"나라면 전은혜 동무 대신 미조라 요코를 살인자로 만들 텐데. 어떤가? 내가 그 여자를 이곳으로 불러올 수도 있어. 자, 이제 선택해. 전은혜 동무를 살인자로 만들 것인지, 미조라 요코를 살인자로 만들 것인지."

홍민은 돌아서서 참모장을 보았다. 참모장은 웃음 가득한 얼굴로 놀리듯 홍민을 바라보고 있었다.

45

은혜는 즐겁게 식사를 했다. 평소보다 밥도 더 많이 먹었다. 은혜는 신이 나서 요코와 떠들어대다가 가끔 홍민을 보며 미소를 지었다. 홍민은 두 사람이 친자매 같다고 생각했다. 마음이 편치 않았다.

두 사람 중에 진짜 범인이 있다. 참모장은 은혜가 살인을 하지 않았다고 했지만 그의 말을 믿을 수는 없다. 참모장은 은혜와 요코를 의심하고, 감시하는 나를 즐기고 있다.

"왜 안 먹어요? 맛있는데."

은혜가 물었다.

"먹어요."

홍민은 애써 웃어보였다. 입가에 작은 경련이 일어났다.

참모장은 지금 평형저울 양쪽에 은혜와 요코를 올려놓고 고민 중일 것이다. 누구를 살인자로 만들어야 더 재미있을까. 어떻게 해야 더 신이 날까. 그는 분명 내가 고민할수록, 고통스러워할수록 더 즐거워할 것이다.

은혜와 요코가 무슨 이야기 끝에 웃음을 터뜨렸다. 홍민은 밝게 웃는 두 사람을 쳐다보았다. 도대체 어떻게 해야 좋을지, 홍민은 알 수 없었다. 갈등은 점점 더 깊어만 갔다.

46

효준은 거칠게 성웅 등을 훈련시켰다. 한계에 한계까지 가는 훈련이 계속되었다. 우경과 두현이 연신 볼멘소리를 해댔지만 효준은 들은 척도 하지 않았다.

세 사람 중에서 군소리 없이 훈련을 받는 것은 성웅뿐이었다. 성적도 우경과 두현보다 훨씬 좋았다. 효준은 그럴수록 더 혹독하게 성웅을 훈련시켰다.

아침부터 비가 쏟아져 내려 트랙은 온통 비에 젖어 있었다. 그러나 효준은 가차 없이 세 사람을 밖으로 내몰았다. 그는 태풍이 몰아쳐도 훈련을 시킬 사람이었다.

"뛰어! 그 속도를 몸으로 느낄 수 있을 때까지 뛰란 말이야!"

효준이 트랙을 도는 세 사람에게 호통을 쳤다. 세 사람은 쉴 새 없이 달렸다. 벌써 몇 시간째인지 몰랐다.

"팀장님! 와 우리가 이렇게까지 해야 하는 겁니까?"

목표 지점에 가장 늦게 도착한 두현이 숨을 헐떡이며 물었다.

"왜냐고? 그곳에 가면 내 목숨은 내가 지켜야 하기 때문이다. 동료가

위기에 처해 있다 해도 도와줄 생각 따윈 마라. 자칫 잘못하면 모두 죽는다."

두현이 씨익 웃으며 효준을 쳐다보았다.

"팀장님, 팀장님도 우리랑 같이 가시는 거 아입니까?"

효준이 고개를 끄덕였다.

"그라믄 와 우덜이랑 같이 훈련 안 하십니까?"

"내 실력을 보고 싶다는 뜻인가?"

"하모요."

우경과 두현이 심하게 고개를 끄덕였다. 성웅도 보고 싶어 하는 눈치였다.

"너, 나와."

효준이 성웅에게 손짓했다.

"너희들 중에서 달리기는 성웅일 따라잡을 사람이 없을 테니까 성웅이와 시합해서 이기면 되겠지?"

모두들 어리둥절한 표정으로 효준을 보았다. 국정원 내에서 달리기로는 성웅이를 따를 자가 없었다. 그런 성웅이를 이기다니, 모두들 말도 되지 않는다고 생각했다.

"수영은 최우경과, 근력은 박두현과 시합한다. 모두 내가 이기면 시키는 훈련은 다 해내야 할 것이다. 대신 어느 하나라도 내가 진다면 훈련 양을 줄여주지. 민성웅, 트랙 두 바퀴, 800m를 도는 시합이다. 준비됐나?"

성웅이 고개를 끄덕이며 효준 옆에 섰다. 두현이 깃발을 들었다.

"준비!"

효준과 성웅은 긴장된 눈으로 깃발을 바라보았다.

"출발!"

두현이 붉은 깃발을 아래로 내렸다. 효준과 성웅은 거의 동시에 뛰쳐
나갔다. 효준은 홍민과의 달리기 시합에서 이긴 적이 없었다. 홍민은 타
고난 운동 천재였다. 운동이라면 무엇 하나 못하는 것이 없었다.

효준은 힐끗 옆에서 달리고 있는 성웅을 쳐다보았다. 성웅이 홍민을
뛰어넘을 수 있을지 알 수 없었다. 기록상으로는 홍민이보다 뒤처져 있
었다. 하지만 성웅은 홍민이 못지않게, 아니 오히려 더 열심히 훈련을
했다.

홍민이 효준에게 물었던 적이 있었다.

"형, 꼭 남파공작원이 되어야 하는 건가?"

"그것만이 돌아갈 수 있는 길이니까."

효준은 당연하다는 듯 대답했다. 그러자 홍민은 이렇게 물었었다.

"그들이 나를 보내주기는 할까?"

그것은 홍민이 항상 마음속에 품고 있던 의문이었다. 홍민이 열심히
하기는 했지만 전력을 다해 훈련한 적이 없는 것도 그 때문이었다. 그래
서 효준은 자신이 납치당하는 시늉까지 했다. 홍민의 잠자고 있는 능력
을 최대한 끌어내기 위해.

그러나 성웅이는 달랐다. 그에게는 목표가 있었다. 홍민을 구해 와야
한다는 목표. 그리고 홍민이를 뛰어넘고 싶다는 목표가.

효준은 생각했다.

그렇다면 내 목표는 무엇인가. 북파공작원 팀장까지 되어 북한으로 되돌아가기 위해 애쓰는 이유는 무엇인가.

47

효준은 일본에서 돌아오자마자 자신을 호출한 국정원장을 찾아갔다. 효준은 노크를 하고 국정원장실로 들어갔다. 방 안에는 국정원장을 비롯해 중국, 일본, 러시아, 미국, 그리고 북한정보국장까지 앉아 있었다. 모두 효준이 일본에 가기 전에 만났던 사람들이었다.

효준은 그들에게 고개 숙여 인사를 하고 단호하게 말했다. 북파공작원을 키워야 한다고.

"잘 아시겠지만 남한에서 활동하는 북한공작원의 수는 헤아릴 수 없을 정도로 많습니다. 연변 출신이라고 속이고 입국한 사람들 중에도 북한공작원이 있습니다. 북한은 정보원들을 각국에 보내 정보를 수집하고, 어린아이들을 납치하고 교육시켜 그들 나라에 다시 정보원으로 보내거나 정보원들을 가르치는 지도원으로 만들었습니다. 친구들과 놀다가 혹은 학교에서 돌아오는 길에 아이들은 납치되어 실종자가 되었습니다. 이는 우리나라만의 문제가 아닙니다. 일본, 중국, 러시아, 미국도 마찬가지입니다. 북한은 자기들에게 필요한 일은 서슴없이 해치웁니다."

국정원장실은 조용했다. 효준은 잠시 사람들을 둘러보다 말을 이어나갔다.

"남한은, 아니 국정원은 하루라도 빨리 이에 대한 대비책을 세워야 합니다. 국정원 최고의 엘리트들을 훈련시켜 다른 나라에게 하듯 북한 중심부에도 스파이를 심어야 합니다. 북한의 충실한 개가 되어 북한의 모든 실상을 파헤치고, 수시로 국정원에 연락할 수 있는 스파이를 말입니다. 그러기 위해서는 간부가 돼야 하기 때문에 머리나 체력, 모든 면에서 남파공작원들보다 훨씬 더 뛰어난 실력을 갖추어야 할 것입니다."

효준의 말에 모두들 고개를 끄덕였다.

"각 정보국장님들께서는 1차적으로 가장 뛰어난 인재들을 모아 동맹 나라에 보내십시오. 물론 그곳에는 이미 정보원들이 있을 겁니다. 하지만 지금 보내는 요원들에게는 각국에 파견된 북한 대사관, 즉 북한 관계자들과 접촉하라고 지시하십시오. 그들은 또 다른 북파공작원인 셈입니다. 실제로 북한에 침입하는 공작원들에게 제대로 된 정보를 제공하려면 그들의 도움이 필요합니다. 자, 이제 실제로 북한에 침입해야 하는 공작원에 대해서 말씀을 드리겠습니다."

효준의 말에 북한정보국장이 자세를 고쳐 앉았다.

"지금까지 북에 들어간 공작원들은 열에 일곱은 죽거나 실종되었습니다. 나머지 공작원들은 수용소나 정신병원에 갇힙니다. 극히 일부는 북한에 전향해 간부가 됩니다. 그들은 지금 한국으로 돌아오는 것보다 더 나은 삶을 살고 있기 때문에 북파공작원들에게 배려라는 것을 하지 않습니다. 오히려 북한군보다 더 혹독하게 북파공작원을 몰아칩니다. 그래서 남한이 사회에서 버림받은 자들을 훈련시켜 북한으로 보낸 것 아닙니까? 그러나 이제는 생각을 달리할 때입니다. 모두의 목숨이 헛되지 않게 최고의 엘리트 몇 명만 선발해서 보내고, 임무를 수행하고 돌아오면 그만큼의 혜택을 주어야 합니다. 그렇게 하지 않으면 목숨을 내놓을 사람은 아무도 없을 것입니다."

하지만 효준의 말은 틀렸다. 자기 목숨을 조건 없이 내놓은 사람이 있었던 것이다. 바로 성웅이었다. 그렇다고 효준이 성웅을 봐주진 않았다. 그가 시키는 훈련은 목숨을 지켜내기 위한 훈련이었다.

효준은 북한에 있을 때 최선을 다해 훈련했다. 최고가 돼야 살아남을 수 있다는 걸 누구보다 잘 알고 있었기 때문이었다. 효준은 어느 순간 속도를 몸으로 느낄 수 있었고, 그때의 기록이 곧 표준 기록이 되었다.

효준과 성웅이 비슷한 속도로 한 바퀴를 돌았다. 하지만 그때부터 효준과 성웅과의 거리는 조금씩 벌어졌다. 효준이 처음부터 일정한 속도를 유지한 반면 성웅은 초반에 너무 빨리 달려 밸런스가 무너진 탓이었다. 그러나 성웅은 이를 악물고 내달려 점점 효준을 따라잡기 시작했다. 우경과 두현이 안타깝다는 듯 소리쳤다.

"성웅아! 조금만! 조금만 더!"

하지만 성웅은 좀처럼 효준과의 거리를 좁힐 수 없었다. 효준과 성웅과의 차이, 그것은 속도를 몸으로 느낄 수 있느냐, 없느냐의 차이였다.

48

회의가 끝난 후 효준은 국정원장과 마주 앉았다.

"이번에 꾸려지는 북파공작원 팀장이 될 수 있도록 힘써주십시오."

효준이 먼저 입을 열었다.

국정원장이 물었다.

"한국에 왔으니 가족도 찾고 남들처럼 살아야 하지 않겠습니까?"

효준은 단호하게 고개를 저었다.

"제가 이곳에서 할 일은 많지 않습니다. 저는 북한에 대해 잘 알고 있습니다. 그런 제가 요원들을 훈련시켜서 북으로 데려가는 것이 보다 더 효율적이지 않겠습니까? 남한에서도 저를 더 유용하게 쓰는 것일 테고요."

"왜 북한으로 가려는 것입니까?"

"데려와야 할 사람이 있습니다. 그래서 이렇게 부탁드리는 겁니다. 제가 잘할 수 있는 일을 할 수 있도록 해주십시오. 제가 알고 있는 모든 것들을 알려주고 싶습니다."

국정원장이 고개를 끄덕이며 말했다.

"결심이 섰다면 말릴 생각은 없습니다. 단, 여느 때와 마찬가지로 북파공작원이 되는 요원들의 기록은 모두 없앨 것입니다. 또한 그들의 목숨도 지켜주지 못합니다. 그러나 임무를 완수할 수 있도록 최대한 지원할 것입니다."

"남한에서 처음으로 엘리트들을 북한에 보내는 것인 만큼 좋은 결과가 나올 수 있게 최선을 다하겠습니다. 단, 저도 조건이 있습니다. 이들이 임무를 완수하고 돌아왔을 때 신원을 복원시켜 주시고, 이들의 요구도 들어주시길 바랍니다."

"좋습니다. 그렇게 하겠습니다."

국정원장은 흔쾌히 승낙했다.

"지금 하신 약속, 잊지 않겠습니다."

효준은 힘주어 말했다.

49

승부는 결정되었다. 성웅은 효준보다 한참 후에 결승선을 통과했다. 두현과 우경이 입을 삐죽거리며 성웅에게 다가갔다.

"야, 임마! 너 정말 우리 국정원에서 최고로 발이 빠른 놈 맞아? 대체 몸 관리를 어떻게 한 거야?"

우경이 숨을 헐떡이는 성웅에게 핀잔을 주었다. 두현은 효준의 기를 죽이기 위해 근육을 불끈거렸다.

"다음에는 근력 테스트, 하시죠."

우경이 재빨리 두현의 어깨를 주물렀다.

"그래, 두현아. 내가 믿을 건 너밖에 없다."

성웅이 태연하게 서 있는 효준에게 물었다.

"어떻게 하면 그렇게 빨리 달릴 수 있는 겁니까?"

"홍민이는 나보다 더 빨랐다."

효준이 잘라 말했다. 성웅은 아무 말 없이 효준을 쳐다보았다.

"속도를 몸으로 느낄 수 있을 때까지 뛰고, 또 뛰는 방법밖에는 없다. 일정한 속도를 유지하면서 계속 달려야 한다. 그래야 속도를 느낄 수 있다."

"말은 쉽다 아입니까. 자, 그만하고 근력테스트나 하러 가입시다, 팀장님!"

우경과 두현이 효준을 끌고 갔다. 성웅은 잠시 그들을 쳐다보다 다시 트랙을 돌기 시작했다. 우경은 성웅이 따라오지 않자 뒤돌아서서 소리쳤다.

"성웅아! 빨리 와! 이 빗속에서 뭔 지랄이냐, 그게!"

효준이 빙긋 웃었다. 두현이 우경을 잡아끌었다.

"쟈는 냅두고 우덜은 우덜 경기만 신경 씁시다. 지가 힘들지 우리가 힘든 거 아이지 않십니까, 행님?"

"그렇지? 니 말이 맞다."

우경이 두현의 어깨에 손을 얹었다. 두현은 승리가 눈앞에 보이는 듯 신이 나서 걸어갔다.

"팀장님, 미리미리 근육 좀 풀어놓는 기 좋을 깁니다."

50

효준은 북한정보국장실에 들어서자마자 국장에게 명단을 내밀었다. 국장은 명단에 적힌 이름을 보고 깜짝 놀라 효준을 쳐다보았다.

"이 세 명은…."

"이 세 명이 아니면 안 됩니다."

효준이 국장의 말을 잘랐다. 국장은 난감한 얼굴로 입을 열었다.

"그렇다면 이 세 명에게 의중을 물어봐야…."

"그렇게 하십시오. 하지만 저는 그 세 명을 무조건 데려갈 겁니다. 걱정하지 마십시오. 그들은 무사히 북한에서 돌아와 이곳에서 다시 일하게 될 것입니다. 최고의 요원으로 말입니다."

효준은 자신 있게 말했다. 국장이 효준을 바라보았다.

"그래도 혹시 모르니까 다른 정보원들에게도 물어보는 것이 좋을 것 같습니다."

"얼마든지요. 하지만 결과는 뻔합니다. 그 세 명만이 북파공작원이 되겠다고 할 겁니다."

효준은 확신에 찬 표정으로 대답했다. 국장은 고개를 갸웃거렸다. 저 자신감은 대체 어디서 나오는 걸까? 그 세 명이 정말 북파공작원이 될 거라고 생각하는 것일까? 도무지 알 수 없는 일이었다.

51

효준과 두현은 헬스장을 30분 넘게 돌아다녔다. 두현의 근육이 울룩불룩해졌다. 땀이 비 오듯 쏟아져 근육을 타고 흘러내렸다. 그는 세상의 모든 짐을 혼자 다 짊어지기라도 한 것처럼 오만상을 찌푸리며 트레이너기를 들어올렸다. 반면에 효준은 인상을 찌푸리지도, 땀을 흘리지도 않았다.

두 사람을 정면에서 보면 두현이 가장 무거운 것을, 효준이 가장 가벼운 것을 들었다고 생각하기 쉬웠다. 하지만 실상은 정반대였다. 효준이 두현보다 더 무거운 것을 당기고 들고 있었다.

"자, 이젠 역기를 들어볼까?"

효준이 여유 있게 말했다.

"좋십니더."

두현은 잘됐다는 듯 동작을 멈추고 일어섰다. 두 사람은 역기 있는 곳으로 갔다. 두현이 먼저 100kg 무게의 역기를 들었다. 하지만 힘이 빠진 그는 얼마 버티지 못하고 부들부들 떨다가 역기를 떨어뜨리고 바닥에 쓰러졌다. 효준은 두현이 든 것과 똑같은 무게의 역기를 가볍게 들고 두현의 배 위에 앉았다. 두현이 고통스러운 신음을 내뱉으며 발버둥을 쳤다. 마치 살려달라고 애원하는 듯한 모습이었다.

효준은 슬그머니 일어서서 말했다.

"앞으로는 겉모습만 보고 사람을 판단하지 않는 것이 좋을 거야. 힘보다는 머리를 써서 상대를 제압하는 방법을 익히도록! 다음."

효준은 당당하게 헬스장을 걸어 나갔다. 우경이 두현을 부축해 일으켜 세웠다. 두현이 울상을 지으며 말했다.

"행님, 괴물이다, 괴물. 이러다가 행님까지 져불믄 우린 진짜 죽는 거 아입니까?"

우경이 주먹을 치켜들고 두현의 머리통을 쥐어박았다.

"쓸데없는 소리 하지 말고 두고 봐. 반드시 이길 테니까."

52

효준은 북한정보국장에게 받은 정보원 배지를 쳐다보았다. 가슴이 두근거렸다. 이제 당당하게 그 남자에 대한 정보를 찾아볼 수 있게 된 것이었다.

효준은 배지를 윗옷에 달고 문서파일을 볼 수 있는 곳으로 갔다. 지문인식기를 통과하고 들어간 그곳에는 엄청나게 많은 책과 자료들이 일목요연하게 정리되어 있었다. 효준은 북한과 관계된 파일과 정보들이 있는 곳으로 갔다. 자료는 지나치리만큼 많았다. 효준은 얼굴과 목소리밖에 모르는데 과연 그 남자에 대한 정보를 찾을 수 있을지 걱정되었다. 하지만 일단 부딪쳐보기로 하고 '북한의 인물' 부터 '북한의 체계' 까지 하나하나 체크해 나갔다.

효준의 걱정은 현실로 다가왔다. 하루가 가고 이틀이 지나도 남자에 대한 정보를 찾을 수가 없었다. 수많은 자료를 뒤져봤지만 남자에 대한 이야기는 단 한 줄도 보이지 않았다.

3일째 되는 날도 마찬가지였다. 효준은 두꺼운 자료를 내려놓고 한숨을 내쉬며 주위를 둘러보았다. 그때였다. 자리에 앉아 키보드를 두드려 대는 사람들이 효준의 눈에 들어왔다. 효준은 그들 중 한 사람에게 다가가 물었다.

"이게 뭡니까?"

순간 남자는 동작을 멈추고 멀뚱히 효준을 바라보았다. 효준은 자신이 실수를 했나 싶어 덧붙였다.

"지금 하시는 일이 궁금해서요."

그러자 이번엔 남자가 물었다.

"무슨 일로 오신 겁니까?"

"어떤 인물에 대해 알고 싶어서요."

"저도 어떤 인물에 대한 자료를 찾고 있는 중입니다."

"아, 네⋯."

효준은 주위를 둘러보았다. 모두들 컴퓨터 앞에 앉아 있었다. 책과 서류를 뒤적이며 무언가를 찾고 있는 사람은 아무도 없었다.

그때부터 효준은 사람들이 어떻게 컴퓨터를 이용하는지 자세히 살펴보았다. 반나절 넘게 어깨 너머로 살펴보니 어느 정도 사용법을 알 것 같았다. 효준은 자리가 나자마자 재빨리 앉았다. 그리고 남들이 하는 것처럼 마우스를 두 번 클릭해 바탕화면에 떠 있는 북한 자료 사이트에 들어갔다.

효준은 그 남자가 참모장으로 불렸다는 것을 생생히 기억하고 있었다. 어떻게 잊을 수 있겠는가. 효준은 검색창에 '참모장'이라는 단어를 쳤다. 생각보다 많은 인물이 화면에 떴다. 효준은 마우스를 움직여 한 명 한 명 클릭해 얼굴을 확인했다.

53

우경은 팔을 쭉쭉 뻗으며 앞으로 나아갔다. 두현은 목이 터져라 우경을 응원했다. 효준은 천천히 헤엄을 쳤다. 우경이 우세했다.

"행님! 수영 억수로 멋있습니데이. 우와, 환상이다, 환상! 직이뻡니다!"

우경은 두현의 응원에 힘입어 점점 빠르게 물살을 갈랐다. 효준과의 거리 차가 10미터 이상은 났다. 우경은 다 이긴 게임이라고 생각했다. 지금까지 수영으로 우경을 이긴 사람은 없었다. 학생 때 국가대표로 뛰라는 말까지 들었던 우경이었다. 그런 우경이 운동선수의 길을 포기하고 국가정보원에 들어온 것은 정말 하고 싶은 일이 있었기 때문이었다. 우경은 물론 두현조차 효준은 절대 우경을 이길 수 없다고 생각한 것도 그래서였다.

우경과 효준의 거리는 점점 더 벌어지기 시작했다. 그러나 효준은 태연하게 자기 페이스를 유지하며 우경을 따라갔다.

"행님! 이제 거의 다 왔십니다. 천천히 하시소."

두현의 말에 우경은 속도를 늦추고 뒤를 돌아보았다. 효준과의 거리는 상당히 벌어져 있었다. 이제는 안심해도 좋을 듯했다.

우경은 빙긋 미소를 지었다. 그러다 갑자기 물속으로 들어갔다 나오기를 반복했다.

"행님. 장난치지 마이소. 퍼뜩 와야 이깁니데이."

"장, 장난, 아니야! 야!"

우경이 황급히 말했다. 두현이 껄껄 웃었다.

"참 내, 행님도. 퍼뜩 오이소! 너무 늑장 부리다가는 큰일 납니데이."

그때 뒤처져 있던 효준이 우경 옆으로 다가왔다. 우경이 효준에게 손을 내밀었다. 효준이 물었다.

"기권할래? 아니면 이대로 추월해서 갈까?"

두현은 멀리 떨어져 있어서 효준이 무슨 말을 하는지 알아들을 수 없었다.

"행님! 팀장님 말씀 듣지 말고 어여 오이소."

두현이 크게 소리쳤다. 우경의 눈빛이 변했다. 효준이 다시 물었다.

"기권이냐, 아니냐?"

"기권 같은 건 절대로 안 합니다."

"그래? 그럼 물에 빠져 죽든지 말든지 난 이만. 저 덩치는 네가 장난친다고 생각하는 것 같은데 어쩌나?"

효준이 우경에게서 떨어졌다. 우경은 허우적거리며 두현을 불렀다.

"박두현! 박두현!"

그러다 우경은 물속으로 가라앉기 시작했다. 효준이 따라 들어가자 우경이 무어라고 소리쳤다.

기권! 기권!

효준은 우경의 입 모양을 보고 알 수 있었다. 효준은 빙긋 웃으며 우경의 허리를 잡고 위로 올렸다. 우경은 누운 자세로 물 위에 떴다. 효준은 오른손으로 누워 있는 우경의 목을 잡고 왼손으로 헤엄을 쳤다. 두 사람이 목표 지점에 이르자 놀란 두현이 달려와 우경을 붙잡고 물 밖으로 끌어냈다.

"행님! 어쩐 일인교?"

두현이 우경의 안색을 살피며 물었다. 뒤따라 나온 효준이 재빨리 쥐가 난 우경의 다리를 들어 올리고 응급처치를 했다.

"행님, 괜찮습니꺼?"

두현이 걱정스러운 듯 물었다. 우경이 그의 얼굴에 물을 내뿜었다.

"이 자식아! 내가 장난 아니라고 했지! 다리에 쥐가 났단 말이야."

"난 몰랐다 아입니까! 아, 진짜. 다시 경기하면…."

"시끄러워! 이미 기권했어. 팀장님이 이겼어!"

그 말을 듣는 순간 두현의 얼굴빛도 하얗게 변했다.

54

효준은 컴퓨터 화면에 떠 있는 얼굴을 일일이 확인했지만 그 남자를 찾을 수 없었다. 답답한 일이었다.

서류나 책의 내용까지 모두 컴퓨터에 저장되어 있다고 했는데, 여기에도 그 남자에 대한 기록이 없다면 대체 어디 가서 찾아야 한단 말인가?

효준은 할 수 없이 북한정보국장을 찾아가 도움을 청했다.

"찾고 싶은 남자가 있습니다. 그 남자에 대해 아는 것이라고는 얼굴과 목소리뿐 이름도 모릅니다. 자료를 아무리 찾아도 그 남자에 대한 기록이 보이지 않습니다."

"새로 임명된 사람이거나 우리가 아직 파악하지 못한 사람일 수도 있습니다."

국장이 대답했다. 효준이 고개를 끄덕였다.

"팀장이 보기엔 어떤 사람 같았습니까?"

"대단한 실권을 손에 쥔 것 같더군요. 이곳에 오면 그 남자가 누군지 알 수 있을 거라고 생각했는데…."

"그 사람이 누군지 알아야 하는 이유는?"

"이번 임무를 성공적으로 수행하기 위해서는 반드시 제거해야 될 대상입니다."

효준이 굳은 표정으로 말했다.

55

성웅은 우경, 두현과 함께 빗속에서 트랙을 돌았다. 그들 중에서 투덜대지 않는 사람은 성웅뿐이었다.

"행님은 와 준비운동도 안 하고 물속에 뛰어 들어가가 쥐가 납니까? 행님이 이겼으믄 우덜이 빗속에서 이러고 있지는 않을 것 아입니까?"

"그게 왜 내 탓이야? 그러는 넌 헬스장에서 살다시피 하는 놈이 왜 역기 하나 제대로 들지 못하고 졌는데?"

"떠들 기운이 있는가 보지? 좋았어! 세 바퀴 추가!"

효준이 소리쳤다.

"행님 때문에 늘었다 아입니까!"

"이 자식 보게! 또 내 탓이냐?"

"세 바퀴 추가!"

효준이 기다렸다는 듯 외쳤다. 성웅은 효준의 말을 떠올렸다.

'한계의 한계까지 달리고 또 달려라. 한계를 벗어나려고 노력하다 보면 언젠가는 속도를 몸으로 느낄 수 있을 것이다.'

성웅은 그 말을 믿고 뛰고 또 뛰었다.

56

요코는 은혜의 숙소에서 함께 지냈다. 침대가 하나밖에 없어서 은혜와 요코는 잠잘 시간이면 나란히 누워 이야기를 나누었다.

"관리관은 누가 죽인 것일까?"

요코가 물었다. 은혜는 힘없이 고개를 저었다.

"모르겠어. 누가 무엇 때문에 관리관을 죽였는지. 왜 자꾸 내 주변에서 이런 일들이 벌어지는지. 솔직히 말하면 이러다가 홍민 상도 죽는 건 아닐까, 하는 생각이 들어서 무서워."

요코가 은혜를 안아주었다. 은혜는 떨고 있었다.

"괜찮아. 모든 게 다 잘 될 거야."

요코는 부드러운 손으로 은혜의 머리를 쓰다듬었다.

"요코. 언제쯤 이런 두려움에서 벗어날 수 있을까? 밤마다 꿈을 꿔. 한참을 정신없이 도망치다 이제는 벗어났겠지, 안심하고 돌아보면 다시 이곳인 거야."

"은혜."

요코가 은혜의 눈을 쳐다보며 말했다.

"내가 그랬지? 넌 나의 희망이라고. 너만 살아 있으면 된다고. 내가 여기서 뭘 할 수 있을지는 모르겠지만 네가 힘들지 않게, 아프지 않게, 무섭지 않게, 두렵지 않게 도와줄게."

"요코."

"그러니까 넌 그냥 너의 희망을 향해 가면 되는 거야."

은혜는 힘껏 요코를 안았다. 든든한 후원자가 생긴 것 같아 안심이 되었다.

"근데, 홍민 상의 어디가 그렇게 좋은 거야?"

은혜가 피식 웃으며 말했다.

"요코가 그렇게 물을 줄 알았어. 여자들이 좋아할 만한 외모를 갖춘 사람이 아니니까. 더군다나 요코의 이상형은 「황태자의 첫사랑」에 나오는 그 황태자잖아. 키스도 잘 못 하는 싸가지 없는 황태자 말이야."

"아니야. 나중에는 키스, 정말 잘하잖아."

"연습만 실컷 하지. 결혼은 첫사랑이 아닌 다른 공주랑 하고. 순 바람둥이."

은혜의 말에 요코가 점점 흥분하기 시작했다.

"너 자꾸 내 이상형에 흠집 낸다 이거지? 나, 화났어. 그럼 난 지금부터 홍민 상 흠집 낼 거야."

"흠집 낼 건더기가 없는 사람이야."

요코가 눈을 흘겼다.

"해볼까, 어디?"

"해봐."

"일단 피부. 너무 까매."

"매일 훈련하니까. 태양 아래서 훈련하는 모습을 보면 황홀할 지경이야."

"두 번째. 웃으면 하얀 이가 도드라져 보여. 마이클 잭슨처럼."

요코의 말에 은혜가 크게 웃었다. 침대에서 일어나 배까지 잡았다. 요코는 영문을 모르겠다는 듯 고개를 갸우뚱했다.

"그만 웃어. 숨넘어가겠다. 왜 그렇게 웃는 거야?"

"나도 그 생각했어."

"무슨 생각?"

"마이클 잭슨 말이야. 그래서 내가 마이클 잭슨 같다고 했더니 어렸을 때 고향에서도 친구한테 그 소리를 들었대."

"고향? 그 사람, 이곳 출신 아니야?"

"내가 말 안 했나? 홍민 상도 납북자야. 우리 같은."

"어디? 일본?"

"아니. 한국. 남한."

"그랬구나. 그래서 네가 더 좋아하게 된 거구나."

"그것까진 잘 모르겠어. 다만 같은 아픔이 있기 때문일까? 홍민 상은 자신도 힘들면서 나에게 너무 잘해 줘. 너무 따뜻하게 배려해 줘. 가끔 여기 이렇게 있어도 되지 않을까, 하는 생각이 들 정도로. 그러다가 함께 집으로 돌아가서 같이 살면 얼마나 행복할까, 생각해. 홍민 상의 고향도 바닷가래. 매년 8월마다 윗마을, 아랫마을 아이들이 뗏목 경기를 한대."

은혜는 미소를 지으며 홍민의 이야기를 했다. 행복해 보이는 얼굴이었다. 참 다행이라고, 요코는 생각했다.

"자, 어때? 아직도 불안해?"

요코가 물었다. 은혜는 아니라는 듯 고개를 저었다.

"오늘 밤에 무서운 꿈, 꿀 것 같아?"

"아니. 오늘은 안 꿀 것 같아. 최고의 친구 요코가 옆에 있으니까."

은혜가 요코 옆에 누웠다.

"잘 자."

요코가 말했다.

"응, 요코. 너도 잘 자."

은혜는 빙긋 웃더니 스르르 눈을 감았다. 요코는 이내 잠이 든 은혜의 얼굴을 쳐다보았다. 은혜를 이렇게 다시 만나게 되어 기뻤다. 너무 기뻐 쉽게 잠들 수 없을 것 같았다.

"내가 기도할게. 아무도 너의 행복을 방해하지 못하도록. 아이짱, 다시 만나서 정말 좋아. 오야스미(잘 자), 아이짱."

요코는 속삭이듯 말하고 은혜의 이마에 입을 맞추었다.

57

요코는 다음 날부터 훈련에 합류했다. 이제 홍민은 은혜뿐만 아니라 요코까지 훈련시켜야 했다. 홍민은 직감적으로 두 사람을 훈련시키는 것이 결코 쉽지 않은 일이라는 것을 알았다. 그의 예상은 정확했다. 은혜는 요코와 있으면서 정신적으로는 안정을 찾았지만 요코에게 신경 쓰느라 훈련에 집중하지 못했다.

"요코 동무는 제가 가르칩니다. 은혜 동무는 은혜 동무 기록에만 신경 쓰세요."

보다 못한 홍민이 다그쳤다. 은혜가 홍민을 흘겨보며 뾰로통한 표정으로 말했다.

"요코는 내 친구이지만 당신이 그녀에게 신경 쓰는 게 싫어요. 요코는 내가 가르칠 테니 당신은 나만 보세요. 앞으로 내 친구에게 눈길 줬다간 가만 안 있을 거예요. 내 기록은 내가 알아서 해요. 열심히 할 테니까 걱정 말라고요."

은혜가 홍민의 배를 살짝 꼬집고는 요코에게 달려갔다. 홍민은 얼굴이 뜨거워지는 것을 느꼈다. 그러나 기분이 나쁘지는 않았다. 오히려 기뻤다.

며칠이 지났다. 은혜와 요코, 두 사람의 훈련 시간은 점차 길어졌다. 그럴수록 홍민 혼자 훈련하고, 혼자 공부하는 시간도 늘어났다. 홍민은 답답했다. 은혜에게 다가가려고 하면 요코가 끼어들어 말조차 건넬 수 없었던 것이다. 그녀는 일부러 홍민이 은혜 근처에도 오지 못하게 막는 것 같았다.

해가 기울었다. 홍민은 혼자 저녁을 먹고 숙소로 갔다. 갑자기 은혜가 사라졌던 그때로 돌아간 것 같아 마음이 편치 않았다. 홍민은 책상 앞에 앉아 러시아어 교본을 펼쳐들었다. 한숨이 새어 나왔다.

은혜와 함께 공부하면 얼마나 좋을까.

홍민은 은혜 생각에 빠져 책은 쳐다보지도 않았다. 그때 방문이 덜컥거렸다. 홍민은 재빨리 일어서서 문 옆으로 숨었다. 문이 열리고 누군 가의 발이 보였다. 홍민은 곧바로 들어오는 사람의 팔을 꺾어 바닥에 눕혔다.

"악!"

밑에 깔린 사람이 비명을 질렀다. 홍민은 상대의 얼굴을 들어올렸다. 요코였다.

"요코 동무."

홍민은 요코의 팔을 놓고 일어섰다.

"미안합니다. 밤중에 누가 숙소로 찾아오는 일이 없어서."

"아닙니다. 오히려 제가 미안합니다. 이렇게 불쑥 찾아오는 것이 아닌 데."

"일단 앉으세요."

홍민은 방석을 꺼내 요코에게 건네고 자신은 맨바닥에 앉았다.

"이 밤중에 무슨 일로?"

"은혜가 좀 기운이 없는 것 같아서, 무슨 일인가 해서요."

요코가 방석에 앉으며 말했다.

"은혜가 기운이 없어요?"

"몰랐어요?"

요코가 되물었다. 홍민이 고개를 끄덕였다.

"그럼 단도직입적으로 물을게요. 혹시, 나한테 관심 있어요?"

요코의 말에 홍민은 눈을 동그랗게 뜨고 그녀를 바라보았다.

"나도 관심 없으니까 물어본 거예요."

요코는 슬쩍 말을 돌렸다.

"갑자기 그게 무슨 말입니까?"

"내가 홍민 동무와 함께 있으면 은혜가 질투를 하는 것 같아서요. 나나 홍민 동무나 서로에 대해 관심이 없지만 홍민 동무를 좋아하는 은혜는 입장이 다르죠. 당연히 신경이 곤두서겠죠. 게다가 요즘에는 도통 은혜와 말도 하지 않으시잖아요. 나하고만 가끔 하시고."

홍민은 요코를 쳐다보았다. 은혜와 말을 하지 못하는 것은 그녀 때문이었다. 은혜에게 무슨 말을 하려고 하면 나타나 홍민에게 이것저것 묻던 사람이 바로 요코 아닌가.

"내가 요즘 훈련에, 공부에 정신이 없어서요. 앞으로 은혜 동무에게 좀 더 신경 쓰겠습니다. 요코 동무에게는 관심 없습니다. 정말입니다."

요코가 일어섰다.

"그 말을 들으니 조금 화가 나네요."

요코의 새침한 표정에 당황한 홍민도 함께 일어섰다. 순간 요코가 갑자기 홍민의 볼에 입을 맞추었다.

"나에게 정말, 아무 관심 없어요?"

홍민은 멍하니 요코를 쳐다보았다. 요코가 말했다.

"난, 홍민 동무에게 관심이 아주 많아요."

그러더니 요코는 방문을 열고 나갔다. 홍민은 요코를 따라 나가 그녀의 팔을 잡았다.

"난, 은혜 동무를 배신하는 일 따위는 결코 하지 않습니다. 은혜 동무 외에는 그 누구에게도 내 마음을 허락하지 않을 겁니다."

홍민은 벌겋게 달아오른 얼굴로 속에 있는 말을 쏟아냈다.

"그동안 은혜 동무와 말을 못했던 것은 요코 동무 때문입니다. 내가 은혜 동무에게 말을 걸 때마다 끼어든 사람이 누굽니까? 다시 말하지만 난 요코 동무한테 관심 없습니다. 그러니…."

순간 요코가 함박웃음을 지으며 고개를 돌렸다.

"은혜야, 들었지?"

요코의 말이 끝나자마자 은혜가 어둠 속에서 걸어 나왔다. 홍민은 깜짝 놀랐다.

"두 사람, 정말 바보 같아요."

요코가 은혜의 손을 잡아 홍민의 손 위에 올려놓고 말했다.

"난 두 사람, 아니 내 친구 은혜가 행복하게 살길 원해요. 그러니까 두 사람, 사이좋게 지내세요."

요코는 은혜에게 눈을 찡긋해 보이더니 바쁘게 걸어갔다. 홍민이 은혜를 보며 말했다.

"나 가지고 또 장난친 겁니까?"

"장난친 게 아니에요. 당신 마음을 알고 싶어서 그런 거라고요. 나랑 며칠째 말도 하지 않아…."

홍민이 더 듣고 싶지 않다는 듯 은혜의 입술에 자기의 입술을 포갰다. 은혜의 눈이 놀란 토끼처럼 커지다가 스르륵 감겼다. 홍민이 입술을 떼어내고 말했다.

"잘 들어요. 당신이 날 떼어놓지 않는 한 나도 당신 손 놓지 않아요. 그러니까…"

"절대 놓지 않아요."

이번엔 은혜가 자신의 입술로 홍민의 입을 막았다. 두 사람은 마치 자석처럼 붙어 오래도록 떨어질 줄 몰랐다.

58

두현이 머리에 두르고 있던 두건을 풀어 패대기쳤다.

"아. 씨발. 진짜 몬해 먹겠네. 어이, 행님! 이거, 언제까지 해야 하는 깁니까? 이걸 와 하는 건지 알고 좀 하믄 안 되겠십니까?"

우경이 손으로 두현의 머리통을 쳤다.

"잔소리 그만하고 파라면 파. 입 노동까지 해야 되겠어?"

"내가 와 북파공작원 되겠다꼬 자원했나 모르겠다, 참말로."

"그러게 말이다. 난 정말 시끄러운 너랑 헤어지고 싶다."

"하이구야. 내도 마찬가진 거 모릅니까? 내는 참말로 행님이 싫어가 떨어질라꼬 여 자원했다 아입니까?"

"형님들, 그만 다투시지요. 서로를 너무 사모하고 있다는 거 다 알고 있으니까."

우경과 두현이 동시에 성웅의 머리를 향해 손을 날렸다. 다닥! 두 사람의 손은 정확하게 성웅의 머리에 떨어졌다.

"바로 이런 기 텔레파시 아입니까, 행님."

"니 말이 맞다."

그러면서 두 사람은 열심히 구덩이를 팠다. 성웅은 머리를 어루만지며 근처 바위 위에 앉아 귀에 이어폰을 끼웠다.

"야, 임마! 너는 구덩이 안 파?"

두현이 소리쳤다.

"저는 지금 정보 수집 중입니다."

"저놈, 진짜 웃기는 놈일세. 형님들은 죽어라 일하고 있는데 자기는 우아하게 정보 수집? 야, 임마! 그딴 건 미리미리 체크해 놓고 일을 해도 일을 해야 하는 거야, 안 그래?"

우경이 두현을 툭 쳤다.

"우와, 간만에 행님, 좋은 소리 함 했네."

두현이 맞장구를 쳤다.

"그치? 자고로 나 정도의 형님이 되어야만 시간 관리를 잘할 수 있는 거야."

순간 성웅이 심각한 얼굴로 물었다.

"형님. 일본 쪽 정보, 언제 체크했어요?"

"언제긴, 짜샤. 어제지."

"형님! 시간마다 체크하셔야죠! 미치겠네, 진짜."

"우리가 언제 일본 쪽 동향 시간마다 체크한 적 있어? 하루에 한 번만 하면…."

"이상하단 말입니다!"

성웅이 라디오에서 이어폰을 빼고 버럭 소리를 질렀다. 우경이 재빨리 성웅의 입을 막고 라디오에서 흘러나오는 뉴스에 귀를 기울였다.

"이게, 이게 지금 뭔 말인고?"

우경과 두현은 들고 있던 삽을 내던지고 정보국으로 뛰어갔다. 포클레인이 우경과 두현이 판 구덩이에 들어와 긴 철봉을 박았다. 잠시 후 그 위로 태극기가 올라갔다.

59

"우리 '아이'를 보고 싶습니다. 여러분! 우리 '아이'를 찾을 수 있도록 도와주세요."

아이의 어머니가 말했다. 울고 있는 그녀의 얼굴이 곧 화면 가득 클로즈업되었다.

효준이 VTR을 정지시키고 성웅 등에게 물었다.

"이 효과가 전국으로 확산되는 데 얼마나 걸릴 것 같아?"

"이미 확산됐을 거라고 생각합니다."

성웅이 대답했다.

"그렇게 예상하는 이유는?"

효준이 성웅을 보았다. 성웅은 일본의 대표적인 포털 사이트에 접속했다. 무라카와 아이 이야기가 대문에 걸려 있었다. 검색어 1위는 당연히 '납북된 무라카와 아이'였다. 다른 포털 사이트들도 무라카와 아이 이야기로 시끌벅적했다.

"자국민이 북한에 납치되어 9년이나 있었다는 사실을 알게 된 일본인들이 가만있진 않을 겁니다. 한동안 빨리 데려와야 한다는 여론이 들끓을 겁니다. 더군다나 일본은 선거를 앞두고 있습니다. 자민당, 민주당, 공민당 모두 경쟁하듯 이 문제를 입에 올릴 겁니다. 뻔할 뻔 자 아닙니까?"

"와, 저 아줌씨 진짜 짱이네. 새끼 찾겠다꼬 TV에까지 나와가 호소하는 거 좀 봐라."

효준이 입 다물라는 듯 두현을 노려보았다. 그러나 두현도 지지 않고 큰 소리로 말했다.

"아니, 저래라도 해야 안 캅니까? 저래 안 하믄 정부는 절대 안 움직입니다. 우리나라 좀 보소. 이게 말이 되는 얘깁니까? 납북된 것도 억울한데 그냥 기다리란 말만 하고 있다 아입니까? 대통령님이 북한에 가가 이산가족 상봉하자고 제안도 하고 하는데 북한은 꿈쩍도 안 하는 거 다 안 봤십니까? 지들 배부르자꼬 잘사는 남한 시샘해가 이거 뜯어가고 저거 뜯어가고. 이산가족 상봉은 그렇다 처도 와 납북자 명단은 공개하지 않는 겁니까? 납북된 거 확인됐으면 납북자와 납북자 가족을 만나게 해줘야 되는 거 아입니까? 인도적인 거 좋아하시네. 참말로. 보십시오. 일본이 어떻게 나오는가. 저 무라카와 아이라는 여자, 조만간 무사 귀환할 낍니다. 내가 장담합니다. 예."

효준은 잠자코 두현의 말을 듣고 있다가 밖으로 나가버렸다. 우경과 성웅이 두현을 쳐다보았다. 두현은 어깨를 으쓱해 보였다.

"내는 뭐 말도 몬 하고 사나?"

성웅도 일어서서 밖으로 나갔다. 그새 어디로 갔는지 효준이 보이지 않았다. 성웅은 이곳저곳 효준이 갈 만한 곳을 찾아다녔다. 하지만 어디에도 효준은 없었다.

"대체 어딜 간 거야."

성웅은 멈춰 서서 주위를 둘러보았다. 그때 효준이 국장 방에서 나왔다.

"팀장님!"

성웅은 효준에게 뛰어갔다. 효준이 굳은 표정으로 말했다.

"일정을 앞당긴다. 내일 바로 중국으로 간다."

"갑자기 무슨 말씀이십니까? 중국이라니요? 북파공작원이 왜 중국으로 갑니까?"

"남파공작원들이 마지막으로 훈련하는 장소가 중국에 있기 때문이다."

"아직 훈련도 덜 끝났…."

"시간이 없다. 무조건 내일 떠나야 한다."

효준은 단호하게 말을 잘랐다.

60

'아이'의 어머니는 하루도 빠짐없이 직접 만든 피켓을 손에 들고 국방성 앞에서 시위를 벌였다.

"무라카와 상, 자꾸 이러시면 곤란합니다."

국방성 직원이 나와 그녀에게 그만 집으로 돌아가 달라고 사정을 했다. 국방성은 그녀 때문에 골치를 앓고 있었다. 그녀는 지나가는 사람마다 붙잡고 자초지종을 설명하며 서명을 해달라고 부탁했다. 아이의 어머니는 이미 '국방성 앞 들끓는 모정' 이라는 수식어로 유명세를 떨치고 있었다.

"내 딸, 우리 아이짱을 내 앞에 데려다놓기 전에는 절대 돌아가지 않을 테니까 그렇게 알고 들어가 일들 보십시오."

아이의 어머니가 국방성 직원에게 말했다.

"무라카와 상이 이러고 있는데 어떻게 일을 합니까?"

"그러니까 우리 아이짱을 데려오시오. 그러면 여기 오라고 애원해도 오지 않을 것이오."

아이의 어머니와 국방성 사람들의 실랑이는 이제 매일 아침 일어나는 일상적인 일이 되었고, '무라카와 아이' 라는 이름은 점차 일본 전역으로 퍼져 나갔다.

충격적인 사실을 알게 된 사람들은 목소리를 높였다.

"무라카와 아이를 하루라도 빨리 북한에서 데려와라!"

"전국의 실종자들 모두가 납북된 것은 아닌지 재조사하라!"

"국방성은 대체 뭐 하고 있는 것인가! 우리의 아들딸들을 책임지고 찾아와야 하는 것 아닌가!"

"국민은 이 나라에서 안전하게 살 권리가 있다. 한 나라의 국민이 다른 나라에 납치되었다. 이런 국가의 안보 상태를 어떻게 믿을 수 있나!"

"9년 동안 납북되었는지 아닌지, 진위조차 파악하지 못한 나라를 국민이 신뢰할 수 있다고 생각하는가!"

'아이' 처럼 납북되었다는 것이 확인되었지만 생사조차 모르는 가족부터, 아이가 어느 날 갑자기 사라져버려 납북된 것은 아닌지 확인하고 싶다는 가족들까지 국방성 앞으로 몰려들었다. 곧이어 아이의 어머니를 주축으로 납북 가족 모임도 결성되었다.

그들은 입을 모아 외쳤다.

"우리 아이짱을 찾아주세요. 더 이상 우리 가족처럼 생이별의 고통을 안고 살아가는 사람들이 없도록 도와주세요. 제발 부탁드립니다."

61

'아이짱' 은 납북자들의 대명사가 되었고, 들끓는 여론 덕분에 아이의 부모는 총리와 면담을 할 수 있게 되었다. 접견실로 안내된 아이의 부모는 총리와 인사를 나누었다. 총리는 아이의 부모에게 고개를 숙였다.

"죄송합니다. 이 나라와 국민의 한 사람으로서 무라카와 아이 상을 안전하게 보호하지 못한 점 고개 숙여 사죄드립니다."

눈물이 말라버렸을 법도 한데 아이의 부모는 쉴 새 없이 눈물을 흘렸다.

"납북되고 9년입니다. 납북된 걸 몰랐던 지난 시간 동안 우리 아이짱은 나쁜 아이로 낙인찍히고 말았습니다. 그 착한 아이가…. 우리는 주변 사람들에게 수모를 당하면서도 이사를 가지 않고 지금까지 살았습니다. 아이짱이 돌아와 우리가 없으면 놀랄까 봐서요. 그동안 매일매일 아이짱이 돌아올 거라고 믿으며 지냈는데 납북이라니요. 어떻게 이런 일이 일어날 수 있습니까? 우리 아이짱, 돌아오게 해주세요. 내 품에 다시 안을 수 있게 해주세요, 총리 각하."

"최선을 다하겠습니다. 또 다른 무라카와 아이 상이 나오지 않도록."

아이의 어머니가 총리에게 애원했다.

"그런 말씀은 저한테 하실 필요 없습니다. 듣고 싶지 않습니다. 제가 여기 온 이유는 우리 아이짱을 하루라도 빨리 만날 수 있는 방법을 총리 각하는 아실 거라고 생각했기 때문입니다. 제가 지금 당장 북한으로 달려가 아이짱을 찾을 수 있다면 그렇게 하겠습니다. 하지만 불가능한 일이잖아요! 총리 각하만이 하실 수 있는 일이잖아요! 한국은, 남한은 대통령이 북한에 가서 남과 북의 이산가족들을 만나게 해주었습니다. 그런데 왜, 총리 각하는 못 하시는 겁니까! 왜요! 왜 우리 아이짱이 살아 있다는 이야기를 한국 사람에게 들어야 하는 거냐고요!"

"여보. 진정해요, 그만."

아이의 아버지가 그녀를 말렸다.

"우리 아이짱, 내가 일찍 마중 나갔다면 이런 일은 없었을 텐데. 아이짱! 아이짱!"

아이의 어머니는 아이의 사진을 끌어안고 통곡하듯 흐느꼈다. 총리는 아무 말도 못하고 아이의 부모를 쳐다보았다. 참으로 답답한 일이었다.

한참을 흐느끼던 아이의 어머니가 진정이 됐는지 총리를 쳐다보며 말했다.

"참 사람 욕심이라는 게 한도 끝도 없습니다, 총리 각하. 아이짱이 납북된 걸 알기 전까지는 그저 살아만 있으면 된다고 생각했습니다. 그런데 살아 있다는 소식을 들으니 어디 있는지, 잘 있는지 궁금해지더니 이제는 예전처럼 함께 살고 싶어졌습니다."

총리가 아이의 어머니 손을 잡았다.

"무라카와 상이 무사히 돌아올 수 있도록 힘을 쓸 것입니다."

"부탁드립니다. 우리 아이짱뿐만이 아니라 납북된 다른 사람들까지 꼭 데려와 주십시오. 가족들을 만날 수 있게 도와주세요. 그게 안 된다면 납북자 명단이라도 가지고 오셔서 나쁜 아이로 낙인찍힌 아이들의 억울함을 물어주세요."

"잘 알겠습니다."

총리는 고개를 끄덕이며 다짐했다.

"아이짱은 무라카와 상의 딸이기도 하지만 우리 일본의 딸이기도 합니다. 반드시 데려오겠습니다."

62

요코가 온 덕분인지 은혜의 기록이 많이 좋아졌다. 하지만 홍민은 전혀 기쁘지 않았다.

홍민은 은혜의 기쁨을 함께할 수 없는 자신이 미웠다.

은혜가 사람을 죽였다고 해도 계속 그녀를 사랑할 수 있을까? …은혜가 살인자라면 난 은혜의 죄를 감추기 위해 그녀의 친구를 살인자로 만들 수 있을까? …은혜의 친구가 살인자라면? 은혜를 위해 살인을 한 것이라면?

홍민은 아무리 생각해도 답을 찾을 수 없었다. 오히려 갈수록 복잡해졌다. 마음 편하게 지내고 싶은데 그것조차 쉽지 않았다.

홍민은 오전 훈련을 끝내고 은혜와 요코와 함께 식당에 갔다. 은혜는 요코와 즐겁게 이야기를 나누면서 식사를 했다. 홍민은 그들의 대화를 귓전으로 흘리며 꾸역꾸역 밥을 넘겼다.

"김홍민 동무."

요코가 갑자기 홍민을 불렀다.

"네?"

홍민은 놀라서 요코를 보았다.

"식판 뚫어져요. 밥도 없는데 왜 자꾸 젓가락으로 찔러대요? 밥 더 줄까요?"

"아, 아닙니다."

홍민이 손사래를 쳤다. 요코는 식판을 들고 일어섰다. 은혜가 속삭이듯 홍민에게 말했다.

"요코는 평소에는 정말 얌전하고 내성적인데 누군가가 음식 가지고 장난친다고 생각되면 야성적으로 변해요. 나도 옛날에 정말 많이 혼났어요."

요코는 거칠게 식판을 설거지했다.

"앞으로 조심해야겠는데요."

홍민이 그런 요코가 무섭다는 듯 어깨를 으쓱해 보였다. 은혜가 미소를 지으며 물었다.

"그런데 아까부터 뭘 그렇게 생각했어요?"

홍민이 고개를 흔들었다.

"아뇨. 아무 생각도 하지 않았어요."

"내 기록이 나빠요?"

"아니에요. 요코 상 덕분에 기록이 더 좋아졌어요. 중국에 갈 수 있는 시기가 앞당겨졌다고나 할까."

"그럼 왜 그래요?"

은혜가 집요하게 물었다. 홍민은 난처했다.

"김홍민 동무!"

그때 마침 지도원이 홍민을 불렀다.

"잠깐, 일어납니다. 많이 먹고 와요."

홍민은 은혜에게 말하고 다급히 지도원과 함께 밖으로 나갔다. 은혜는 고개를 갸우뚱하며 홍민의 뒷모습을 바라보았다. 그녀는 홍민이 뭔가 숨기고 있다는 느낌을 받았다.

63

홍민은 참모장이 찾는다는 말을 들을 때마다 불안해졌다. 또 무슨 이야기를 할지 알 수 없었기 때문이었다.

참모장 사무실 앞에 선 홍민은 조심스럽게 노크를 했다. 안에서는 아무런 소리도 들리지 않았다. 홍민은 다시 문을 두드렸다. 이번에도 기침 소리나 들어오라는 소리가 들리지 않았다. 사무실에는 아무도 없는 것 같았다. 홍민은 긴장을 풀고 문을 열었다.

홍민은 천천히 사무실로 들어갔다. 책상 위에 TV가 놓여 있는 것이 보였다. TV 화면에는 중년의 여자가 울면서 뭔가를 들고 있는 모습이 떠 있었다.

홍민은 TV 앞으로 다가가 자세히 살펴보았다. 중년 여자가 들고 있는 것은, 기모노를 입은 여자 아이의 사진이 붙어 있는 피켓이었다.

"누굴까?"

홍민은 고개를 갸우뚱했다.

언제 들어왔는지 참모장이 홍민에게 물었다.

"누구와 닮지 않았어?"

홍민은 여자 아이의 사진을 보았다. 누군지 알 수 없었다.

"누굽니까? 이 아이는."

참모장이 리모컨을 들어 플레이를 눌렀다. 화면에 자막이 떴다.

"신기하지 않나? 무라카와 아이. 전은혜. 저 사람들, 9년 동안 아무것도 모르고 지내다가 어떻게 갑자기 무라카와 아이가 납북됐다는 사실을 알게 됐을까?"

홍민은 짚이는 데가 있었다. 효준이 그의 부탁을 들어준 것이 분명했다.

"은혜 동무가 지도원과 관리관을 이용해 부모에게 알렸을 가능성은 없을까? 요즘 지도원과 관리관들이 사사로이 중국인들을 만나 돈을 받고 정보를 판다는 소리를 들어서 말이야."

"그렇다면 참모장님은 은혜 동무가 이런 사실을 들킬까 봐 지도원과 관리관을 죽였다고 생각하는 겁니까?"

"그럼, 네가 알려준 거냐?"

참모장이 냉정한 표정으로 물었다.

"그렇다면 어떡하실 겁니까? 내가 이효준에게 뭔가를 건넸다면요."

홍민도 차갑게 받아쳤다.

"그런 생각도 해봤지. 이 화면 때문에."

참모장이 다시 리모컨을 눌렀다. TV에 홍민이 효준의 귀에 대고 무슨 말인가를 하는 장면이 나왔다. 그때 홍민은 효준에게 은혜 이야기를 들려주었다. 참모장이 화면을 멈추고 말했다.

"그런데 날짜가 맞지 않아. 네가 전은혜를 만난 것은 분명 이효준이 가고 난 다음이다. 불가능한 일이야."

홍민의 손에 땀이 고이기 시작했다.

"그래서 전은혜가 지도원과 관리관을 유혹해서 이용하고, 이용 가치
가 떨어지자 죽였다는 결론을 내린 것입니까?"

참모장이 홍민에게 다가와 머리를 툭툭 쳤다.

"그렇게도 생각했지. 내가 말하지 않았나? 난 네 머릿속에 뭐가 들어
있는지 다 알고 있다고."

그러더니 갑자기 홍민의 귓가에 속삭이듯 말했다.

"대체 어떤 마법을 부린 거냐, 김홍민."

홍민은 어서 빨리 사무실을 벗어나고 싶었다. 식은땀이 등줄기를 타
고 흘러내렸다.

참모장은 내가 은혜를 처음 만난 장소가 이곳이 아니라는 사실을 모
르고 있다. 내 머릿속에 무엇이 들어 있는지 다 알고 있다고 자부하는
이 남자가. 참모장이 알고 싶어 하는 사실을 나는 끝까지 숨겨야 한다.
그래야 은혜가 살고, 내가 살 수 있다.

"마법이요? 이곳에서 내가 마법을 부릴 수 있다고 생각합니까? 그럴
수만 있었다면 지금 이 자리에 없었을 겁니다. 이렇게 참모장 동지와 마
주 보고 있지 않을 거란 말입니다."

홍민은 불안하게 요동치는 마음을 가라앉히고 허세를 부렸다. 참모장
을 혼란에 빠뜨려야 대책을 마련할 수 있었기 때문이었다. 홍민은 손으
로 TV 화면을 가리키며 말했다.

"무슨 말을 했는지 궁금하시겠죠. 나를 의심하는 것도 당연합니다. 말
씀드리지요. 이효준에게 꼭 살아서 돌아가 우리 어머니를 만나라고, 어
머니에게 내가 살아 있다는 사실을 전해 달라고 했습니다. 반드시 살아

서 돌아가겠다는 말도 함께."

홍민이 참모장을 노려보았다.

"거리에 벌거벗겨진 채 서 있는 느낌이 어떤 것인 줄 압니까? 참모장 동지가 말하는 영웅놀이, 더 이상 하고 싶지 않습니다. 임무만 끝나면 원하는 대로 깨끗하게 죽어드리겠습니다."

홍민은 말을 마치고 돌아섰다. 참모장은 홍민을 막지 않았다. 홍민은 문 쪽으로 걸어갔다.

"합격! 넌 내일, 중국으로 떠난다."

순간 뜻밖의 소리가 참모장의 입에서 터져 나왔다. 홍민은 잡았던 문 고리를 놓치고 말았다. 홍민이 고개를 돌리고 물었다.

"무슨 얘긴지 못 알아듣겠습니다. 아직 할 말이 남아 있습니까?"

참모장은 의자에 앉아 다리를 꼬았다.

"내일이다. 할 말은 그것뿐이다."

"전은혜 동무는 안 갑니까?"

"너만 간다."

"전은혜 동무의 어머니 때문에 나만 가는 겁니까? 아니면 또 뭔가를 선택해야 합니까?"

참모장의 눈이 매섭게 빛났다.

"내일이면 모든 것을 알게 될 것이다."

홍민은 오늘 무슨 일이 일어날 것 같은 느낌을 받았다. 참모장의 눈을 보면 알 수 있는 일이었다.

"내일이면 무엇을 다 알게 된다는 겁니까?"

홍민이 일어서는 참모장에게 물었다.

은혜가 두 사람을 죽였다는 결정적인 증거가 나타난다는 말인가? 아니면 은혜를 또 높은 곳에 매달아놓고 마녀 사냥을 하겠다는 것인가?

"누가 지도원과 관리관을 죽였는지, 그 사건에 누가 연루되어 있는지. 또 누가 중국에 가게 될 것인지."

참모장이 비웃듯 말했다.

"당신, 대체 왜 나한테 이러는 겁니까?"

홍민은 참모장을 노려보았다. 참모장이 홍민에게 다가왔다. 그는 홍민의 어깨에 양팔을 올리고, 홍민의 눈을 보았다.

"난 거짓말이 싫어. 내가 가장 좋아하는 건 진실이야. 난 단지 진실을 알고 싶을 뿐이라고. 그러니 내가 시키는 대로 해. 너도 알고 싶지 않나? 전은혜와 미조라 요코 주변에서 왜 이런 일들이 일어나는지 말이야."

"참모장 동지!"

"지금 빨리 은혜에게 달려가 이 사실을 알리고 싶다는 생각, 하고 있겠지. 그런데 말하지 마. 절대. 지도원과 관리관을 죽인 사람을 알게 될 때까지."

홍민은 더 이상 듣고 싶지 않았다.

네 말대로 되지 않을 것이다. 나는 이곳을 나가는 즉시 은혜에게 갈 것이고, 은혜에게 모든 것을 털어놓을 것이다. 그리고 함께 방법을 찾을 것이다.

"지도원과 관리관을 죽인 사람은 요코, 미조라 요코다."

참모장이 뚫어지게 홍민을 쳐다보며 말했다. 홍민은 어이가 없어서 피식 웃고 말았다.

요코는 은혜보다 더 약한 사람이다. 그런 사람이 어떻게 사람을 죽일 수 있다는 말인가.

"…그러나 그 뒤에는 전은혜가 있다."

"뭐라고요? 살인은 요코 동무가 했고, 지시는 은혜 동무가 했다 이겁니까? 그게 말이나 되는 소리입니까?"

홍민이 흥분해서 소리쳤다. 참모장의 입이 씰룩거렸다.

"왜, 틀린 말 같나? 자, 선택해 볼까?"

홍민은 선택이라는 말에 몸을 부르르 떨었다. 참으로 진저리나는 단어였다.

"오늘 밤, 미조라 요코가 전은혜에게 살해당한다면 너만 중국으로 간다."

그것은 선택이 아니었다.

"사실일 테니까 선택은 하나밖에 없다. 김홍민, 너 혼자 중국으로 간다. 나가 봐."

64

홍민은 참모장의 사무실을 나오자마자 은혜의 숙소를 찾아갔다. 은혜에게 모든 사실을 알리고 빨리 피신시켜야 했다. 홍민은 거칠게 방문을 두드렸다.

"은혜 동무! 은혜 동무!"

하지만 아무런 대답이 없었다. 벌써 무슨 일이 생긴 것인가?

홍민은 벌컥 문을 열고 안으로 들어갔다. 은혜가 수건으로 머리를 감싼 채 욕실에서 나오고 있었다.

"은혜 동무!"

홍민은 버럭 소리를 질렀다.

"왜 대답을 하지 않는 겁니까? 내가 얼마나 놀랐는지 아십니까?"

"왜 그래요? 무슨 일 있어요?"

은혜가 영문을 모르겠다는 듯 물었다.

"아닙니다."

홍민은 길게 한숨을 내쉬었다. 은혜는, 아직까지는 안전했다.

"말해 봐요. 무슨 일 있죠?"

은혜가 홍민의 손을 잡고 바닥에 앉았다. 홍민은 은혜를 부드럽게 안아주었다. '너만 간다.'는 참모장의 말이 자꾸 귓속을 어지럽혔다.

"오늘 밤, 나랑 같이 있어요."

홍민이 말했다. 은혜는 깜짝 놀라 홍민에게서 떨어지려 했다. 홍민은 더욱 세게 은혜를 끌어안았다.

"꼭 그렇게 해야 합니다."

"왜요? 같이 있지 않으면 안 되는 이유라도 있어요?"

홍민이 고개를 끄덕였다.

"그게 뭐죠?"

"묻지 말고 듣기만 해요. 나쁜 짓, 안 해요. 은혜 동무가 싫어하는 일은 하지 않습니다, 난. 솔직히 불안해서 그래요. 오늘 밤, 무슨 일이 생길 것만 같단 말입니다."

은혜의 머리에서 떨어진 물방물이 홍민의 등을 적셨다. 은혜가 작게 웃으며 젖어 있는 부분을 살짝 꼬집었다.

"계속 이렇게 안고 있을 거예요? 나, 숨 막혀요."

은혜가 말했다. 홍민은 당황해서 은혜를 놓아주었다.

"난 나한테 나쁜 짓 하지 않는 홍민 동무가 좋아요. 그래서 내 마음을 다 보여주려고요."

은혜는 홍민의 코앞까지 다가갔다. 당황한 홍민은 그대로 바닥에 누워버렸다. 은혜가 머리를 감싼 수건을 풀었다. 긴 머리카락이 물처럼 흘러내렸다. 은혜는 천천히 몸을 숙이고 홍민의 이마와 코, 눈과 입에 살며시 입을 맞추었다.

"은…."

홍민이 입을 열자 은혜가 혀를 내밀었다. 홍민은 입속으로 들어온 은혜의 혀를 자신의 혀로 어루만졌다. 두 사람은 경쟁하듯 서로의 옷을 벗겼다. 순식간에 옷가지들이 바닥에 흩어졌다. 홍민은 탐스러운 은혜의 머리카락을 쓸어 올리며 다짐했다. 오늘 밤은 이 방에서 한 발짝도 나가지 않겠다고.

65

"어머니, 저 성웅입니다."

성웅은 늦은 밤, 차들이 끊긴 도로 한가운데 앉아 홍민의 어머니에게 전화를 걸었다.

"그래. 밥은 먹었고?"

어머니는 반갑게 전화를 받았다.

"예."

"무슨 일, 있어?"

"어머니, 저 중국 갑니다. 내일."

"중국에?"

"예. 갑자기 일정이 앞당겨졌습니다. 중국으로 해서 북한에 들어갈 겁니다."

"……."

성웅도 어머니도 한동안 말이 없었다.

"어머니."

한참 후에 성웅이 입을 열었다.

"성웅아."

어머니도 입을 열었다. 성웅을 부르는 목소리가 떨렸다. 성웅은 어머니가 울음을 감추기 위해 애쓰고 있다는 것을 알았다. 어머니의 마음을, 그는 누구보다 잘 알고 있었다.

"그동안 우리 홍민이 대신 살아 돌아온 너한테 몹쓸 말 많이 했다는 거, 안다. 돌아가서 홍민이 데려오라고 수없이 말했지. 그런데 성웅아, 막상 네가 간다고 그러니 안 되겠다. 가지 말거라. 너도 우리 홍민이처럼 돌아오지 않으면 어떡하니. 아들 하나 또 잃는 것 아니냐. 가지 말거라, 제발. 응? 성웅아."

"제가 아니면 누가 홍민이를 데려오겠어요. 홍민이를 제대로 알고 있는 사람, 저 말고 또 누가 있어서요. 어머니, 걱정하지 마세요. 홍민이도 저도 무사히 돌아올 겁니다."

"성웅아, 이 어미가 빌어도 안 되는 거냐? 내가 잘못했다. 내가 잘못했으니 제발 가지 말거라."

어머니가 탄식하듯 말했다.

"어머니. 가서, 홍민이 데려오겠습니다. 죄송합니다, 어머니. 홍민이를 데려와야 어머니께 용서를 받을 수 있다는 걸 잘 알고 있습니다."

"너나 나나 11년 동안 돌덩이를 가슴에 안고 살았구나."

어머니와 성웅은 끝내 눈물을 참지 못했다.

"어머니. 용서해 주세요. 저 홍민이 만나면 한 대 때릴 겁니다. 아주 세게, 세게 때릴 겁니다. 제 마음에, 어머니 마음에 한을 심어준 놈, 한 대는 때려야 속이 시원할 것 같습니다."

"성웅아!"

"어머니. 11년 동안 제 어머니가 되어주셔서 고맙습니다. 어머니, 오래오래 사세요."

"성웅아!"

어머니가 다급하게 외쳤다. 성웅은 황급히 전화를 끊었다. 눈물이 멈추지 않고 흘러내렸다. 그는 도로 위에 큰대(大) 자로 누워 하늘을 쳐다보았다. 하늘에는 별들이 총총히 박혀 있었다.

지금 보고 있는 별 중에는 수만 년 나이를 먹은 별도 있을 것이다. 또 새롭게 태어나 반짝이는 별도 있을 것이다. 오늘 밤이 지나면 중국으로 간다. 그곳에 가서도 지금 보고 있는 별들을 볼 수 있을까? 단 하나도 사라지지 않았으면 좋겠다. 홍민이와 함께 돌아와서 이곳에 나란히 누워 저 별들을 봤으면 좋겠다.

고아인 성웅은 모든 것을 갖춘 홍민이 부러웠다. 아무리 열심히 공부해도 홍민일 따라잡을 수 없었다. 운동도 마찬가지였다.

성웅은 생각했다.

그날, 내가 홍민이보다 앞서 나갔다면 우리의 운명은 달라졌을까? 아니다. 결과는 같을 것이다. 운명은 바뀌지 않는다. 그렇다면 운명을 이겨낼 방법은 없을까? …있다. 운명에 맞서 싸우는 것! 이길 때까지!

66

효준은 쉽게 잠을 이루지 못했다. 북쪽 사람들도 무라카와 아이의 어머니가 TV에 나온 것을 봤을 것이다. 그들은 어떤 대응책을 세우고 있을까. 얼마나 많은 일들이 일어나고 있을까. 알 수 없는 일이었다.

효준은 수많은 자료를 뒤져봤지만 참모장에 대한 정보를 얻지 못했다. 국정원에 들어오면 알 수 있을 거라고 생각했는데 아니었다. 단 하나. 그가 모든 것이 베일에 둘러싸인, 막강한 힘을 가진 간부라는 것만은 분명했다.

효준은 그의 눈빛을 잊을 수가 없었다. 사람의 마음을 마음대로 조종할 수 있다는 자신감으로 가득 찬 그 눈빛을. 효준도 사람의 마음을 읽을 수 있다는 자부심이 있었다. 하지만 그는 효준보다 더 강했다. 그는 효준에게 처음으로 패배감을 맛보게 해준 사람이었다.

효준은 납북된 자신의 운명을 탓하지 않았다. 누구를 원망하지도 않았다. 효준은 갇혀 있던 곳에서 풀려나자마자 특수 훈련을 받았다. 효준은 힘들수록 더 열심히 훈련했고, 덕분에 남파공작원 지도원까지 될 수 있었다. 북한 관리들은 생각보다 다루기 쉬웠다.

효준은 한국으로 돌아가고 싶지 않았다. 한국에서 효준은 부모님 속을 썩이는 망나니에 불과했다. 태권도 선수였던 효준의 꿈은 올림픽에 나가 금메달을 따는 것이었다. 하지만 효준은 출전조차 하지 못했다. 술 먹고 행패 부리는 불량배들과 싸움을 벌인 것이 문제 되어 징계 처분을 받았던 것이다. 효준은 답답한 마음에 집을 떠나 여기저기 돌아다녔고, 그러다 납북되고 말했다. 남파공작원이 강원도 바닷가에서 술에 취해 비틀거리는 그를 마취제로 잠재운 후 북으로 끌고 간 것이었다.

효준은 북한에서의 생활이 만족스러웠다. 한국에서 손가락질 받으며 사는 것보다는 이곳에서 지도원으로 사는 편이 훨씬 더 나았다.

홍민을 만난 것은 그 무렵이었다. 홍민은 효준과는 달리 착하게 살아온 모범생이었다. 효준은 그에게 흥미를 느꼈다. 저런 모범생도 내 말을 잘 따라줄까, 궁금하기도 했다. 효준은 묘한 호기심에 이끌려 남한에서 납치해 온 소년을 남파공작원으로 만들어 다시 보내면 어떻겠냐는 내용의 보고서를 상부에 올렸다. 결재는 곧바로 떨어졌다. 홍민은 자신과 같은 처지의 효준을 믿고 따랐고, 북한의 엘리트 요원들을 모두 물리치고 최고의 요원이 되었다. 홍민이 임무를 수행하고 돌아오면 그와 그를 지도한 자신은 북한에서 영웅이 되는 것이었다. 효준은 홍민도 그것을 원할 거라고 생각했다.

그러던 어느 날이었다. 홍민이 그에게 물었다.

"집으로 갈 수 있겠죠, 형?"

당황한 효준은 멍하니 홍민을 쳐다보았다. 모든 일이 자신의 계획대로 착착 진행되어 간다고 생각했고, 홍민은 이곳에서 자기와 함께 살 거라고 믿었기 때문이었다.

"그래."

효준은 마음을 감추고 말했다.

"내가 살던 고향에서는 8월이면 윗마을, 아랫마을 아이들이 선수를 내세워 멧목 경기를 해요. 그 경기에서 이긴 마을 아이들에게는 휴가철 관광객들에게 아이스크림을 팔 수 있는 자격이 주어지죠. 나를 죽도록 미워하던 친구가 있어요. 라이벌이었지만 그 친구는 단 한 번도 나를 이긴 적이 없어요. …그 녀석, 아마 지금도 나를 죽이고 싶을 정도로 미워하고 있을 겁니다."

"왜?"

"그 녀석 대신 내가 납치되었으니까요."

"그 녀석 대신?"

"예. 녀석과 뗏목 경기를 하다 이겼다고 생각한 순간 뒤에서 나를 부르는 소리가 들리더라고요. 뒤를 돌아봤죠. 그 녀석이 끌려가고 있는 거예요. 그대로 두고 볼 수 없어서 따라갔어요. 그곳에서 선택을 강요당했죠. 둘 다 같이 죽을래, 이 녀석 대신 네가 갈래. 형이라면 어떻게 했겠어요?"

선택. 강요.

효준은 홍민의 말을 듣고 그 남자를 조금은 알 것 같다는 생각을 했다.

67

효준은 침대에서 일어나 냉장고 쪽으로 걸어갔다. 목이 말랐다. 그 남자는 유독 홍민이에게 집착했다.

홍민이 성웅과 그보다 더 나은 요원이 될 자질을 갖춘 건 분명한 사실이다. 하지만 성웅과 홍민, 둘 다 모두 북으로 데리고 올 수도 있었을 것이다. 그런데 왜 홍민이만 데려온 것일까? 무엇 때문에?

효준은 냉장고 문을 열고 물을 꺼내 마셨다.

나 때도 마찬가지다. 그는 홍민에게 똑같은 선택을 강요했다. 왜? 홍민 같은 요원이 북한에 없어서? 아니다. 절대. 북한은 항상 최고의 엘리트만 남파공작원으로 뽑는다. 아무리 실력이 탁월해도 홍민은 그들을 뛰어넘을 수 없다. 요원들은 모두 북한 출신이고, 홍민은 그저 납북자에 불과하기 때문에. 더군다나 홍민에게는 북한에 남아 있으려는 의지도 없었다. 단순한 호기심에 이끌려 홍민에게 집착할 사람이 아니다, 그는. 그렇다면 무슨 이유에서일까?

효준은 물통을 다시 냉장고에 집어넣고 문을 닫았다. 머릿속이 복잡했다. 그때 마치 생각을 끝내라는 듯 시끄럽게 전화벨이 울렸다. 효준은 침대 쪽으로 걸어가 수화기를 들었다. 홍민의 어머니였다.

"팀장님. 접니다."

"예. 말씀하십시오."

어머니의 목소리는 잠겨 있었다. 전화를 걸기 전에 눈물을 많이 흘린 것 같았다. 어머니가 머뭇거리며 물었다.

"운명이라는 것이, 있을까요?"

효준은 어머니가 무슨 말을 하고 싶어 하는지 감을 잡을 수 없었다.

운명이라.

"…저는, 있다고 생각해요."

어머니가 울먹이는 목소리로 말했다.

"어머니!"

"성웅이, 빼주시면 안 되겠습니까?"

"어머니, 그건…."

"아무래도 마음이 불안해서요. 우리 홍민이 가슴에 묻고 살아서 성웅이한테까지 내줄 가슴 따위 없는데, 가서 못 돌아오면 어떡해요. 불쌍해서. 11년 동안 나를 어머니로 생각하며 산 성웅이, 내가 옆에라도 끼고 살렵니다. 홍민이 데려오겠다며 국정원 들어간다고 했을 때 말렸으면 이런 일 없었을 것을. 내 욕심 때문에 말리지 못했어요. 이제 정말 죽으러 간다는데, 난 못 보냅니다. 못 보내요, 성웅이. 팀장님, 부탁드립니다. 제발….”

“어머니.”

“성웅이도, 홍민이도 죽을 것 같아요. 그럴 바에는 차라리 홍민이 안 데려와도, 살아 있다는 것만 알고 살아도 괜찮아요!”

어머니가 가슴을 치는 소리가 들렸다.

“어머니.”

“안 되나요? 안 되나요, 네?”

어머니는 피를 토하듯 물었다.

“예. 이미 결정된 일입니다. 어머니, 약속드립니다. 홍민이도 성웅이도 제가 꼭 데려오겠습니다. 어머니 마음 아프지 않게….”

“죄송합니다, 팀장님. 죄송해요. 팀장님 마음, 헤아리지 못하고 있었습니다, 제가.”

“아닙니다, 어머니. 조금만 기다려주세요. 홍민이, 성웅이, 털끝 하나 다치지 않도록 지키겠습니다.”

“간절하게 원하면 이루어진다는데, 날마다 좋은 소식이 올 것이라고 믿고 또 믿고 살아왔는데…. 하나도 아깝지 않은 내 목숨을 거는 일이라면 이러지 않습니다. 기다리는 것밖에 할 수 없는 나도 어미라고….”

어머니는 이런저런 걱정을 하며 물가에 내놓은 어린아이에게 하듯 조심하라는 말을 수없이 했다. 그때마다 효준은 빠짐없이 대답했다.

"예, 그러겠습니다. 어머니. 예."

68

커튼 사이로 달빛이 스며들어왔다. 홍민은 자신의 품 안에서 잠든 은혜가 달아나지 못하게 꼭 끌어안았다.

긴 머리카락, 하얀 얼굴. 눈이 부시게 아름답다. 내 품에 안겨 작은 웃음으로 늘 나를 미소를 짓게 만들어주는 여자, 은혜. 어떻게 그녀가 사람을 죽일 수 있을까?

홍민은 고개를 흔들었다. 더 이상 생각하고 싶지 않았다.

중국? 가지 않을 것이다. 나 혼자서는 절대. 은혜의 손을 잡고 함께 갈 것이다. 약속했으니까.

홍민은 은혜의 이마에 입을 맞추고 눈을 감았다. 서서히 잠이 밀려왔다. 홍민은 잠 속으로 빠져들며 결심했다.

이렇게 아침을 함께 맞으면 되는 것이다. 무슨 일이 일어나도 은혜를 대신할 것이다.

69

홍민은 은혜가 살며시 빠져나가는 느낌에 눈을 떴다. 은혜는 홍민의 입술에 입을 맞추고 조심조심 걸음을 옮겼다. 화장실에 가는 것 같았다. 잠시 후 샤워하는 소리가 들렸다. 홍민은 일어서서 주섬주섬 옷을 입었다. 침대 주위를 정리하고 바닥에 앉았다. 지금까지는 아무 일도 일어나지 않았다. 하지만 홍민은 가만히 앉아 있을 수 없었다. 불안했다. 홍민은 창문 앞으로 다가가 주변을 살폈다.

그 순간 노크 소리가 들렸다. 홍민은 조심스럽게 문 쪽으로 다가갔다.

"은혜."

문을 두드린 사람이 낮은 목소리로 은혜의 이름을 불렀다. 요코였다. 홍민은 마음을 가라앉히고 문을 열었다.

"요코 동무. 이 밤에 어…."

홍민은 요코의 손에 칼이 쥐어져 있는 것을 보고 깜짝 놀랐다.

"요코 동무?"

"쉿!"

요코가 손가락을 입에 갖다 댔다. 그리고 따라오라는 손짓을 했다. 홍민은 요코에게 이끌려 나가면서 잠금 장치를 누르고 문을 닫았다. 아무도 들어오지 못하게.

요코는 은혜의 숙소에서 한참 떨어진 사격훈련장으로 홍민을 데려갔다.

"요코 동무."

홍민이 서둘러 걸음을 옮기는 요코를 쳐다보았다.

"아무 말 말고 따라와요."

요코는 걸음을 멈추지 않았다.

"이쪽으로 가면 위험합니다. 대체 왜 이러는 겁니까? 그 칼은 또 뭐고요?"

앞서 가던 요코가 갑자기 뒤돌아서서 홍민에게 달려들었다. 홍민은 슬쩍 몸을 피했다.

"요코 동무!"

요코가 다시 홍민에게 칼을 뻗었다. 홍민은 피하지도 않고 요코의 팔을 잡아 꺾었다. 요코는 홍민의 상대가 되지 못했다. 홍민이 손에 힘을 주자 그녀는 쥐고 있던 칼을 떨어뜨렸다. 홍민이 그녀를 놓아주었다. 요코는 칼을 집어 들려고 몸을 숙였다. 홍민이 땅에 떨어진 칼을 멀리 차 버렸다.

"후타리토와치가우노네〔二人とは違うのね〕."

요코가 중얼거렸다.

"두 사람과는 다르다?"

홍민이 물었다. 요코가 느닷없이 박수를 쳤다.

"혼토우〔本当〕, 혼토우〔本当〕."

"정말이라고?"

홍민은 고개를 갸우뚱했다. 요코가 섬뜩하게 빛이 나는 얼굴로 미소를 지으며 홍민을 쳐다보았다. 홍민은 엉거주춤 뒤로 물러섰다. 지금까지 한 번도 보지 못한 무서운 표정이었다.

"요코 동무. 난 당신을 해치고 싶지 않습니다. 당신은 은혜 동무의 절친한 친구니까요. 그런데 왜 이런 일을 벌이는 겁니까? 당신이 지도원과 관리관을 죽였습니까?"

요코가 고개를 끄덕였다.

"왜 죽였습니까? 그 두 사람을 죽이면 당신 친구, 은혜가 곤란해진다는 사실을 몰랐나요?"

"와타시와아이상노카와리닥타카라〔私は愛さんの代わりだったから〕."

"나는 아이의 대신이었으니까? 대신이라니? 대체 무슨 소리예요?"

"카게〔影〕."

"그림자. 은혜의 그림자였다는 말입니까?"

"난 은혜가 가는 곳이면 어디든 갈 수 있어. 난 돌아갈 곳이 없어. 은혜가 바로 내가 돌아갈 곳이야. 은혜가 중국에 가고 싶어 해서 지도원을 죽였어. 은혜를 대신해서. 그래야 은혜가 중국에 갈 수 있으니까. 그런데 나는 같이 갈 수 없다고 하잖아. 관리관이 은혜를 좋아한다는 것을 알았지. 관리관을 꼬여냈어. 그리고 죽였어. 은혜가 살인자가 되어야 이곳을 벗어나지 못하니까. 내가 함께 갈 수 없다면 은혜도 못 가."

"그럼 왜 이곳을 벗어나려고 노력하지 않은 겁니까?"

"노력?"

요코가 뒷주머니에서 작은 칼을 꺼내들었다.

"그런 걸 왜 하지? 난 당신과 은혜처럼 돌아갈 곳이 없는데! 아무도 내 걱정 같은 건 해주지 않는데!"

"요코 동무, 나까지 죽이면 은혜 동무도 죽습니다. 그래도 좋습니까? 당신의 희망이 죽는다고요."

요코는 말도 안 되는 소리 하지 말라는 듯 요란하게 웃었다.

"은혜는 죽지 않아. 왜냐고? 난 알고 있거든. 은혜가 당신에게 은혜의 단추를 건네주었다는 것을. 그리고 TV에…."

순간 탕, 하고 총성이 울려 퍼졌다. 요코가 앞으로 고꾸라졌다. 홍민은 재빨리 요코를 끌어안았다. 저쪽에 은혜가 총을 들고 서 있는 것이 보였다. 그녀의 눈에서는 눈물이 흐르고 있었다.

"아이짱, 믿지 마…. 믿으면 안 돼…."

요코는 홍민을 바라보며 안간힘을 다해 말했다. 은혜에게 하는 말인지 자신에게 하는 말인지, 홍민은 알 수 없었다.

은혜는 천천히 홍민을 향해 다가왔다. 요코가 다시 입을 열었다.

"믿지 마… 믿지…."

탕!

또 한 번의 총성이 울려 퍼졌다. 요코의 몸에서 튀어나온 피가 홍민의 옷을 적셨다.

"일어나요."

은혜가 홍민에게 손을 내밀었다. 홍민은 그 손을 잡는 대신 자신을 바라보고 있는 요코의 눈을 감겨주었다. 은혜가 요코를 부둥켜안고 울기 시작했다.

"요코. 미안해. 요코…."

은혜는 마음이 너무 여려 사람을 죽일 수 없을 거라고, 홍민은 생각했었다. 그러나 요코에게 총을 겨누고 서 있는 은혜의 눈빛은 마치 들짐승의 그것과 같았다. 먹잇감을 놓치지 않겠다는. 사람의 눈은 거짓말을 하지 않았다. 홍민은 천천히 일어섰다. 은혜는 지금 거짓말을 하고 있었다. 눈물을 흘리면서까지.

잠시 후 근처에 있던 인민군들이 총소리를 듣고 뛰어왔다. 인민군들은 은혜가 요코를 끌어안은 채 울고 있는 것을 보고 홍민을 붙잡았다. 홍민은 반항을 하지도, 소리를 지르지도 않았다. 울고 있는 은혜의 입가에 미소가 번지는 것을 보았기 때문이었다.

그제야 홍민은 전은혜에게 이용당했다는 것을 알았다. 그것도 아주 철저하게.

은혜는 지도원과 관리관, 가장 친하게 지냈던 친구 요코까지 이용했다. 그래도 나는 그들보다는 나은 것일까? 이렇게 살아 있으니까.

70

홍민은 숙소에 갇힌 채 아침을 맞았다. 무슨 일이 일어날 거라던 참모장의 말은 틀림이 없었다.

홍민은 은혜가 지금 어쩌고 있는지, 친구가 쏜 총에 맞은 요코는 어떻게 됐는지 조금도 궁금하지 않았다. 다만 요코의 마지막 말이 그의 머릿속을 맴돌 뿐이었다.

"아이짱, 믿지 마."

그것은 바로 홍민에게 한 말이었다.

그때 참모장이 불쑥 안으로 들어왔다. 그는 뒷짐을 진 채 홍민을 이리저리 훑어보았다. 그러다 자기 말이 맞았다는 것을 증명이라도 하듯 홍민에게 여권을 내밀었다.

"받아."

홍민은 참모장을 올려다보았다.

"중국은 너 혼자 간다. 처음부터 그렇게 정해져 있었다."

어쩔 수 없는 일이었다. 홍민은 참모장이 건네는 여권을 받아들었다.

"모든 것이 당신 뜻대로 되지는 않을 겁니다."

홍민이 거칠게 쏘아붙였다. 참모장은 이해할 수 없다는 듯 홍민의 머리를 후려갈겼다.

"정신 차려. 내 뜻대로 되지 않는 일은 단 하나도 없으니까."

참모장이 소리 없이 웃으며 방문을 열고 나갔다.

홍민은 옷장을 열고 닥치는 대로 짐을 꺼내 가방에 넣었다. 옷도, 신발도, 시계도 모두 챙겼다. 그러다 옷장 구석에 있는 구명조끼를 보았다. 구명조끼에는 물병이 달려 있었다. 효준을 구하려고 배에서 뛰어내렸을 때 홍민이 목숨을 의지했던 물건이었다. 부피가 컸지만 버리고 싶지 않았다.

홍민은 가방에 넣었던 물건들을 모두 뺐다. 그리고 창문을 두드려 인민군들을 방 안으로 불러들였다.

"마음에 드는 게 있으면 가져가십시오."

홍민이 선심 쓰듯 말했다. 인민군들은 그래도 되겠느냐며 이것저것 집어 들었다.

"고맙슴네."

인민군들은 행여 홍민이 마음을 바꾸기라도 할까 봐 서둘러 밖으로 나갔다.

홍민은 텅 빈 가방에 구명조끼를 넣었다. 마음이 조금 홀가분해졌다. 그는 가방을 들고 나와 참모장을 만나러 갔다.

71

"홍민이를 따라잡지 못한 상황에서 임무를 수행한다는 것 자체가 말이 되지 않는다고 생각합니다."

성웅이 옆에 앉아 문서를 읽고 있는 효준에게 말했다.

"자격지심이 상당히 깊군."

"…"

"내가 정곡을 찔렀나? 나는 알고 있다. 넌 평생을 가도 홍민이를 따라잡지 못할 것이다. 절대."

성웅은 발끈했다.

"그런 나를 왜 데려가는 것입니까?"

"뭐 하나 묻자. 넌 홍민이와 싸우러 가는 것인가, 홍민이를 구출해서 데려올 생각으로 가는 것인가?"

"그건…"

"네가 싸워야 할 상대는 홍민이가 아니다. 분명 넌 홍민이를 따라잡지 못했다. 그러나 넌 내가 보아온 북한의 어떤 엘리트보다 실력이 뛰어나다. 그걸 인정하기 때문에 널 데려가는 것이다. 내 판단에 착오라도 있나?"

성웅이 고개를 저었다. 그의 말이 맞았다. 홍민이와 싸우러 가는 것이 아니라 구출하러 가는 것이었다.

"목표를 분명히 하도록. 같은 편끼리 싸우는 일은 없어야 하지 않겠나?"

효준이 물었다. 성웅은 확실하게 대답했다.

"그런 일, 없을 겁니다."

72

아침 6시.

인천부두 해군기지에 도착한 우경과 두현이 택시에서 내렸다.

"내는 비행기 씨융 타고 가는 줄 알았는데 우짭니까? 내는 뱃멀미 억수로 하는데."

우경이 두현의 엉덩이를 발로 걷어찼다.

"뱃멀미 할 것 같으면 나한테서 한참 떨어져서 해, 알았어?"

우경이 눈을 부라리며 말했다. 그러자 두현이 우경을 끌어안고 두 팔에 힘을 주었다. 우경은 씨익 웃으며 머리를 치켜들었다. 두현은 두 팔을 놓고 물러나는 척하더니 우경의 오른쪽 다리를 잡고 거꾸로 들어올렸다.

"야, 안 놔? 빨리 놔라! 좋은 말로 할 때."

우경은 대롱대롱 매달린 채 소리를 버럭 질렀다.

"행님한테 당하는 게 한두 번도 아니고. 놓을 것 같십니까?"

"박두현!"

"행님, 이럴 때 다 울어삐소. 내는 이미 다 울고 와가 괘안십니다."

우경의 두 눈이 시뻘게졌다. 그의 이마로 땀과 함께 눈물이 흘러내렸다.

"자식이 지가 꼭 형인 것처럼 말하네. 내려놔, 임마!"

두현이 우경이를 좌우로 흔들었다.

"야! 너 지금 뭐 하는 거야! 머리 흔들려!"

"행님, 눈물하고 땀하고 털어내야 안 합니까?"

"박두현!!!"

두현은 우경을 내려놓고 냅다 인천해양방어사령부 안으로 뛰어 들어갔다. 경비병들이 두현을 막아 세웠다. 두현은 신분증을 꺼내 그들에게 보여주었다.

73

두현과 우경은 군인들조차 함부로 드나들 수 없는 지휘통제실로 안내되어 갔다. 먼저 와서 대기하고 있던 성웅이 눈짓으로 그들에게 인사를 했다. 우경이 그에게 물었다.

"왜 여기로 온 거야? 바로 출발하는 것 아니었어?"

"곧 팀장님이 오실 겁니다."

성웅이 대답했다. 북한군의 동향을 감시 감독하는 레이더들이 불을 반짝이며 돌아가고 있었다. 우경이 레이더들을 슬쩍 보더니 말했다.

"아무 이상이 없어 보이는데, 왜?"

성웅이 입을 열려는 순간 효준이 들어섰다. 모두 일어나 효준에게 인사를 하고 자리에 앉았다.

"독수리가 뜬다."

효준이 세 사람을 둘러보며 말했다.

"그럼 못 가게 되는 겁니까, 우리는?"

성웅이 물었다.

"아니. 함께 간다."

"왜 갑자기 독수리가 뜬 겁니까?"

"국장님께서 보고를 올리셨다고 한다. 공식적인 것이 아니라 비공식적이라는 얘기다."

두현이 우경을 툭, 쳤다.

"행님, 내는 입 꾹 다물고 있겠십니다. 행님, 아까, 그거."

두현은 손가락으로 눈물이 흘러내리는 모양을 흉내 냈다. 우경은 눈을 부라리며 두현을 노려보았다.

"국장님은 우리가 그렇게 못 미더우셨답니까? 왜 그런 보고를 올리셔서 일정에 차질이 생기게 만드는 것입니까?"

"제 생각입니다만 아무래도 북한에서 우리가 데려와야 할 인물이 다른 곳으로 이동하는 것이 포착된 모양입니다."

성웅이 효준을 대신해서 설명했다. 효준은 고개를 끄덕이며 덧붙였다.

"그리고 일본의 우두머리가 곧 움직일 듯하다."

세 사람은 말없이 서로를 쳐다보았다. 충분히 짐작할 수 있는 일이었다. 일본에서는 지금 무라카와 아이를, 일본의 딸을 데려와야 한다는 여론이 들끓고 있었다.

"우리나라와 비슷한 듯하면서도 많이 다르네요. 우리는 쉬쉬하는 반면…."

우경이 무겁게 입을 열었다. 효준이 손을 내저어 말을 잘랐다.

"여러 말 할 것 없다. 해결하는 방법이 다를 뿐이다. 앞으로 일어날 수 있는 모든 상황들을 정확히 예측해서 대처하지 않으면 우리는 실패하고 말 것이다. 김홍민과 무라카와 아이가 함께 있는지, 아닌지는 아직 파악되지 않고 있다. 그것만 확인되면 우리는 바로 중국으로 떠날 것이다."

"그걸 어떻게 알 수 있습니까?"

모두가 궁금하다는 듯이 효준을 바라보았다. 효준은 들고 있는 서류를 탁자 위에 내려놓고 말했다.

"북파공작원에 대해서는 너희들도 잘 알고 있을 것이다. 그들 중 일부는 스스로 북한에 남아 남한에서 배우고 익혔던 것들을 남파공작원들에게 전수한다. 지도원이 된다는 말이다. 또한 북한에서 고위 간부가 되어 남한과 무전교신을 하는 인물도 있다. 정보국에 들어오는 정보들은 대부분 그 사람들에게서 나온다고 해도 과언이 아니다."

세 사람은 이제 알겠다는 듯 고개를 끄덕였다.

74

홍민은 낡은 중국산 군인용 녹색 지프 뒷좌석에 가방을 던져놓고 올라탔다.

국경까지는 이 지프로 이동할 것이다. 아무 생각도 하지 말자.

그러다 효준은 뭔가 섬뜩한 느낌이 들어 지프에서 뛰어내렸다. 시동을 걸던 운전사가 소리쳤다.

"떠나야 합네다."

홍민이 웃으며 말했다.

"알고 있습니다. 하지만 참모장 동지에게 인사는 하고 가야죠."

"그렇게 하시라우요."

운전사가 고개를 끄덕였다. 홍민은 곧장 참모장이 있는 건물로 달려갔다. 참모장의 사무실 앞에 다다르자 안에서 뭔가가 부서지는 소리가 들렸다.

"부탁드립니다. 홍민 동무를 만나게 해주세요. 저는…."

은혜의 목소리였다. 따귀를 맞는 소리에 이어 비명 소리가 들렸다. 홍민은 문을 박차고 들어갔다.

"하룻밤의 대가로 너무 많은 것을 원하는구나!"

참모장이 발을 들어 은혜의 배를 짓밟으려 했다. 홍민은 재빨리 달려가 참모장을 밀쳤다.

"대체 무슨 짓입니까?"

그는 은혜 앞을 가로막고 서서 참모장을 노려보았다.

"넌 왜 온 거야? 지금 바로 가야 한다는 것, 몰라?"

"모릅니다. 참모장 동지가 왜 이러는지도 모르겠습니다."

"저리 꺼져!"

참모장이 홍민을 밀쳐냈다. 겁에 질린 은혜는 홍민 뒤에 숨으려 했다. 그러나 참모장이 그녀 앞을 막아섰다.

"넌 지도원과 관리관을 죽였고, 그것도 모자라 김홍민까지 죽이려 했다. 그 죄를 지금 받아!"

참모장이 구둣발을 치켜들었다. 홍민은 몸을 날려 은혜를 감쌌다. 참모장이 은혜의 배를 가리키며 말했다.

"여기에 너의 씨가 들어갔을지도 모른다. 지금 없애버리지 않으면…."

"가엾은 여자입니다. 이곳에서 벗어나기 위해 지도원을 이용하고 관리관을 이용하고, 친구인 요코 동무를 이용하고, 그리고 나까지 이용한 여자입니다."

"가엾다고?"

참모장의 입가에 차가운 미소가 흘렀다.

"선택이다. 선택, 하겠는가?"

참모장이 물었다. 홍민은 고개를 끄덕였다.

"좋다. 전은혜와 같이 죽을 것인가, 혼자서 중국에 갈 것인가?"

참모장이 과연 어떤 선택을 할지 궁금하다는 듯 홍민을 노려보았다. 홍민은 말없이 은혜를 바라보았다. 그녀의 눈빛이 흔들리고 있었다.

"내가 대신 대답해 줄까? 넌 분명히 중국으로 가겠다고 할 것이다. 왜냐고? 전은혜를 죽일 수는 없으니까."

홍민은 길게 한숨을 내쉬었다. 그는 은혜와 약속했었다. 함께 중국에 가기로. 참모장은 지금 그 약속을 깨라고 홍민에게 선택을 강요하고 있었다. 홍민은 은혜와 함께 죽을 수는 없다고 생각했다. 은혜는 죽으면 모든 희망이 사라진다고, 죽기 싫다고, 살아서 희망을 꿈꾸고 싶다고 말했었다. 그렇다면 방법은 하나였다.

홍민은 은혜의 귀에 대고 속삭였다.

"나, 중국으로 갑니다. 하지만 돌아올 겁니다. 당신과 함께 중국으로 가기 위해서."

"나를 원망하지 않아요? 당신을 이용했는데?"

"아니에요. 당신은 당신의 희망을 위해 최선을 다한 것뿐입니다. 그걸 알았어요. 몸 건강히, 잘 지내요."

은혜가 고개를 끄덕이며 홍민의 볼에 입을 맞추었다.

"살아야 해요. 꼭."

홍민이 은혜의 손을 꼭 잡았다.

"알았어요."

홍민은 눈물 가득한 은혜의 눈을 잠시 쳐다보더니 참모장에게 말했다.

"중국에 가겠습니다."

참모장이 짝짝짝, 박수를 쳤다.

"또 시작했군. 영웅놀이 말이야."

"비웃어도 상관없습니다. 다만, 한 가지만 약속하십시오. 임무를 수행하고 돌아오면 은혜 동무와 함께 중국으로 보내주겠다는 것."

"그러지. 은혜 동무는 병원으로 보낼 것이다. 사람을 이용해서 사람을 죽이다니. 손 하나 까딱하지 않고 말이야."

그것은 은혜를 정신병원에 가두겠다는 뜻이었다. 하지만 홍민은 은혜가 사형되지 않는 것만 해도 다행이라고 생각했다.

"괜찮겠어요?"

홍민이 은혜에게 물었다.

"괜찮아요, 전."

은혜가 대답했다.

그녀가 괜찮다면 나도 괜찮다.

홍민은 참모장을 쳐다보며 말했다.

"전 꼭 돌아옵니다. 돌아와서 은혜 동무를 데리고 중국에 갈 겁니다. 약속은 지켜주십시오."

말은 그렇게 했지만 사실 그 점에 있어서는 안심이었다. 참모장은 거짓말을 하지 않았다. 약속은 반드시 지켰다. 그것 하나는 믿을 만했다.

"잘 있어요."

홍민은 은혜에게 미소를 지어보였다.

"잘 다녀오세요."

은혜도 애써 미소를 지어보였다.

홍민은 사무실을 나와 지프로 달려갔다. 한시도 지체할 수 없었다. 은혜를 살릴 수 있는 길은 빨리 임무를 마치고 돌아오는 것뿐이었다.

참모장은 창문 너머로 달려가는 홍민을 지켜보았다. 홍민이 올라타자 지프는 곧 출발했다. 참모장은 천천히 고개를 돌리고 바닥에 엎어져 있는 은혜에게 말했다.

"거짓말은 바로 이렇게 하는 것이다."

은혜는 분노에 찬 눈빛으로 참모장을 노려보았다.

75

"독수리, 독수리 하강."

군용 헬리콥터가 파도를 가르며 바다를 유유히 헤엄쳐 나가는 군함 위에 내려앉았다. 헬리콥터의 회전날개가 서서히 멈췄다. 대통령이 참모장, 경호원 등과 함께 내려 오열종대로 서 있는 군인들에게 다가갔다. 군인들 앞에는 효준과 성웅, 우경, 두현이 서 있었다.

"차렷. 경례!"

부대 지휘관의 명령에 따라 군인들이 일제히 경례를 했다. 대통령이 경례를 받고 곧바로 상황실로 들어갔다. 그 뒤를 부대 지휘관과 효준, 성웅, 우경, 두현 등이 따라붙었다. 상황은 대통령이 비공식적으로 움직일 만큼 급박하게 돌아가고 있었다.

효준은 대통령 일행이 자리에 앉기를 기다려 브리핑을 시작했다. 그는 그동안 있었던 일들을 간단명료하게 설명하고 말했다.

"일본 총리가 곧 북한 김정일을 만나러 갈 것으로 보입니다."

"무라카와 아이 상 때문인가?"

대통령이 물었다.

"표면적으로는 무라카와 아이 상을 비롯한 납북자에 관한 이야기를 할 것으로 보이지만 그보다는 한일월드컵 때 북한이 일으킬지 모르는 테러를 사전에 막으려는 의도인 것 같습니다."

대통령의 얼굴이 굳어졌다.

"그렇다면 지금 내가 해야 할 일은 무엇인가?"

"중국 정부와 북한의 테러에 대비해 한중 양국이 서로 적극 협조한다는 내용의 약정서를 맺어야 합니다. 대통령 각하께서는 중국 정부에 중국, 특히 연태 지역을 중심으로 활동 중인 북한공작원들의 명단을 달라고 요청하십시오. 중국은 지난 반세기 동안 북한의 든든한 지원군이었고, 그 때문에 다른 우방국들에게 많은 비난을 받아왔습니다. 이번 축제에 북한이 테러를 일으킨다면 중국도 큰 피해를 입을 것이 분명합니다. 그 점을 내세우시면 중국 정부도 대통령 각하의 요구를 들어줄 겁니다."

"테러라. 그런데 왜 연태 지역인가?"

효준은 간절한 눈빛으로 대통령을 쳐다보았다.

"이번에 남파되는 공작원들의 주요 활동 무대가 연태 지역이기 때문입니다."

"하지만 북한이 테러를 일으킬 만한 이유가 없지 않은가? 전 세계인의 축제에 왜 그 같은 짓을 한다는 거지?"

"북한은 이번 축제에 예선전에도 참가하지 않았습니다."

"그 말은 월드컵이 한국과 일본에서 동시에 열린다고 공표된 순간부터 북한이 테러 계획을 세웠다는 뜻인가?"

"예. 그렇습니다. 북한은 오래전부터 세계 각국에 요원을 파견해 아이들을 납치했습니다. 그들은 납치한 아이들에게 조선말을 가르치고, 외국어를 교육시킨 후 각 나라에 보내 정보를 캐냈습니다. 따라서 북한의 정보력은 현재 세계 최강이라고 할 수 있습니다. 또한 이번 테러에는 납북된 김홍민이 가담할 것으로 보입니다."

성웅은 효준의 말에 깜짝 놀라 그를 쳐다보았다. 효준은 성웅이 쳐다보든 말든 계속 말을 이어갔다.

"남한에서 찾을 생각도 하지 않았던 납북자 김홍민이 테러범이 되는 것입니다. 김홍민이 현장에서 많은 사람을 죽이고 붙잡힌다면 남한은 이럴 수도 저럴 수도 없을 것이고, 북한은 남한이 어떻게 대처하는지 팔짱 끼고 앉아 구경할 것입니다. 이미 김홍민은 북한을 떠나 중국으로 오고 있는 중입니다. 일본 총리가 북한으로 간다면 우리는 중국 측에 요구해 방어책을 구축해 놓아야 합니다."

대통령이 합창하듯 두 손을 모아 이마에 댔다.

"…김홍민을 구출할 방법은 없는 것인가?"

한참 후에 대통령이 물었다.

"각하께서는 국익과 국민의 안전을 먼저 생각하셔야 합니다. 김홍민을 구출하는 것은 저희들의 몫입니다."

"그렇군. 각자 맡은 일에 최선을 다하는 것, 그것이 애국하는 길이지. 잠시 잊고 있었어. 자, 그럼 나는 내 일을 하러 가야겠군."

대통령이 일어서자 모두 자리에서 일어났다. 대통령이 효준에게 당부했다.

"난 최선을 다해 그대들이 원하는 것을 가져올 것이다. 그대들은 그대들의 일에 최선을 다하도록."

"예, 각하!"

"생각 같아서는 납북된 우리의 자식들을 모두 데려오고 싶지만 지금 상황에선 불가능한 일이야. 어쩔 수 없이 테러에 가담하게 된 김홍민만이라도 데려왔으면 좋겠군."

"예!"

효준이 당당하게 대답했다. 대통령이 고개를 끄덕이며 상황실을 나갔다. 그 뒤를 참모장과 경호원, 부대 지휘관이 따라갔다. 대통령 일행이 사라질 때까지 부동자세로 서 있던 성웅이 효준에게 따지듯 물었다.

"왜 나에게 아무 말도 해주지 않은 겁니까?"

"그런다고 상황이 달라지진 않으니까."

"홍민이 중국에 올까요?"

"아니. 우린 중국을 거쳐 북한으로 간다."

"그게 무슨 소리죠?"

"무라카와 아이 상은 분명 북한에 있다. 홍민과 함께. 그렇다면 홍민은 틀림없이 참모장에게 선택을 강요당했을 것이다."

"그러면…?"

성웅이 알 것 같다는 듯 말끝을 흐렸다. 효준이 고개를 끄덕였다.

"그래. 홍민이는 중국으로 오는 척하다 다시 무라카와 아이 상을 구하러 돌아갈 것이다."

"테러는 일어나지 않는다는 겁니까?"

두현이 물었다. 우경이 주먹으로 두현의 머리를 내리쳤다. 효준이 말했다.

"납북된 자들 중에 남파공작원이 된 사람은 무수히 많다. 김홍민 말고도 테러를 할 공작원은 얼마든지 있다는 뜻이다. 잊지 마라. 우리의 목표는 김홍민을 구출해 오는 것이다. 모두들 그 목표를 가슴에 새겨두기 바란다."

76

"좀 덜컹덜컹 할꺼니끼니 꽉 잡으시라우요."

앞에 숲이 보이자 운전사가 말했다. 족히 1시간은 넘게 달린 듯했다.

홍민은 옆에 있는 손잡이를 꽉 잡았다. 운전사는 이내 산길을 따라 올라갔다. 지프가 놀이기구처럼 흔들거렸다.

"다른 길은 없습니까? 좀 편한 길이요."

홍민이 물었다. 운전사는 별 웃긴 소리를 다 한다는 듯 말했다.

"이런 길도 다녀보고 저런 길도 다녀봤지만 여기가 제일 재밌었음메. 편한 길은 당최 재미없다니끼니. 인생도 울퉁불퉁 굴곡 있는 인생이 제일로 기억에 남는 것임메."

홍민은 운전사의 말을 들으며 생각했다. 편한 길과 울퉁불퉁 불편한 길 중에 자신은 어느 길이 걸어왔는지. 답은 분명했다. 불편한 길. 그것이 바로 홍민의 걸어온 길이었다.

"잠깐 차 좀 세워주십시오. 뒷간에 가야겠습니다."

운전사가 안전한 곳에 차를 세웠다. 홍민은 화장실을 가는 척하다 운전사 뒤로 돌아가서 그의 머리를 내려쳤다. 운전사는 그대로 정신을 잃었다. 홍민은 운전사를 들쳐 업고 산속으로 들어갔다. 사람의 그림자는 보이지 않았다. 홍민은 운전사의 옷을 벗기고 눈에 잘 띄지 않는 나무에 묶었다.

"동무, 미안합니다."

홍민은 지프가 있는 곳으로 되돌아왔다. 운전사가 깨어났을 때쯤이면 그는 이미 사라지고 없을 것이었다. 홍민은 운전석에 올라 시동을 걸었다. 은혜와 했던 약속이 떠올랐다. 은혜는 단지 자신의 희망을 따라가고 싶어서 이곳을 벗어날 수 있는 방법을 찾은 것뿐이었다. 어느 누구도, 심지어 자신조차 은혜를 단죄할 수 없다는 생각이 들었다.

홍민은 차를 돌리고 왔던 길을 되돌아갔다.

참모장은 은혜를 병원으로 보내겠다고 했다. 벌써 1시간 반이 지났다. 은혜는 이미 병원으로 옮겨졌을지도 모른다.

홍민은 서둘러 차를 몰았다. 은혜가 어디 있는지 알려면 참모장을 만나는 수밖에 없었다.

77

홍민은 어둠이 내릴 무렵 초소에 도착했다. 그는 차에서 내려 초소를 지키는 인민군에게 신분증을 보여주며 물었다.

"혹시 훈련장을 감독하시는 참모장 동무, 어디 계신지 아십니까?"

"김주운 참모장 동지 말입네까?"

인민군이 되물었다. 홍민은 머릿속이 하얘질 정도로 엄청난 충격을 받았다.

"…네. 맞습니다."

홍민은 간신히 대답했다.

"참모장 동지께서는 한참 전에 이곳을 떠나 평양으로 가셨습메다."

"…그래요? 평양 어디로 가신다는 말씀은 없으셨습니까?"

"확실한 건 아니고 참모장 동지께서 평양에 있는 병원 이야기를 하시는 걸 얼핏 들은 기억이 납네다."

홍민이 고개를 끄덕였다. 참모장은, 그 사람은 평양에 있는 어느 병원에 은혜를 가둬놓을 작정인 듯했다.

"차에 기름 좀 채워주십시오. 참모장 동지를 만나려면 빨리 가야 합니다."

"상당히 급한 일이신가 봅메다. 무슨 일인지 물어봐도 되겠습네까?"

인민군은 심심한지 홍민과 노닥거리려 했다. 홍민은 버럭 소리를 질렀다.

"위대한 김정일 위원장 동지를 위해 불철주야 뛰어도 모자란 판에 지금 뭐 하자는 겁니까? 상부에 보고…."

인민군은 홍민의 말이 채 끝나기도 전에 차에 기름을 넣기 시작했다. 인민군들에게 가장 약발이 잘 먹히는 말이 바로 상부에 보고하겠다는 것이었다.

홍민은 기름이 다 채워지자 서둘러 초소를 빠져나와 평양을 향해 달리기 시작했다. 참모장을 따라잡으려면 최대한 빨리 달려야 했다.

"김주운."

홍민은 나직이 참모장의 이름을 불렀다. 피식, 헛웃음이 일었다.

나에게 늘 선택을 강요하던 그 남자의 이름이 김주운이라고?

홍민은 참모장의 실체를 알 것 같았다. 그가 왜 그렇게 악착같이 자신을 괴롭혔는지도.

홍민은 비포장도로를 거침없이 달려갔다. 흙먼지가 부옇게 일었다.

그를 만나면 확실하게 물어볼 것이다. 왜 당신 자식을 이곳으로 데려왔느냐고.

78

　홍민은 어렸을 때 친구들에게 아빠 없는 아이라는 놀림을 받곤 했었
다. 그럴 때마다 홍민은 자신을 놀리는 아이들을 실컷 패주고 집에 돌아
와 어머니에게 물었다.

　"엄마, 왜 나는 아빠가 없어요?"

　"있지. 왜 없어."

　어머니는 난처한 표정으로 대답했다.

　"어디 있는데?"

　"응. 저 바다 멀리."

　홍민은 그 말을 듣고 아버지가 미국에 있다고 생각했다. 조금 더 컸을
때 홍민은 세계지도를 방 벽에 붙여놓고 미국에 있는 아버지의 모습을
상상하곤 했다.

　그러던 어느 날 홍민은 세계지도에 있는 미국을 가리키며 어머니에게
물었다.

　"엄마, 아버지는 여기 있지?"

　"아니, 아주 가까이 계셔."

　"가까운 곳? 어디?"

　홍민은 대답을 피하려는 어머니를 졸랐다. 그러자 어머니는 홍민의
가슴을 가리키며 말했다.

　"세상에서 제일 가까운 곳, 네 가슴에 아버지가 계셔."

홍민은 어머니의 말을 믿었다. 솔직히 아버지와 함께 있는 아이들, 아버지와 놀러갔다 왔다고 자랑하는 아이들을 보면 부러웠다. 하지만 그 아이들의 아버지보다 더 가까운 곳에 아버지가 있어서 상관없다고 생각했다.

그보다 조금 더 컸을 때, 홍민은 알았다. 어머니가 어린 그에게 거짓말을 했다는 것을. 마을 사람들에게 아버지는 '나쁜 놈'이었다. 여자와 눈이 맞아 아내와 자식을 내팽개치고 도망친 아주 '나쁜 놈'이었다.

그 후 홍민은 가슴에 있는 아버지를 지워버렸다. 그리고 사람들이 "네 아버지는 어떤 사람이냐?"고 물으면 망설이지 않고 대답했다.

"예. 우리 아버지는 내 가슴에서 영원히 지워진, 아주아주 나쁜 사람입니다."

하지만 잊을 수 없는 것도 있었다. 그것은 바로 이름이었다. 홍민이 아버지를 잊었다고 했을 때 어머니는 눈물을 흘리며 말했다.

"모든 사람이 다 잊어도 우리는 잊으면 안 된다. 가족이니까. 그러니 홍민아, 우리만은 기억해 주자. 가슴에서까지 지우면 아버지가 돌아올 수 있는 곳이 없잖니. 나보다 더 불쌍한 사람이 되잖니."

그러면서 어머니는 홍민에게 아버지의 이름을 말해 주었다.

김주운.

홍민은 어머니에게 기억하지 않을 거라고 대꾸했다. 하지만 잊을 수 없었다. 잊으려 애쓸수록 그 이름은 홍민의 머리와 입속을 맴돌았고, 그러다 터억 가슴속에 자리를 틀고 앉았다.

홍민은 지금까지 그 이름의 주인에게 휘둘리며 살아왔다는 것이 화가 나 견딜 수 없었다. 그 사실을 이제야 알았다는 것도 기분 나빴다.

홍민은 더 세게 액셀러레이터를 밟았다. 빨리 그 남자를 만나야 했다.

79

참모장의 차가 양쪽으로 다닥다닥 붙은 집들 사이를 미끄러지듯 달려갔다. 집들마다 불이 켜져 있지 않았다. 사람들이 살고 있지 않는 집이었다.

차는 집들을 지나쳐 비닐하우스 앞에서 멈췄다. 참모장은 차에서 내려 그곳으로 들어갔다. 그는 잠시 주위를 둘러보더니 한쪽 바닥을 두드려 열고 안으로 들어갔다. 밑은 깊고 넓게 파여진 동굴이었다.

참모장은 타닥거리는 소리가 들리는 동굴을 빠르게 걸어갔다. 인위적으로 만든 동굴 안에는 여러 개의 작은 굴들이 살장으로 받혀져 있었다. 넓게, 혹은 좁게 옆으로 파인 그 굴들은 마치 개미집처럼 쓰임새에 맞게 파져 견고해 보였다. 굴마다 컴퓨터부터 TV, 교신기, 레이더 등 각종 첨단 장비들이 들어차 있었고, 사람들이 분주히 움직이며 각자 맡은 일을 하고 있었다.

참모장은 그중 한 곳으로 들어갔다.

"오셨습니까?"

누군가와 교신하고 있던 요원이 동작을 멈추고 그에게 인사를 했다.

"별일 없나?"

"저, 이거."

요원은 조심스럽게 참모장에게 두 장의 메모를 전해 주었다. 참모장은 빠르게 메모를 읽었다.

"언제 받은 거야?"

참모장은 잔뜩 인상을 찌푸리며 물었다.

"두 시각 전쯤이었습니다."

참모장은 즉시 전화기를 들었다. 두 시각이면 홍민이 곧 도착할 시간이었다. 아직은 때가 아니었다.

"나, 김주운이다. 조금 있으면 김홍민이 나타나 나를 찾을 것이다. 여기로 오지 말고 병원으로 데려라. 병원에 있는 여자와 함께 중국으로 보낸다. 최대한 조용히 움직여라."

참모장은 전화를 끊었다. 그는 다른 메모지를 훑어보며 다시 전화를 걸었다.

"일본 총리가 온다는 서한이 도착했습니다. 어떡할까요?"

참모장은 신중하게 물었다.

"…네. …네. …발표를 하기 전에 먼저 수습을 해야 할 것 같습니다. 제가 처리한 후 보고 올리겠습니다. 들어가십시오."

참모장은 전화를 끊고 옆에 서 있는 요원에게 말했다.

"일본 총리가 오기 전에 너희들이 해야 할 일이 있다."

"예."

"일본 총리가 아무리 요구해도 위에서는 쉽게 무라카와 아이를 내놓지 않을 것이다. 그렇게 해서도 안 되는 일이다. 너희들이 움직여야겠다. 무라카와 아이의 일은 너희들에게 맡긴다."

"예. 알겠습니다."

요원은 참모장에게 인사하고 밖으로 나갔다.

참모장은 홍민의 문제를 어떻게 처리해야 좋을지 곰곰이 생각했다. 참모장은 그동안 자신의 이름이 홍민에게 알려지지 않도록 조심스럽게 행동했다. 효준에게도 마찬가지였다. 그것은 그다지 어려운 일은 아니었다.

그런데 이렇게 쉽게 알려지다니.

참모장이 고개를 저었다. 홍민의 행동을 예측하지 못한 것이 실수였다. 이효준이 중국으로 보냈을 때도 되돌아온 홍민 아닌가.

참모장은 옷을 갈아입고 동굴 밖으로 나왔다.

아직 시간은 있다. 홍민이 오기 전에 모든 경우의 수를 생각해 대비해야 한다.

80

대통령과 효준 일행이 탄 군함이 중국의 연태부두에 닿았다. 부두는 조용했다. 연락을 받고 기다리고 있던 중국 주석이 군함에서 내리는 대통령을 맞이했다. 한중 양국의 정상은 신문기자도, 환영 인파도 없는 곳에서 굳은 표정으로 악수를 나누었다.

대통령은 중국 주석이 안내하는 차에 함께 올랐다. 수행원과 경호원들도 뒤따라 차에 올랐다. 곧이어 검은색 차들이 줄지어 부두를 빠져나갔다. 중국 요원 몇 사람만 남아 군함에서 내리는 효준 일행을 안내했다.

"우덜은 바로 출발하는 것 아입니까?"

두현이 중국 요원들의 뒤를 따라가며 물었다.

"여기에도 나름대로 절차가 있으니까. 그리고 이런 모습으로 들어가면 금방 발각될 것이다. 그 정도는 알고 있지 않나?"

효준 일행은 중국 요원들이 가리키는 차에 올랐다. 차가 서서히 움직이기 시작했다. 창밖을 내다보던 성웅이 뭔가를 결심한 듯 주먹을 움켜쥐었다. 효준은 성웅의 눈에 잔뜩 힘이 들어가 있는 것을 보고 그의 이름을 불렀다.

"민성웅."

"네?"

성웅이 그를 쳐다보았다.

"다시 한 번 말한다. 나는 너와 홍민이, 둘 다 데리고 나온다. 그것이 실패로 돌아가면 내가 남을 것이다. 너는 홍민이와 함께 집으로 돌아갈 생각만 해라. 나는 어차피 15년을 북한에서 살았다. 이상한 생각, 버리고 무조건 살아서 돌아간다는 생각만 해라."

"알겠습니다. 하지만 팀장님도 그곳에 남는다는 생각은 절대 하지 마십시오."

효준이 알았다는 듯 고개를 끄덕였다.

"내는 북한 주민이 아이라 인민군 복장을 해야 할긴데 내한티 맞는 옷이 있겠십니까?"

"너는 옷 걱정하지 말고 사투리 걱정이나 해. 사투리 때문에 네가 제일 먼저 잡힐 걸."

우경의 말에 모두들 웃음을 터트렸다.

"우짜지? 행님. 서울서 20년을 넘게 살았어도 고쳐지지 않은 기 바로 이 사투린데 우야지요?"

"입 다물고 있어. 넌 앞으로 벙어리다."

효준이 말했다.

"아. 그런 방법이 있었네. 지금부터 난 입 닫겠십니다."

두현이 입에 지퍼를 채우는 시늉을 했다. 모두들 다시 한 번 크게 웃었다. 하지만 얼굴 한구석에 떠오르는 긴장감만은 지우지 못했다.

81

대통령과 주석을 태운 리무진이 연태부두를 빙글빙글 돌았다. 중국 군인들이 연태부두 주변을 만리장성처럼 에워싸고 있었다.

"이렇게 갑자기 방문하게 되어서 죄송합니다."

대통령이 먼저 입을 열었다.

"아닙니다."

주석이 굳은 얼굴로 대답했다.

"아무래도 이번 테러는 중국에서 시작될 것 같습니다."

"일본 총리가 북한을 방문한다는 소식은 저희도 들었습니다. 분명히 표면에 드러난 것과는 다른 목적이 있을 거라고 생각했습니다."

"이번에 한국과 일본에서 열리는 월드컵은 무사히 치러져야 합니다. 그러기 위해서는 중국의 도움이 절실히 필요합니다."

"알고 있습니다. 중국도 본선에 진출했습니다. 테러는 저희도 원하지 않습니다. 다만 북한은 오래된 동맹 국가라 모든 일을 드러나지 않게 처리했으면 합니다."

"중국의 입장, 저희도 이해합니다."

"이해해 주셔서 감사합니다."

"아닙니다, 주석님. 주석님도 문제의 심각성을 충분히 인지하고 계시니 약정서에 사인해 주시리라 믿습니다."

"물론입니다. 하지만 저희도 저희 나름대로의 방식이 있어서…."

주석이 대통령을 바라보았다.

"어떠한 일이 있어도 중국과는 관계가 없는 것으로 해주십시오. 그 조항을 이번 약정서에 넣을 것입니다. 저희로서는 이것이 최선의 방법입니다."

82

홍민은 아무런 제제도 받지 않고 쉽게 쉽게 초소를 통과했다. 그의 차를 막아 세우려는 인민군은 아무도 없었다. 신분증을 내보여도 보는 둥 마는 둥했다. 홍민은 너무 쉽게 통과하자 오히려 불안해졌다.

홍민은 마침내 평양으로 들어섰다. 인민군들은 이번에도 역시 홍민의 차를 무사 통과시켰다. 저 앞에 평양 중앙병원이 보였다. 홍민은 자신이 마치 누군가에 의해 의도적으로 어딘가로 보내지는 듯한 느낌을 받았다.

홍민이 병원으로 들어가자 기다렸다는 듯 한 사람이 다가와 그를 안내했다. 홍민은 안내원을 따라 병동으로 들어갔다. 복도는 길었다. 남자는 양옆에 있는 많은 병실들을 지나쳐 홍민을 2층 정신병동으로 안내했다. 정신병동은 단단한 철문으로 막혀 있었다.

"전은혜 동무가 여기에 있는 겁니까?"

홍민이 물었다.

"그렇습네다."

안내원이 고개를 끄덕이며 철문 옆에 있는 벨을 눌렀다. 안에서 무슨 소리가 들리더니 곧 문이 열렸다. 홍민은 안내원을 따라 들어갔다. 복도 끝에는 또 다른 문이 있었다. 안내원은 그 앞에 멈춰 섰다.

"묻고 싶은 것이 있습니다."

홍민이 안내원 옆에 서서 말했다.

"예. 그러시라우요."

안내원은 흔쾌히 대답했다.

"김주운 참모장 동지의 지시입니까?"

"예. 그렇습메다."

안내원은 문을 열고 안으로 들어갔다. 홍민은 갑자기 얼음이 된 듯 움직이지 않았다.

"와 그라십메까? 안 따라오십메까?"

문을 닫으려던 안내원이 홍민에게 물었다. 홍민은 고개를 저었다.

"아닙니다. 갑니다."

홍민은 은혜만 생각하자고 마음먹었다. 은혜를 이곳에서 데리고 나가는 것이 먼저였다.

83

은혜는 손톱으로 병실 벽을 긁어댔다. 도화지에 물감이 번지듯 벽은 금세 붉은 피로 물들었다.

학교에서 배드민턴 연습을 끝내고 집으로 돌아오는 길이었다. '아이'는 단짝 친구와 배드민턴 이야기를 하며 즐겁게 수다를 떨었다.

"정말 멋진 경기였어. 너나 3학년 언니나 드롭샷과 스매시를 완벽하게 구사하더구나. 사람들이 어찌나 소리를 질러대던지 지금도 귀가 멍멍해."

친구가 말했다.

"그랬어?"

경기가 끝나자 3학년 선배가 먼저 아이에게 말을 걸었다. 선배는 오랜만에 좋은 상대를 만나 즐거웠다고 했다. 아이는 상대해 주셔서 감사하다고 공손하게 인사했다. 기뻤다. 하지만 더 기쁜 일은 그 후에 있었다. 짐을 챙겨 체육관을 나오는데 선생님이 다가와 학교 대항 시합에 출전할 의향이 있느냐고 물었던 것이다.

"1학년이 정식 선수라니. 아마 네가 처음일걸. 잘해 봐."

친구가 부럽다는 듯 아이를 쳐다보았다.

"너도 됐으면 좋았을 텐데. 나만 돼서 미안해."

아이는 기분이 한껏 들떠 있었다. 빨리 집으로 돌아가 가족들에게 배드민턴 선수가 됐다는 소식을 들려주고 싶었다. 가족들은 아이 못지않게 기뻐하며 축하해 줄 것이 분명했다.

"잘 가 아이짱!"

"너도 잘 가."

아이는 친구와 헤어져 골목으로 들어갔다. 매서운 바람이 아이의 얼굴을 때렸다. 벌써 11월이었다.

아침에 엄마가 코트를 입고 가라고 했을 때 말을 들었으면 좋았을 텐데….

아이는 추우니까 뛰어가야겠다고 생각했다. 뛰면 3분 안에 집에 도착할 수 있을 것이었다. 하지만 그 순간 아이는 숨을 쉴 수가 없었다. 잠속에 파묻히듯 의식도 어딘가로 사라져버렸다.

아이는 한기를 느끼고 눈을 떴다. 바닥은 차가웠다. 아이는 재빨리 주위를 둘러보았다. 아무것도 보이지 않았다. 아이는 무거운 몸을 억지로 일으켰다. 추위가 몸속을 파고들었다. 아이는 오들오들 떨며 벽을 두드렸다.

"아무도 없어요? 여기요! 사람 살려요!"

아이는 있는 힘을 다해 소리쳤다. 손이 시렸다. 그때 머리 위에서 밝은 빛이 쏟아져 내렸다. 아이는 고개를 들었다. 네모난 하늘이 보였다. 태양이 있었다. 순간 누군가가 불쑥 고개를 내밀고 아이를 보았다. 그의 머리가 태양을 가렸다.

아이는 그에게 손을 내밀었다.

"저 좀 꺼내주세요, 아저씨. 엄마 아빠가 기다린단 말이에요. 집에 가고 싶어요."

남자는 한동안 말없이 '아이'를 쳐다보더니 네모난 구멍을 닫아버렸다. 아이는 한기보다 더한 공포를 느꼈다. 두렵고 무서웠다.

아이는 더 세게 벽을 두드리며 악을 썼다.

"제발 살려주세요! 여긴 너무 춥단 말이에요! 아저씨! 아저씨!"

하지만 남자는 나타나지 않았다. 힘이 빠진 아이는 손톱으로 벽을 긁기 시작했다. 아이의 두 손에는 시퍼런 멍이 들었고, 손톱은 부러졌다.

은혜는 벽에서 손을 떼고 스르르 바닥에 누웠다. 홍민이 가버린 지금, 그녀를 도와줄 사람은 아무도 없었다. 은혜는 허탈하게 웃으며 눈을 감았다.

그때 철컹, 하고 문이 열렸다. 은혜는 감았던 눈을 떴다. 태양을 등진 채 서 있는 홍민이 보였다. 은혜는 꿈을 꾸고 있는 것이라고 생각했다. 홍민은 이미 중국으로 떠나지 않았는가.

홍민이 다가와 피투성이가 된 은혜의 손을 잡았다. 은혜는 홍민의 숨결을 느낄 수 있었다. 꿈이, 아닌가? 은혜는 손을 빼내 홍민의 얼굴을 매만졌다.

"같이 가요."

홍민이 미소를 지으며 은혜를 끌어안았다. 홍민의 품은 따뜻했다. 은혜는, 이제 어쩌면 살 수 있을지도 모른다고, 생각했다.

84

효준 일행이 중국과 북한의 국경에 도착한 것은 오후 3시쯤이었다. 우경과 두현은 마중 나와 있던 북한정보국 요원을 보고 반갑게 다가가 끌어안았다.

"야! 한정우야! 너 살아 있었냐?"

"참말로 반갑데이."

우경과 두현, 정우는 한 몸이 되어 기뻐했다.

"아주 이곳 사람, 다 됐다. 얼굴 보니까. 인사해. 우리 팀장님이셔. 너도 알겠지만. 팀장님, 북한정보국 요원 한정우입니다."

우경이 효준을 소개했다.

"잘 부탁드립니다."

효준은 한정우의 손을 덥석 잡았다. 한정우가 웃으며 효준의 귀에 뭐라고 속삭였다. 효준의 표정이 일그러졌다.

"그럼?"

"예. 확실하지는 않지만 지금 움직임이 좋지 않습니다. 잠깐 대기하고 계시는 것이 좋을 듯합니다."

성웅과 우경, 두현은 어리둥절해져 서로를 쳐다보았다. 분위기가 심상치 않았다.

"일단 숙소로 가서 대기하자."

효준의 말에 모두들 정우가 가져온 차에 올라탔다. 정우는 곧 차를 몰고 숙소로 갔다. 효준은 아무 말 없이 창밖만 쳐다보았다. 궁금해진 성웅이 물었다.

"팀장님, 대체 무슨 일이 있는 겁니까?"

"일단 가서 이야기하자."

효준은 그렇게 말하고 입을 굳게 다물었다.

85

효준 등을 태운 차가 국경 지대를 벗어나 숙소에 도착했다. 효준 등은 차에서 내려 정우의 뒤를 따라 회의실로 갔다. 다섯 사람이 들어가면 꽉 차는 회의실에는 조그만 회의용 탁자가 놓여 있었다. 정우는 효준 등이 자리에 앉자 즉시 브리핑을 시작했다.

"정보에 따르면 김홍민이 있던 곳에서 살인 사건이 일어났다고 합니다. 사망자는 박철영 지도원, 조구한 관리관, 그리고 무라카와 아이 상. 이와 관련된 인물로 김홍민을 꼽고 있습니다."

모두들 놀라서 입을 다물지 못했다.

"김홍민이 왜 그들을 죽인단 말입니까?"

성웅이 탁자를 치며 자리에서 일어났다.

"아직 정확한 사실은 확인되지 않고 있습니다만 죽은 세 사람이 김홍민과 관련 있다는 것은 사실인 듯합니다."

효준이 흥분한 성웅을 진정시키려는 듯 말했다.

"내가 아는 홍민이는 사람을 해치지 못하는 사람이다. 그건 성웅이, 너도 잘 알고 있지 않나? 내 목숨과 네 목숨을 살리기 위해 자기 목숨을 내놓은 인간이 바로 홍민이다. 너무 걱정하지 마. 아직 홍민이가 사람을 죽였다는 보고는 들어오지 않았으니까."

"그렇습니다. 아직 확실한 건 모릅니다."

"그런데 무라카와 아이 상이 죽었다는 건 확실합니까?"

효준이 정우에게 물었다.

"예. 그쪽에서 죽었다는 소식을 보내왔으니까요."

"그쪽이라니요?"

순간 아차 싶었는지 정우가 입을 다물었다. 효준은 뭔가가 있는 것 같다는 느낌에 집요하게 캐물었다.

"북한 지도부에 혹시 우리 쪽 사람이 있습니까?"

그러나 정우는 입을 열지 않았다.

"김홍민이 중국으로 올 가능성은 있는 겁니까? 우리 쪽 사람이 어떤 정보를…."

"그 얘기는 더 이상 하지 마십시오. 생각은 여러분들 자유이니 어떻게 생각하든 상관하지 않겠습니다. 정보는 단지 정보일 뿐입니다. 판단은 여러분들 몫입니다."

효준이 고개를 끄덕였다.

"한정우 요원의 말이 맞다. 일의 성패는 우리에게 주어진 정보를 어떻게 해석하고 판단하느냐에 달려 있다. 어떤 경우라도 설마 이런 일은 일어나지 않을 거라는 생각은 버려야 한다. 머릿속에 모든 시뮬레이션을 가동시켜라. 사전에 예측하고 준비했을 때와 그렇지 않았을 때의 상황은 180도 다르다는 것을 명심해라."

효준의 말에 모두들 눈을 감았다. 각자 머릿속에서 시뮬레이션을 해보고 있는 듯 표정이 진지했다. 효준도 눈을 감았다. 홍민이 관련자일 경우와 살인자일 경우, 그리고 무라카와 아이 상이 죽었을 경우와 살아 있을 경우까지 살펴보았다.

"만약 홍민이와 무라카와 아이 상, 둘 다 테러범이 된다면…."

성웅이 조심스럽게 말을 꺼냈다. 모두들 눈을 뜨고 성웅을 처다보았다. 우경이 고개를 흔들며 말했다.

"에이, 설마 그런 일이…"

"설마라는 생각은 버리라고 했다.

효준이 우경의 말을 가로챘다.

"모든 가능성을 열어두라고 하지 않았나."

효준이 사람들을 둘러보았다.

"홍민과 무라카와 아이 상, 둘 다 살아 있다면, 이번 축제에 두 사람이 테러를 일으킨다면, 문제는 심각해진다. 우리는 홍민이든 무라카와 아이 상이든 둘 중 하나를 죽여야 한다."

성웅이 주먹을 쥔 채 일어났다.

"우리는 홍민이를 구하기 위해 이곳으로 왔습니다! 어떻게 그렇게 쉽게 죽인다는 말을 하십니까! 그것도 팀장님이!"

"그라믄 무라카와 아이 상을 죽이삐는 거는…"

두현은 말하다 말고 손으로 자기 입을 때렸다.

"옴마야! 내가 지금 무신 소리를 했쌌노!"

"그렇다. 우리는 홍민이도, 무라카와 아이 상도 죽일 수 없다. 왜냐하면 그들은 북에 납치되어 11년과 9년을 지옥 같은 곳에서 벗어나기만을 바라며 살아온 가엾은 사람들이기 때문이다."

순간 성웅이 효준의 멱살을 잡고 벽 쪽으로 밀었다.

"성웅아! 너 왜 그래!"

우경과 두경이 성웅을 말렸다. 성웅은 두 사람의 손을 뿌리치며 소리 쳤다.

"팀장님이면 팀장님답게 방법을 생각하십시오! 홍민이와 무라카와 아이 상을 함께 구할 수 있는 방법을! 정치인들이 실컷 이용해 먹도록 내버려둬서는 안 되는 이름들이지 않습니까! 빌어먹을!"

성웅이 효준의 멱살을 놓고 주먹으로 힘껏 벽을 쳤다. 성웅의 주먹에서 나온 피가 벽을 타고 흘러내렸다.

"방법이 없겠습니까?"

성웅이 효준을 쳐다보았다. 효준은 고개를 저었다.

"지금 현재로서는 어떤 방법도 없다. 생각을 계속하는 수밖에."

그러더니 피식 바람 빠지는 소리를 냈다.

"내가 한방 먹었군."

효준은 주머니에서 껌을 꺼내 종이를 벗겼다.

"이대로 있을 수는 없지. 명색이 팀장인데 말이야."

효준이 껌을 입에 넣고 질겅질겅 씹어대며 회의실을 나갔다. 성웅이 그 뒤를 따라갔다. 우경이 두 사람의 뒷모습을 쳐다보다 정우에게 물었다.

"그쪽에서 보내는 정보는 정확한 거야?"

정우가 고개를 끄덕였다.

"100% 신뢰해도 될 만큼."

우경은 어떤 루트로 정보가 들어오는 것인지 궁금했지만 잠자코 있었다. 각자의 정보원에 대해 묻지 않는 것이 그들 세계의 관례였던 것이다.

"하나만 물어보자. 그 정보원, 어떻게 알게 된 거야? 돈으로 샀어?"

우경이 이 정도는 괜찮지 않느냐는 듯 정우를 쳐다보았다.

"어떤 방법으로 100% 신뢰하는 정보원을 얻은 거냐고. 보통 70% 정도만 신뢰할 수 있어도 괜찮은 정보원이라고 하는데 말이야."

정우가 씨익 웃었다.

"글쎄 나도 좀 궁금해. 어떻게 그런 정보원을 만났는지 나도 알 수가 없거든."

정우는 알쏭달쏭한 말만 해댔다. 두현은 효준과 성웅이 걱정되어 우경에게 물었다.

"행님, 밖에 안 나가보겠십니까?"

"나가자."

우경이 자리에서 일어났다. 두현도 일어섰고, 두 사람은 곧 회의실을 나갔다. 혼자 남은 우경은 덩그러니 의자에 앉아 창문을 바라보았다.

"너무 많은 것을 알면 다쳐, 우경아. 지금 나처럼."

정우는 창문 너머 자신에게 총을 겨누고 있는 사람을 바라보며 중얼거렸다.

"100% 신뢰는 100% 배신으로 이어지곤 하지."

열린 창문 틈으로 총알이 날아와 정확하게 정우의 이마에 꽂혔다. 정우는 의자에 앉은 채 그대로 숨을 거두었다.

86

홍민이 은혜를 지프에 태웠다. 말끔하게 차려입은 은혜는 여권을 손에 꼭 쥐고 있었다.

"여기 있다는 거, 어떻게 알았어요? 왜 돌아왔어요?"

은혜가 여권을 만지작거리며 물었다. 홍민이 차를 출발시켰다.

"어떻게 알았는지는 중요하지 않아요. 나는 다만 돌아오고 싶었을 뿐입니다. 약속은 지켜야 하니까요."

"난 당신을 이용했잖아요."

지난 일을 후회하는 듯 은혜의 목소리가 떨렸다.

"생각해 보니 알겠더군. 은혜 동무는 날 이용하지 않았어요. 결국 은혜 동무는 병원에 갇히고, 상처까지 입었으니까."

"나한테 왜 이렇게 잘해 줘요?"

"약속했잖아요. 같이 중국에 가기로. 은혜 동무와 약속한 것이 자꾸 생각나서 도저히 혼자서는 못 가겠던데요."

"내가 밉지 않아요?"

"밉지 않아요. 가여운 사람."

은혜의 눈에서 눈물이 흘러내렸다.

"고마워요. 날 어둠 속에서 꺼내줘서."

홍민은 말없이 고개를 끄덕였다. 지금 그의 머릿속을 차지하고 있는 사람은 단 한 명이었다. 바로 김주운이었다.

87

정우가 살던 마을 근처 공원묘지에서 장례식이 거행되고 있었다. 한정우의 장례식이었다. 참석한 사람들은 많지 않았다. 한정우는 중국에서 중국인 아내와 결혼해 가정을 꾸렸다. 그의 아내는 한정우가 무슨 일을 하는 사람인지 모르는 것 같았다. 당연히 그가 왜 죽어야 하는지도 몰랐다.

우경이 연금 통장을 정우의 아내에게 건넸다.

"한정우는 대한민국 공무원이었습니다. 이것은 나라에서 그동안의 노고에 감사를 표하고, 유가족에게 조의를 표하는 뜻으로 드리는 것입니다."

정우의 아내는 연금 통장을 받아들고 눈물을 흘렸다.

"아빠는 훌륭한 사람이었어."

우경이 그녀 옆에 서 있는, 초등학교 2학년쯤 되어 보이는 아이에게 말했다. 그러자 아이가 입을 삐죽거리며 대답했다.

"아니에요. 우리 아빠는 나쁜 사람이었어요. 동네 깡패들이랑 어울리고, 마작도 하고. 동네 사람들이 우리 아빠 보고 깡패라고 했어요."

"너, 비밀경찰이라고 알아?"

우경이 물었다. 아이가 고개를 끄덕였다.

"너희 아빠가 바로 비밀경찰이었어. 일부러 나쁜 놈들 소굴에 들어가서 나쁜 놈들 잡는 사람."

"정말요?"

"그래. 너희 아빠를 부끄러워하면 안 돼. 왜냐하면 나라를 위해, 너를 위해 나쁜 놈들 잡으려다 돌아가셨으니까. 알았지?"

우경이 말에 아이가 고개를 끄덕였다. 정우의 아내가 아이의 손을 꼭 잡고 정우의 무덤 앞에 앉았다. 그녀의 눈에서 또다시 눈물이 쏟아졌다. 우경의 마음은 점점 더 착잡해졌다.

88

"나 때문에 죽었을지 몰라요."

장례식을 마치고 돌아온 우경이 회의실로 효준을 데리고 들어갔다.

"대체 무슨 말이야?"

"내가 정보원에 대해 악착같이 캐물었어요. 그래서 결국…."

"한정우 요원이 너에게 정보원이 누군지는 말했고?"

"그건 아니지만…."

"그렇다면 네 탓이 아니야. 한정우 요원은 정보원이 자신의 흔적을 지우기 위해 택한, 그만의 방법에 당한 거야."

"3일장도 치르지 못했습니다. 어떻게 사람 목숨을…."

순간 효준이 우경을 벽 쪽으로 밀어 붙였다.

"건너편 건물 옥상 위에 어떤 남자가 서 있다. 나가자."

조용히 회의실을 빠져나온 두 사람은 서둘러 계단을 뛰어 내려갔다. 남자도 옥상에서 뛰어 내려왔다. 건물 밖으로 나온 효준과 우경은 총을 꺼내 들고 서로 눈빛을 주고받았다. 두 사람은 반대편 5층 건물 앞에 있는 나무에 몸을 붙이고 서서 남자가 나오기만을 기다렸다.

효준이 휘파람을 불었다. 우경은 효준이 가리키는 곳을 바라보았다. 2층까지 내려온 남자가 우경을 향해 웃어 보이더니 홀쩍 뛰어내렸다. 우경이 남자에게 총을 겨누고 다가갔다. 효준도 남자에게 총을 겨눈 채 다가갔다. 남자가 천천히 두 손을 들어 머리 뒤로 가져갔다. 그는 일부러 잡혀준 거라는 듯 여유 있게 미소를 지었다.

효준이 남자를 회의실로 끌고 들어가 책상에 묶었다. 남자는 여전히 태연한 표정이었다.

"네가 한정우 요원의 정보원이었나?"

효준이 남자에게 물었다.

"정보원? 난 그런 꺼 모르는데."

남자가 귀찮다는 듯 말했다. 화가 난 우경이 주먹으로 남자의 얼굴을 후려쳤다.

"야, 이 새꺄! 똑바로 말해!"

남자의 입술에서 피가 터져 나왔다. 남자는 잔뜩 인상을 찌푸리며 피가 섞인 침을 우경에게 뱉었다.

"이 새끼가!"

우경이 남자의 멱살을 움켜잡았다. 효준이 다시 한 대 치려는 우경을 말렸다.

"감정은 감정을 낳을 뿐이야. 나가 있든지 저기 가서 가만히 앉아 있어."

"이 아저씨는 뭔가 좀 통하는 것 같네."

남자가 웃으며 효준을 쳐다보았다.

"난 그저 말만 전하러 왔을 뿐이야. 총 맞을 뻔하고 이렇게 얻어터질 줄 알았다면 이깟 심부름 따위 하지 않았을 거야."

남자는 시선을 돌려 우경을 노려보았다.

"누구의 심부름?"

"가끔 우리 서커스단에 와서 돈을 쥐어주고 가는 어떤 아저씨 심부름."

"그 아저씨가 무슨 말을 전해 달라고 했는데?"

"북한에 들어가지 말라고. 들어가는 즉시 죽게 될 거라나, 뭐라나. 암튼 그런 얘기. 근데 누가 북한에 들어가? 왜?"

효준이 남자의 몸을 묶은 밧줄을 풀어주고 회의실 밖으로 쫓아냈다.

"저놈 말을 어떻게 믿죠?"

우경이 물었다. 효준은 누군가가 함정을 파놓고 자신을 끌어들인다는 느낌을 받았다.

"방법은 생각했어요? 김홍민도 살리고 무라카와 아이 상도 살리는 방법?"

"우리가 북한으로 간다."

우경이 깜짝 놀라 효준을 바라보았다.

"방금 들었잖아요. 북한에 들어가지 말라는 얘기."

"아니. 오히려 들어오라는 말처럼 들렸어. 그 말을 하려고 일부러 이런 쇼를 할 사람들이 아니야. 우리의 발을 묶어둘 방법은 얼마든지 있

어. 그런데 시선을 끄는 방법을 택했어. 그건 들어오라는 신호야. 들어
가면 알게 되겠지."

우경은 고개를 끄덕였다. 효준의 말에도 일리가 있었던 것이다. 우경
은 성웅과 두현을 부르려고 자리에서 일어났다. 그가 문을 열자 성웅과
두현이 문밖에 서 있었다. 두현이 머리를 긁적거렸다.

"아니, 팀장님하고 행님이 어떤 남자를 데불고 가기에 뒤따라 안 왔십
니까? 헤헤."

"북한으로 간다."

효준이 단호하게 말했다.

"두 사람 모두 살릴 수 있다는 것, 정말입니까? 방법이 생각난 것입니
까? 확실하게 말해 주지 않으면 이 자리에서 꼼짝도 못 할 겁니다."

성웅이 총을 빼들고 효준에게 다가갔다. 효준이 재빨리 성웅에게서
총을 빼앗았다.

"난 확실한 판단이 서지 않으면 행동으로 옮기지 않는 사람이다."

"믿어도 되는 겁니까?"

"믿어라."

효준이 성웅에게 총을 돌려주었다. 성웅이 총을 받아들고 말했다.

"이러고 있을 시간, 없습니다. 모두들 서두르시죠."

89

홍민은 북한과 중국의 국경에 이르자 차를 세웠다.

"내려요."

홍민이 은혜를 돌아보았다. 하지만 은혜는 꼼짝 않고 앉아 홍민을 쳐다보았다. 홍민이 먼저 차에서 내려 문을 열었다.

"내려요. 바로 저기 은혜 동무의 희망이 있잖아요."

홍민이 그녀에게 손을 내밀었다. 그러나 은혜는 여전히 움직이지 않았다.

"그래요. 희망이 보여요. 하지만 홍민 동무도 함께…."

"나는 할 일이 있습니다."

홍민이 강제로 은혜를 들어 안았다. 그러자 은혜가 홍민을 껴안으며 말했다.

"같이 가요. 같이."

홍민이 은혜를 땅에 내려놓고 목에 감긴 그녀의 팔을 풀었다.

"가요, 얼른."

"나하고 같이 간다고 약속했잖아요! 혼자 갈 수도 있었지만 나와의 약속 때문에 데리러 와준 거라면서요! 그런데 왜 이래요? 왜 나 혼자 가래요!"

홍민과 은혜를 지켜보던 인민군이 그들을 향해 다가왔다. 홍민은 소리를 지르며 눈물을 흘리는 은혜를 다독거렸다.

"먼저 중국에 가서 기다려요. 곧 따라갈 테니까. 오래 걸리지 않아요. 은혜 동무가 있으면 내가 은혜 동무에게까지 신경을 써야 해서 그래요. 부탁이에요, 은혜 동무."

"정말 올 거죠?"

은혜가 눈물을 훔치며 물었다. 홍민이 고개를 끄덕였다.

"거짓말, 아니죠?"

"예."

은혜가 홍민을 껴안았다.

"다쳐선 안 돼요. 꼭 나를 데리러 와야 해요."

"일본이든 한국이든 대사관이 보이면 무조건 들어가요. 북한 대사관만 아니면 돼요."

은혜의 눈물이 홍민의 얼굴을 적셨다.

"바닷가에서 기다릴게요. 우리들이 처음 만났던 바다와 이어진 곳에서."

"지금 뭐 하시는 겁메까?"

두 사람 가까이 다가온 인민군이 물었다. 홍민은 은혜의 여권과 신분증을 꺼내 인민군에게 건넸다. 여권과 신분증을 살펴본 인민군이 은혜와 홍민에게 거수경례를 했다.

"수고 많으십메다! 같이 가시는 것입메까?"

"전은혜 동무 먼저 간다. 그렇게 보고하도록."

"알갔습메다! 전은혜 동무, 이쪽으로 오시라우요."

은혜가 인민군을 따라가면서 계속 홍민을 돌아보았다.

'꼭 와야 해요.'

은혜가 홍민에게 약속을 다짐받듯 입 모양으로 말했다. 홍민은 고개를 끄덕였다. 은혜가 국경선에 있는 다리를 넘을 때까지.

90

은혜는 다리를 건너면서 계속 뒤를 돌아보았다. 홍민은 그 자리에 서서 은혜에게 손을 흔들고 있었다. 은혜도 손을 흔들었다.

"왜 다시는 못 볼 것 같다는 생각이 들지. 눈물 때문에 잘 안 보여. 울지 말자, 울지 말자."

은혜는 최면을 걸 듯 중얼거리며 눈물을 닦아내고 또 닦아냈다. 눈물 때문에 손을 흔드는 홍민의 모습이 잘 보이지 않았기 때문이었다.

은혜는 초소에 들어가 입국 절차를 밟으면서도 홍민을 보았다. 경비군은 신분증과 은혜의 여권을 살펴보고 도장을 찍어주었다. 마침내 중국 땅을 밟은 은혜는 뒤돌아서서 다리 건너를 쳐다보았다. 그새 홍민도, 홍민과 함께 타고 왔던 지프도 사라지고 없었다. 은혜는 계속 홍민을 찾았다. 그러나 홍민은 없었다. 은혜는 가슴이 찢겨져 나가는 아픔을 느꼈다. 눈물이 하염없이 흘러내려 앞이 잘 보이지 않았다.

"미안해요. 미안해서 그러니 모습이라도 좀 보여 봐요."

은혜가 소리쳤다. 하지만 아무리 외쳐도 흐르는 강물 소리에 휩쓸려 목소리가 잘 들리지 않았다.

91

홍민은 은밀한 곳에 차를 숨기고 은혜를 바라보았다. 은혜가 자신을 찾다 보이지 않으면 가겠지, 생각했다. 하지만 은혜는 홍민을 찾느라 국경을 떠나지 않고 있었다. 안타까웠다.

"나한테 미안해하지 말아요. 바보같이 거기 그렇게 서 있지 말고 가요. 곧 뒤따라갈게요."

홍민은 차를 몰고 국경을 빠져나왔다. 은혜가 우는 모습을 더는 지켜볼 자신이 없었던 것이다. 더 있다가는 국경을 넘을 것 같았다. 홍민은 은혜의 손을 잡고 싶다는 생각을 떨쳐버리려고 황급히 평양을 향해 차를 몰았다.

'잘 가요, 아이짱.'

홍민은 마음속으로 짧게 인사를 했다. 그는 은혜 생각을 하지 않기 위해 어떻게 하면 참모장을 만날 수 있을지 궁리했다.

참모장은 내가 은혜와 함께 중국 국경을 넘었을 거라고, 은혜와 함께 간다면 다시는 되돌아오지 않을 거라고 생각했을 것이다. 순순히 은혜를 정신병원에서 데리고 나오게 한 것도 그 때문일 것이다.

홍민은 참모장의 머릿속이 보이는 듯했다. 참모장이 아버지라는 사실을 알았기 때문인지도 몰랐다. 홍민은 곰곰이 생각했다.

어떻게 해야 평양에 가서 참모장을 만날 수 있을까?

잠시 후 홍민의 입가에 미소가 떠올랐다.

홍민은 해가 질 무렵 평양에 도착했다. 사람들은 일을 마치고 집으로 돌아가고 있었다. 홍민은 오히려 잘된 일이라고 생각했다. 그는 핸들을 꺾어 인도로 차를 몰았다. 사람들이 화들짝 놀라며 차를 피했다. 홍민은 그대로 길가에 세워져 있는 동상을 들이박았다. 사람들은 평양 시내 한복판에서 대담하게 자살 행위를 한 자가 누구인지 보려고 홍민의 차로 몰려들었다.

92

효준 일행이 중국 국경에 도착한 것은 오후 5시쯤이었다. 그들은 차에서 내려 각자 짐을 챙겼다. 그때였다. 두현이 주위를 두리번거리며 물었다.

"행님, 어디서 귀신 울음소리가 들린다 아입니까?"

우경이 다짜고짜 두현의 머리를 때렸다.

"넌 입 다물고 있으라고 했지?"

두현이 재빨리 입을 막으며 손가락으로 오케이 표시를 했다. 그러나 소리가 들리는 것은 분명했다. 여자 목소리였다.

"흐어어어, 흐어어어."

두현이 입술을 꽉 물고 저 소리 안 들리냐는 손짓을 했다. 그러나 우경은 들은 척도 하지 않았다. 이것저것 챙기기에 바빴기 때문이었다.

"미안해요, 흐어어어. 기다릴게요, 흐어어어."

두현은 답답해 미칠 것 같았다. 그의 말을 귀담아듣는 사람은 아무도 없었다. 그렇다고 말을 할 수도 없는 노릇이었다. 두현은 빨리 짐을 챙기고 나서 목소리의 주인공을 찾아보기로 했다.

두현은 짐을 챙기고 소리가 나는 곳으로 걸어갔다. 어떤 여자가 풀숲에 앉아 강을 바라보며 울고 있었다.

"흐어어어. 미안해요. 미안해요."

두현은 기뻤다. 자기의 귀가 미친 것이 아니었기 때문이었다. 두현은 조심스럽게 다가가 여자의 등을 살짝 건드렸다.

"저기요."

여자는 튀어오를 듯 깜짝 놀라며 뒤를 돌아보았다. 여자의 긴 머리카락이 바람에 휘날렸다. 정갈하고 아름다운 여자였다.

"여기서 왜 울고 있는 겁니까?"

두현이 떨리는 목소리로 물었다. 여자는 재빨리 눈물을 훔치고 일어섰다.

"아무것도 아닙니다."

여자는 두현에게 고개를 숙여 보이고 바쁘게 걸음을 옮겼다. 두현은 한참 동안 여자의 뒷모습을 바라보았다. 어디선가 본 듯한 얼굴이었다.

"야! 너 빨리 안 오면 우리끼리 갈 거야!"

우경이 소리쳤다. 두현은 여자를 바라보며 일행이 있는 곳으로 뛰어갔다. 우경은 두현을 보자마자 오른쪽 다리를 날렸다. 두현이 두 손으로 우경의 다리를 잡았다.

"이거 안 놔?"

두현은 이내 잡은 다리를 놓아주었다.

"대체 뭐 하다 온 거야?"

우경이 물었다. 두현은 입에 지퍼 채우는 시늉을 하며 고개를 돌렸다.

효준 일행은 굳은 얼굴로 정우가 만들어준 신분증과 여권을 꺼내 들었다. 중국 국경도 국경이지만, 그들이 보고 있는 것은 바로 북한의 국경이었다.

효준이 무겁게 입을 열었다.

"자, 가자."

93

호출을 받고 국방위원장 관저에 도착한 참모장은 차에서 내려 느긋하게 걸음을 옮겼다. 그의 마음은 홀가분해져 있었다.

홍민은 이미 중국으로 넘어갔을 것이다. 이제 총리 문제만 해결하면 된다.

참모장은 위원장 집무실 앞에 서서 노크를 하려고 손을 들었다. 그때 부사관이 황급히 참모장을 향해 뛰어왔다.

"참모장 동지, 참모장 동지!"

"무슨 일인가?"

참모장은 고개를 돌려 부사관을 쳐다보았다. 부사관이 난처한 듯 입을 열지 않고 우물쭈물했다.

"불렀으면 말이 있어야 할 것 아니야?"

"저 그게….'

부사관은 조심스럽게 홍민의 사고 소식을 전했다. 참모장의 얼굴이 차갑게 변했다.

"그 아이는 많이 다쳤나?"

"아닙니다. 잠시 정신을 잃은 것뿐 몸 상태는 괜찮다고 합니다. 지금 병원에서 안정을 취하고 있습니다."

"알았다. 난 위원장 동지를 만나 뵙고 바로 갈 테니까 그 아이 감시, 잘하라고 해."

"네, 알겠습니다."

부사관이 인사를 하고 자리를 떴다. 참모장의 입술이 일그러졌다. 하지만 그는 순식간에 평소의 얼굴을 되찾았다.

참모장은 호흡을 가다듬고 노크를 했다. 안에서 기침 소리가 들렸다. 들어오라는 신호였다.

참모장은 문을 열고 들어갔다. 위원장이 소파에 앉아 들어오는 그를 쳐다보고 있었다.

94

보고를 마친 참모장은 위원장의 집무실을 나오자마자 홍민이 입원해 있는 병원으로 갔다. 홍민은 의식을 잃은 채 병실 침대에 누워 있었다. 참모장은 의자에 앉아 물끄러미 홍민의 얼굴을 들여다보았다. 온갖 감정이 한꺼번에 솟아올랐다. 참모장은 슬며시 눈을 감았다. 11년 전의 일이 마치 어제 일처럼 느껴졌다.

이럴 줄 알았다면 선유도에는 가지 않았을 것이다. 아이들에게 뗏목 경기가 선유도의 전설적인 경기라는 소문도 퍼트리지 않았을 것이다.

주운은 해마다 8월이면 선유도를 찾았다. 그곳에 가면 아들 홍민을 볼 수 있었기 때문이었다.

주운은 많은 사람들 틈에 섞여 홍민을 바라보곤 했다. 어느덧 홍민이 훌쩍 커서 마을 대표가 되었을 때는 뿌듯함마저 느꼈다. 아버지 없이도 건강하고 씩씩하게 자란 아들이 자랑스러웠다.

그날도 주운은 아들 홍민을 보러 선유도에 왔다. 그가 탄 잠수함이 성웅의 뗏목과 부딪히지 않았더라면 그는 결코 홍민을 납치하지 않았을 것이었다.

"이 아이를 대신해 날 따라가겠나, 아니면 둘 다 이곳에서 죽여줄까."

그 말이, 그가 아들에게 처음 한 말이었다. 주운은 홍민이 "둘 다 이곳에서 죽여 달라."는 말을 하길 바랐다. 그랬다면 잠시 정신을 잃게 만든 후 두 녀석 모두 돌려보낼 작정이었다. 그러나 홍민의 입에서 나온 대답은 "대신 가겠다."였다. 약속은 약속이었다. 지켜야 했다. 주운은 어쩔 수 없이 성웅을 놓아주고 홍민을 데려왔다. 그때부터였다. 아들에 대한 고뇌가 시작된 것은.

"참모장 동지답지 않은 표정을 하고 계십니다."

날선 홍민의 목소리에 참모장은 감았던 눈을 떴다. 언제 깨어났는지 홍민이 그를 쳐다보고 있었다. 참모장은 홍민에게 무슨 말을 어떻게 해야 좋을지 감을 잡을 수 없었다.

"참모장 동지가 감정을 숨기지 못하는 모습을 보는 건 처음이군요. 제가 참모장 동지 아들이라는 걸 알았기 때문입니까?"

"내 표정이 어떻다는 얘기지?"

"무슨 말을 해야 할지 몰라 안절부절못하는, 딱 그런 표정입니다."

참모장은 한숨을 내쉬었다.

"다른 건 묻지 않겠다. 왜…."

"중국으로 가지 않았느냐고요? 전은혜 동무를 보내주는 수고까지 했는데 왜 돌아왔느냐?"

참모장이 고개를 끄덕였다.

"당신한테 묻고 싶은 것이 있어서 돌아왔습니다."

"나는 너와 아무런 관계가 없는 사람이다. 너에게는 내게 무엇을 물을 자격도, 돌아올 자격도 없단 말이다!"

홍민이 벌떡 자리에서 일어나 소리쳤다.

"왜 없습니까! 당신은 제 아버지가 아닙니까! 정말 제가 어떻게 살아 왔는지 몰라서 이러시는 겁니까? 당신은 제가 당신을 저주하며 살게 했습니다. 제 아버지인 당신이 말입니다!"

95

북한에 끌려온 홍민은 아무것도 먹지 않았다. 주운은 궁리 끝에 홍민 보다 4년 먼저 납북된 이효준을 홍민의 지도원으로 배치시켰다. 그의 예 상은 맞아떨어져 같은 처지인 홍민과 효준은 서로를 이해하며 잘 지냈 다. 그가 이효준이 말도 안 되는 보고서를 올릴 때마다 한 번도 내치지 않고 받아준 것은 홍민이 필요한 훈련을 마치고 이곳을 빠져나갈 수 있 게 하기 위해서였다.

마침내 홍민은 북한에서 내로라하는 요원들을 모두 물리치고 최고 요 원이 되었다. 그러자 효준은 홍민을 남파공작원의 일원으로 만들기 위 해서는 중국에 가서 교육을 받아야 한다는 내용의 보고서를 올렸다. 주 운은 이때다 싶어 홍민을 중국으로 보내기 위한 준비를 시작했다. 그는 효준에게 배를 마련해 주었고, 효준은 홍민을 중국으로 보냈다.

주운은 그것으로 문제가 해결된 줄 알았다. 하지만 아니었다. 중국에 도착해 한국 대사관을 찾아갔어야 할 홍민이 효준을 구하겠다고 되돌아 온 것이었다. 주운은 제발 이번만은 다른 선택을 해주길 바라며 홍민에게 두 번째 선택을 강요했다. 그러나 홍민은 성웅 때와 같은 선택을 했다. 이효준 대신 남겠다는. 홍민은 전은혜 때도 역시 같은 선택을 했다. 지도원과 관리관을 죽인 전은혜를, 만난 지 얼마 되지도 않은 그녀를 살리기 위해 또 희생을 했다. 주운은 아들이지만 홍민은 정말 어쩔 수 없는 놈이라는 생각을 했다. 전은혜는 위험한 여자였다. 홍민은 그런 여자까지 품고 가려고 했다. 주운이 영웅놀이는 그만하라고 수없이 충고했는데도 홍민은 듣지 않았다.

"넌, 너만 힘든 줄 알지? 왜 너는 매번 살아나갈 수 있는 방법을 알려줬는데도 항상 이곳에 남기를 바란 것이야?"

참모장이 홍민에게 물었다. 홍민은 참모장을 바라보았다.

"살아나갈 수 있는 방법이요? 그게 뭔데요? 저는 대신 남겠다고 대답해야 살아남을 수 있을 거라고 생각했습니다. 당신이 원한 것은 같이 죽겠다는 대답이었나요?"

"너는 내가 준 신문을 봤으면서도 알아채지 못했다는 거냐?"

"아. 성웅이와 효준이 형 기사가 실린 신문 말입니까? 약속이었다고 하시지 않았습니까? 약속은 지킨다며 보여주신 거였잖아요."

"비아냥거리지 마! 그래도 전은혜 때만큼은 알아챘어야지. 그것도 몰랐다고 할 테냐?"

"알았죠. 하지만 그땐 이미 어쩔 수 없었습니다. 그 여자를 사랑하게 됐으니까."

"이제 어떻게 할 거냐? 너는 이제 이곳에서 벗어날 수 없다."

"뭘 어떻게 합니까? 아버지가 여기 이렇게 멋지게 성공해서 잘 살고 있는데 뭐 하러 남쪽에 갑니까? 아버지가 힘만 쓰시면 어머니도 데려오실 수 있지 않나요? 납북 가족이 되어서 멋지게 살아보자고요, 어디."

참모장이 힘껏 홍민의 뺨을 때렸다.

"왜 이런 길을 택하신 겁니까? 아버지의 정체는 뭡니까?"

홍민이 소리치며 참모장을 노려보았다. 참모장은 홍민의 멱살을 잡고 밖으로 끌고 나갔다. 홍민은 참모장의 손에 몸을 맡긴 채 참모장이 이끄는 대로 끌려갔다.

96

효준 일행이 북한 국경 초소를 통과했을 때는 이미 해가 저물고 있었다.

효준 등은 조심스럽게 주변을 살피며 걸음을 옮겼다. 주위는 조용했다. 들리는 것이라고는 네 사람의 발자국 소리와 벌레들의 울음소리뿐이었다.

"확실하게 찾아. 놓치면 우리는 죽는다."

효준이 소리 죽여 말했다. 약속된 표시는 아직 보이지 않았다.

"팀장님, 이쪽 같습니다."

그때였다. 성웅이 발 밑 아래 갈대가 한 움큼 묶여 있는 것을 발견하고 말했다. 효준이 손짓으로 갈대풀을 헤집는 시늉을 했다. 모두들 서둘러 무성한 갈대 사이를 이리저리 뛰어다녔다.

"여깁니다."

성웅이 소리쳤다. 효준 등은 성웅이 있는 곳으로 갔다. 낡은 지프가 보였다. 그러나 효준은 북한에서 이 정도 지프를 구한다는 것이 얼마나 힘든 일인지 누구보다 잘 알고 있었다.

성웅은 이미 운전석에 앉아 있었다. 효준이 조수석에 앉고, 우경과 두현은 뒷자리에 올라탔다. 효준이 좌석 밑을 뒤져 박스를 꺼내들었다. 효준은 박스를 열고 안에 들어 있는 초소형 수신기를 모두에게 하나씩 건넸다.

"평양이랍니다. 신분증을 제시하면 각 초소를 통과할 수 있다고 하는데요."

제일 먼저 수신기를 귀에 꽂은 성웅이 차를 몰며 말했다.

두현이 시트 안에 숨겨놓은 총을 꺼내 점검하는 동안 우경은 신분증을 찾아냈다.

"우와. 정말 정교하게 잘 만들었네요."

우경은 신분증에 있는 사진을 확인하고 두현과 효준, 성웅에게 건넸다.

"팀장님, 누굽니까? 이렇게 철두철미한 사람이."

성웅이 신분증을 받아 들고 물었다.

"그러게. 높은 자리에 있는 고위 군관이 아니고서야…"

우경이 맞장구를 쳤다. 효준은 냉정하게 우경의 말을 잘랐다.

"너무 자세한 것까지 알려고 하지 마라. 북파공작원 중에서 실종자, 혹은 사망자로 처리된 사람들 가운데 한 명이라는 것 정도만 알아둬. 그리고 지금부터 내가 하는 말, 잘 듣기 바란다."

모두 효준의 말에 귀를 기울였다.

"내 임무는 너희들을 홍민이와 함께 안전하게 돌려보내는 것이다."

"그게 무슨 말이십니까?"

성웅이 물었다.

"난 이제 돌아갈 곳이 없다. 남한에서 내가 할 일은 없다. 이곳에 남아 너희들을 도와주는 실종자가 될 것이다."

성웅이 급하게 브레이크를 밟았다. 뒷좌석에 앉아 있던 우경과 두현의 몸이 앞으로 쏠려 앞 의자에 머리를 박았다.

"난 무슨 일이 있어도 팀장님과 홍민이를 데리고 돌아갈 겁니다. 똑같은 일 되풀이하려고 이곳에 온 것이 아니니까요. 팀장님 가족이 고향을 떠났다고 해서 팀장님을 버렸다고 생각하지는 마십시오. 어딘가에서 팀장님을 찾고 있을지도 모르는 일 아닙니까?"

효준은 속으로 중얼거렸다.

…그럴지도 모르지.

효준이 한국에 돌아와 고향을 찾아갔을 때 그의 가족은 어디론가 떠나고 없었다. 효준은 크게 실망했다. 가족들이 자신을 깨끗이 잊었다고 생각했던 것이다.

"다시 말씀드리지만 어떤 일이 있어도 팀장님을 이곳에 남겨두지 않을 겁니다."

"우리도 마찬가집니다. 팀장님 목숨, 우리에게 맡기십시오."

우경이 거들었다. 효준은 성웅 등을 둘러보았다. 모두 진지한 얼굴이었다.

"내 목숨? 너희들 실력이 나보다 뛰어나지 않은데 어떻게 내 목숨을 맡겨?"

효준이 웃으며 농담하듯 말했다.

"그래도 그 표정들 때문에 돌아가고 싶어졌다."

"무슨 일이 있어도 우리가 찾아드리겠습니다."

우경이 말했다. 두현도 질세라 한마디 했다.

"그동안은 우덜이 팀장님 가족이 되믄 안 되겠십니까?"

효준은 가슴이 뻐근해지는 것을 느꼈다. 든든했다.

"그래. 너희들이 내 가족이 되어준다면, 그것만으로도 돌아갈 이유는 충분하니까."

효준은 말을 끊고 잠시 세 사람을 쳐다보다 버럭 소리를 질렀다.

"민성웅, 출발 안 하고 뭐 해?"

"넵!"

성웅이 경쾌하게 대답했다. 차는 다시 평양을 향해 출발했다.

97

참모장이 홍민을 끌고 간 곳은 지하 동굴이었다. 홍민은 파인 굴마다 각종 정보망이 구축되어 있는 것을 보고 크게 놀랐다. 참모장이 홍민을 뿌리쳤다. 홍민은 바닥으로 곤두박질쳤다.

"여기가 뭐 하는 곳으로 보이나?"

참모장이 물었다. 홍민은 참모장을 올려다보았다.

"전 세계 각국으로 북한의 정보를 보내는 곳이다. 여기서 일하고 있는 사람들이 누구일 것 같나?"

홍민은 열심히 일하고 있는 사람들을 바라보았다.

"북한 주민들? 인민군들? 천만의 말씀. 이들은 모두 북파공작원이다. 남한에서는 실종자나 사망자로 처리된 사람들이지. 이들은 나라를 위해 집으로 돌아가는 것을 포기하고 여기 남았다."

"북파공작원?"

홍민이 놀란 눈으로 되물었다.

"내가 너처럼 나약하게 영웅놀이, 사랑놀이를 해가며 여기까지 온 줄 알아? 내 뒷배를 믿고 여기서 편히 살고 싶다고? 이곳에 오기 전에 난 포로수용소에 있었다. 그곳에서 살아나오기 위해 많은 사람들을 죽였고, 이곳 사람들의 신임을 얻어냈다. 나는 이들의 도움으로 포로소용소를 빠져나올 수 있었다. 그리고 위원장을 만나 내가 가진 정보를 가지고 거래를 했지. 먹혀들더군. 그렇게 얻은 자리다. 내가 이 자리를 지켜야만 이들이 이곳에 있다는 정보가 새어나가지 않는다. 명심해! 나에게 너를 돌봐줄 여력 따윈 없다!"

그때 한 요원이 옷가지를 들고 다가와 참모장의 귀에 대고 속삭였다. 참모장이 고개를 끄덕이며 홍민에게 말했다.

"이효준과 민성웅이 곧 도착한다."

홍민은 놀라서 참모장을 바라보았다.

"그들 마음속에 있는 짐을 벗겨줘. 그들이 오면 넌 그들을 따라 돌아가는 거다."

참모장은 요원이 건네준 옷을 홍민에게 던졌다.

"내가 해줄 수 있는 것은 여기까지다. 너의 유일한 가족은 어머니, 한 분뿐이다."

홍민이 옷을 꽉 움켜쥐었다.

"은혜가 위험하다. 남파공작원들과 함께 있다는 정보다. 네가 할 일은 네가 구한 사람, 끝까지 책임지는 것이다."

"어떻게 이런 삶을 사시는 겁니까? 자신을, 가족을 버리고 살아갈 수 있는 겁니까?"

"이들은 자원해서 북한에 왔다. 너처럼 납치된 게 아니야. 그래. 너나 이들이나 이름을 잊은 채 살아야 한다는 점에서는 같다. 하지만 스스로 이름을 잊은 삶과 타인에 의해 이름을 잊어버린 삶은 다르다. 이들은 누구도 원망하지 않고 최선을 다해 주어진 임무를 완수하려 하지만 넌 그럴 필요 없다. 이제 그만 돌아가라. 넌 돌아가기 위해 이곳에 온 것이니까."

참모장은 홍민에게 손을 내밀었다.

"잠시 후면 그들이 도착할 것이다. 그들을 따라가서 은혜를 구해라."

냉정한 참모장의 얼굴에 어색한 웃음이 떠올랐다. 그는 한 번도 제대로 웃어본 적이 없는 사람 같았다. 홍민은 참모장의 손을 한참 동안 바라보았다. 굵고 울퉁불퉁하고 투박했다.

스스로 자신을 잊는다는 것만큼 어려운 일도 없을 것이다. 그것은 아내와 아들을 두 번 다시 볼 수 없다는 뜻이다. 그런데도 참모장은, 아버지는 그 길을 택했다.

홍민은 고개를 돌렸다.

"…그래도 어떻게…"

참모장이 홍민의 손을 덥석 잡았다.

"내 나라를 지켜야 너와 네 어머니를 지킬 수 있으니까. 난 내가 택한 삶을 후회해 본 적 없다. 어머니를 부탁한다, 홍민아."

처음 들어보는 다정한 말이었다. 홍민은 물끄러미 참모장을 쳐다보았다. 참모장은 자신의 마음을 잘 표현하지 못하는 아버지의 모습을 하고 있었다. 어색하게 웃는 참모장의 얼굴이 더는 냉정해 보이지 않았다. 무섭지도 않았다.

98

"이제 그만 올라가자."

참모장은 홍민을 데리고 동굴을 나왔다. 두 사람은 비닐하우스를 빠져나와 아무 말 없이 마을 어귀를 향해 걸어갔다.

"건강하세요, 아버지."

마을 입구에 다다르자 홍민이 미소를 지으며 말했다. 참모장이 고개를 끄덕였다. 홍민은 참모장을 힘껏 끌어안았다. 그때 차가 다가오는 소리가 들렸다.

"온 것 같구나."

참모장이 몸을 돌렸다.

"홍민아! 엎드려!"

차에서 뛰어내린 성웅이 돌을 집어 던지며 소리쳤다. 큼지막한 돌이 빠르게 날아와 참모장의 머리를 쳤다. 방심하고 있던 참모장은 그대로 바닥에 쓰러졌다. 성웅이 달려들어 참모장을 밟으려 했다.

"안 돼!"

홍민이 외쳤다. 홍민은 성웅이 들고 있는 총을 발로 차서 떨어뜨리고 주먹을 날렸다. 효준이 재빨리 홍민의 주먹을 막았다.

"형! 비켜! 이 새끼가 무슨 짓을 했는지 알아?"

"알아. 하지만 상태부터 먼저 살펴봐야지."

홍민은 그제야 참모장을 바라보았다. 참모장은 홍민에게 손을 내밀고 있었다. 홍민은 머리가 깨져 피를 흘리고 있는 참모장의 손을 잡았다.

"난, 괜찮아…."

"아버지!"

홍민이 신음처럼 내뱉고 사람을 불러오기 위해 동굴 쪽으로 뛰어갔다. 참모장의 상처는 깊어 보였다. 빨리 치료하지 않으면 잘못될지도 몰랐다.

성웅은 어리둥절한 눈으로 홍민과 참모장을 번갈아 쳐다보았다. 우현과 두현도 놀란 듯했다. 효준만이 뭔가 알고 있는 듯 표정이 굳어졌다.

"운명이라는 것이, 있을까요? 저는, 있다고 생각해요."

홍민의 어머니가 흐느끼며 말했다.

"그 남자, 누구에게도 말하지 않았는데, 아무래도 홍민이 아버지 같아요, 팀장님."

"네?"

효준은 큰 충격을 받았다.

"그 사람, 옛날에 안기부에 있었습니다. 북으로 간다고 했습니다. 저는 그동안 죽은 줄로만 알고 지냈어요. 그런데 성웅이도 그렇고 팀장님이 그 사람 생김새를 말하는 걸 들으니 알겠더군요."

"어떻게….."

"나라가 시키는 일이라면 물불 가리지 않고 하는 사람이었습니다. 북에서 그렇게 높은 자리에까지 올라 잘 살고 있을 줄은 정말 몰랐습니다. 하지만 그 덕분에 성웅이도 보내주고 팀장님도 살려 보낼 수 있었겠죠."

홍민의 어머니는 한참을 울먹였다.

"그 사람도, 홍민이도, 성웅이도 이젠 못 돌아올 것 같아요. 너무 불안합니다. 성웅이, 보내지 않으면 안 됩니까?"

우경이 효준을 쳐다보며 물었다.

"팀장님은 알고 있었던 겁니까?"

효준은 무겁게 고개를 끄덕였다.

"그런데 왜 우리에게 한 마디도 하지 않은 겁니까?"

"팀원 중 한 사람만 알고 있으면 팀원 모두가 아는 것이라고 생각했다."

성웅이 바닥에 털썩 주저앉았다.

참모장이 홍민의 아버지라니!

성웅은 원망스럽다는 듯 효준을 쳐다보았다.

"그 사실을 왜 이제야 말해 주는 겁니까? 난 대체 언제까지 홍민이에게 미안해야 하는 겁니까? 왜 이 자꾸 이런 일이…."

"나 때문에 벌어진 일이다. 그러니, 미안해하지 마라."

참모장이 말했다. 성웅은 더 이상 눈물을 참기 힘들었다. 그는 참모장 앞에 무릎을 꿇고 말했다.

"죄송합니다! 저는, 저는…."

순간 수풀 사이에서 누군가가 튀어나왔다.

"잡아라!"

우경과 두현은 서둘러 그의 뒤를 쫓아갔다. 하지만 그는 마을에서 벗어나자마자 어둠 속으로 종적을 감추고 말았다. 근처에 사는 사람 아니면 인민군일 것이었다. 그는 모든 장면을 목격한 것이 틀림없었다.

아니나 다를까. 잠시 후 사이렌이 울리기 시작했다. 효준 등은 초조하게 주위를 둘러보았다. 홍민이 사람들을 이끌고 돌아오는 것이 보였다.

"괜찮습니까? 아….."

홍민이 참모장을 안았다. 참모장은 윗옷 안주머니에서 봉투를 꺼내 홍민에게 내밀었다.

"이효준, 지도원에게….."

홍민이 봉투를 받아 효준에게 건넸다. 참모장은 힘겹게 말을 이었다.

"여기서, 얼른, 빠져나가야 한다. 곧, 그들이 들이닥쳐….."

참모장이 사람들에게 손짓을 했다. 사람들이 다가와 홍민과 참모장을 떼어놓았다. 하지만 홍민은 몸부림을 치며 참모장에게서 떨어지려고 하지 않았다.

"아버지, 아버지….."

효준이 홍민의 뺨을 갈겼다.

"정신 차려!"

화가 난 홍민이 주먹을 치켜들었다. 하지만 차마 효준을 치지는 못했다. 홍민이 이곳에서 살아갈 수 있었던 것은 모두 효준 덕분이었다.

참모장이 떨고 있는 성웅의 손을 잡았다.

"얼른, 데리고, 가. 난, 괜찮아."

참모장은 부드럽게 미소를 지었다. 성웅은 11년 전 그날처럼 홍민을 두고 혼자 가지는 않겠다고, 똑같은 아픔을 다시 겪게 하지는 않겠다고 다짐했다.

참모장이 사람들에게 어서 가자는 손짓을 했다. 그들은 참모장을 부축해 동굴로 들어갔다. 홍민이 따라가려고 하자 성웅과 효준은 재빨리 그를 붙들었다. 두 사람은 홍민이 아무리 발버둥 쳐도 잡은 손을 놓지 않았다. 홍민은 멍하니 멀어져가는 참모장을 바라보았다. 참모장도 내내 홍민을 쳐다보았다.

'이번에는 꼭 가야 한다, 꼭.'

참모장이, 아버지의 눈이 홍민에게 말하고 있었다.

"널 데려가려고 왔어. 가자."

성웅이 말했다. 홍민이 고개를 끄덕이며 성웅을 바라보았다.

"그래. 빚 갚으려고 온 것 치고는 좀 늦었지만."

홍민의 말에 성웅은 눈물이 나오려는 것을 억지로 참았다.

또다시 사이렌 소리가 들렸다. 사이렌 소리는 메아리처럼 번져 이제 사방에서 울려대고 있었다. 인민군들은 곧 이곳으로 몰려들 것이었다. 지하 동굴의 위치가 발각되지 않으려면 효준 일행이 몰려드는 인민군을 따돌려야 했다.

"모두 차에 타라. 서둘러."

효준이 말했다. 모두들 빠르게 지프에 올라탔다. 홍민은 차에 오르며 우경과 두현에게 눈인사를 했다. 짧은 시간에 너무 많은 일이 벌어져 인사를 나눌 여유가 없었던 것이다.

차는 곧 출발했다. 홍민은 뒤를 돌아보았다. 참모장은 보이지 않았다. 어둠만이 가득했다. 효준이 홍민의 어깨를 어루만졌다.

"괜찮다고 하셨으니까, 아무 일 없을 것이다. 그런 분이니까."

홍민이 고개를 끄덕였다.

"그래서 내가 당할 수 없었던 것 같다. 부정을 어떻게 이겨?"

홍민은 11년 동안 참모장을 봐왔다. 하지만 아버지라는 사실을 안 것은 불과 몇 시간 전이었다. 그것이 홍민의 마음을 아프게 했다.

"형, 은혜, 아니 무라카와 아이 상을 구해야 합니다."

홍민이 굳은 표정으로 효준에게 말했다. 참모장이 전은혜를 살려준 것은 모두 홍민을 위해서 한 일이었다.

"그 얘긴 나중에 하자. 일단 이곳을 빠져나가야 한다."

효준은 운전석에 앉아 있는 우경을 쳐다보았다. 우경은 액셀러레이터를 밟은 발에 힘을 주었다. 사방에서 인민군들이 쫓아오고 있었다.

101

남파공작원 집결소는 가파른 절벽 위에 있었다. 눈앞에는 거대한 파도가 요란한 소리를 내며 출렁이는 바다가 펼쳐져 있었다.

여자는 은혜 한 명이었고 남자는 세 명이었다. 하지만 남자에게 뒤질 은혜가 아니었다.

은혜의 지도원은 북한에서 최고의 요원으로 뽑힌 홍민이었다. 이런 사람들에게 뒤진다면 정말 창피한 일이었다. 은혜는 최선을 다해 훈련을 받았다. 달리기, 수영, 사격, 격투기 등 모든 훈련에서 은혜는 발군의 실력을 발휘했다.

밤이 되었다. 은혜는 남자들과 함께 잠자리에 들었다. 남자들의 시선이 느껴졌고, 남자들이 슬금슬금 다가오는 소리가 들렸다. 은혜는 벌떡 자리에서 일어나 남자 공작원들에게 총을 겨누었다.

"나 건들지 마. 손끝 하나 건드리는 날에는 모두 저승 구경을 하게 될 거야!"

은혜는 차갑게 남자 공작원들을 노려보았다. 남자 공작원들은 어디 쏴보라는 듯 낄낄대며 은혜를 바라보았다. 은혜는 세 사람을 둘러보다 총구를 자신의 머리에 갖다 댔다. 순간 남자 공작원들이 멈칫하더니 다를 제자리로 돌아가 누웠다.

"병신 새끼들."

은혜는 나직이 내뱉고 자리에 누워 이곳을 빠져나갈 방법을 생각했다. 그러나 뾰쪽한 수가 떠오르지 않았다. 은혜는 희망을 찾아 중국에 왔지만 다시 갇힌 신세가 되어버린 자신이 답답해 견딜 수가 없었다.

102

각 초소에는 경계령이 내려져 경비가 삼엄했다. 하지만 효준 일행은 쉽게 통과할 수 있었다. 홍민이 가지고 있는 신분증이 위력을 발휘한 것이다.

마침내 마지막 관문인 국경이 보였다. 우경이 초소 앞에 차를 세웠다.

홍민은 신분증과 여권을 꺼내 들고 차에서 내렸다. 그가 먼저 국경 초소에 들어갔고, 효준 등이 그의 뒤를 따라갔다.

경비군이 홍민을 보고 인사를 했다.

"드디어 가시는 겁메까?"

홍민은 말없이 고개를 끄덕였다. 경비군이 매서운 눈초리로 뒤따라 들어오는 효준 등을 바라보았다.

"신분증, 내보이시라우요."

효준 등이 경비군에게 신분증과 여권을 건넸다. 경비군은 그것들을 받아 들고 어디론가 전화를 걸어 네 명의 신분증에 적혀 있는 위장된 이름을 말했다. 잠시 후 경비군은 네 사람의 신원을 확인했는지 고개를 끄덕였다.

"김홍민 요원과 일행이시구만요."

전화를 끊은 경비군은 실례했다는 듯 어색하게 웃으며 효준 등에게 신분증과 여권을 돌려주었다. 홍민은 초소 밖에서 기다리고 있다가 효준 등이 나오자 함께 중국 국경을 향해 걸어갔다.

그때였다. 그들 뒤를 따라온 인민군들이 크게 소리쳤다.

"멈추라우! 보내면 안 된다우!"

"뛰어!"

앞서 걸어가던 홍민이 외쳤다. 네 사람은 경쟁하듯 빠르게 뛰어갔다. 인민군들은 홍민 등을 향해 사정없이 총을 쏘아댔다. 국경 초소에 있던 경비군들도 뛰어나와 거들었다. 하지만 이미 홍민 등은 중국 국경을 넘어선 상태였다.

"휴우!"

네 사람은 거의 동시에 한숨을 내쉬었다.

"죽는 줄 알았네."

네 사람은 잠시 서로를 쳐다보다 중국 국경 초소로 들어가 입국 절차를 밟았다. 그들의 신원을 확인하던 경비군이 기다렸다는 듯 효준에게 쪽지를 건넸다. 효준이 쪽지를 우경에게 건넸다. 우경은 쪽지를 펼쳐 읽고 말했다.

"약정서가 체결됐답니다. 전은혜가 있는 곳은, 연태입니다."

그들은 초소를 나와 차를 세워둔 곳으로 갔다. 연태까지 가려면 시간이 제법 걸렸다. 홍민은 운전석에 오르려는 우경의 팔을 잡고 말했다.

"제가 운전하겠습니다. 피곤하실 테니 모두 날 믿고 주무세요."

그러자 효준이 믿지 못하겠다는 듯 홍민을 쳐다보았다.

"걱정하지 마세요. 중국 지리, 중국어, 다 잘 알고 있습니다."

우경이 빙긋 웃더니 홍민에게 중국어로 사랑하는 사람이 있느냐고 물었다. 홍민은 고개를 끄덕이며 중국어로 지금 그 여자를 데리러 가는 길이라고 대답했다.

"뭐야, 그럼. 우린 당신의 사랑놀이에 장단을 맞추는 셈인가?"

"도와주시면 앞으로 형님으로 모시겠습니다."

우경은 홍민이 마음에 드는지 크게 웃었다. 두현이 궁금해 죽겠다는 듯 끼어들었다.

"행님, 뭔 얘기를 그렇게 재미나게 합니까?"

홍민이 놀라서 두현을 쳐다보았다.

"말씀을 하시는군요. 전 아까부터 아무 말씀이 없으셔서…."

"사투리 때문에 들킬까 봐 우리가 입 꾹 닫고 있으라고 했지."

우경이 대신 설명해 주었다.

"안 그랬으면 단번에 들통 났을 거야."

홍민이 고개를 끄덕이더니 운전석에 올랐다. 효준이 조수석에 앉고, 성웅 등은 뒷좌석에 앉았다. 효준은 의자 밑에 숨겨둔 차 키를 꺼내 홍민에게 건넸다. 홍민이 시동을 걸고 차를 돌렸다.

"그럼 출발하겠습니다."

홍민이 효준을 쳐다보았다. 효준은 여전히 아무 말이 없었다. 홍민은 차를 몰고 가면서 효준에게 물었다.

"형, 무슨 고민 있습니까?"

"아니. 너를 만났다는 게 믿어지지 않아서 그래."

"형, 힘든 싸움이 될 겁니다."

"안다."

"저를 믿고 모두 한숨 푹 주무십시오."

홍민이 웃으며 말했다. 그는 슬쩍 뒤에 있는 성웅을 쳐다보았다. 성웅도 내내 아무 말이 없었던 것이다.

"좀 도와줘. 네 도움이 필요해."

홍민은 미안해서 제대로 고개를 들지 못하는 성웅에게 말했다.

"알아. 너도 나처럼 그 남자를 죽이기 위해 살아왔다는 거. 널 원망하지 않아. 내 아버지라는 사실을 모르고 한 일이잖아. 너로서는 당연히 해야 할 일이었어. 그러니 제발 은혜 동무를 구할 땐 평소의 너로 돌아와 있어줘. 부탁한다. 이번만큼은 실수하지 마."

"그래, 임마."

성웅이 홍민을 툭, 쳤다. 홍민 덕분에 그의 마음은 한결 가벼워졌다.

"고맙다, 데리러 와줘서."

홍민이 밝게 말했다.

"고맙다, 살아 있어 줘서."

성웅도 밝게 대답했다.

103

"은혜 동무, 일어나요. 여기서 자면 안 됩니다."

은혜는 홍민의 다정한 손길을 느끼고 눈을 떴다. 그녀의 눈에서 눈물
이 흘러내렸다.

"왜 울어요?"

홍민이 물었다. 은혜는 재빨리 홍민을 껴안았다.

"잠깐만요. 숨 막혀요."

홍민이 말했다.

"무슨 일, 있어요?"

"꿈, 아니죠? 정말 꿈이 아니죠?"

은혜는 홍민의 얼굴을 손으로 만졌다. 틀림없는 홍민이었다. 그녀는

다시 홍민을 껴안았다.

"나에게 온 것 맞죠? 이젠 절대 내 옆에서 안 떨어질 거죠?"

홍민이 웃으며 말했다.

"예. 절대 안 떨어집니다."

"약속할 수 있어요?"

"그럼요."

홍민이 새끼손가락을 내밀었다. 은혜도 새끼손가락을 내밀었다. 하지만 그 순간 홍민의 손가락이 사라져버렸다. 은혜는 깜짝 놀라 앞에 있는 홍민을 쳐다보았다. 홍민의 얼굴도 서서히 눈앞에서 사라지고 있었다.

"홍민 동무! 홍민 동무!"

은혜는 애타게 홍민을 찾았다. 그러나 아무리 주위를 둘러봐도 홍민은 보이지 않았다.

104

은혜는 누군가가 부르는 소리에 놀라 벌떡 일어났다. 그녀 앞에는 홍민이 아닌 남자 공작원이 앉아 있었다.

"곧 남한으로 가는 배에 올라타야 합니다."

남자 공작원이 공손하게 말했다. 은혜는 슬그머니 주위를 살폈다. 홍민은 보이지 않았다. 꿈이었다.

"내일 간다고 했잖아?"

"오늘 출발하라는 명령을 받았습니다."

은혜는 고개를 갸웃거렸다.

"아직 김홍민 동무가 오지 않았어. 그가 와야….'

"김홍민 요원은 오지 않습니다. 그 때문에 일정에 차질이 생긴 것입니다!"

은혜는 좋지 않은 느낌을 받았다. 그에게 무슨 일이 생긴 것일까? 꿈에 나타난 홍민이 갑자기 사라진 것이 마음에 걸렸다.

남자 공작원이 은혜에게 껌과 캡슐 알약, 필터 등을 챙겨주었다. 은혜는 마음을 가라앉히려고 일부러 딱딱하게 물었다.

"총은 없나?"

"없습니다. 이게 무기입니다."

은혜는 앞에 놓인 것들을 보더니 하나씩 집어 들어 주머니에 넣었다.

"그럼 이제 그만 나가시죠."

은혜은 일어서서 남자 공작원을 따라갔다. 밖으로 나가자 남자 공작원 두 명이 차에 앉아 그들을 기다리고 있었다. 은혜는 뒷좌석에 올라탔다.

연태부두로 간다. 나 혼자. 기다리라던 홍민은 지금 어디 있는 것일까?

차가 출발했다. 은혜는 주위를 두리번거렸다. 어딘가에서 홍민이 튀어나올 것 같았기 때문이었다. 은혜는 집결소가 보이지 않을 때까지 계속 뒤를 흘끔거렸다.

105

홍민은 연태에 있는 남파공작원 집결소 근처에 차를 세우고 효준 등을 둘러보았다. 모두들 깊은 잠에 빠져 있었다.

"도착했습니다. 일어나십시오."

홍민이 일행을 깨웠다. 세 사람은 눈을 뜨자마자 무기부터 챙겼다.

"여기가 확실해?"

효준이 물었다. 홍민이 고개를 끄덕였다.

"일단 이곳에 모였다가 내일 출발하기로 했습니다."

그들은 차에서 내려 조심스럽게 집결소를 향해 이동했다.

"너무 조용한 것 아닙니까?"

우경이 물었다. 모두들 고개를 끄덕였다. 뭔가 이상한 낌새가 느껴졌던 것이다.

"제가 다녀오겠습니다."

성웅이 나섰다.

"성웅아, 조심해."

홍민이 성웅을 쳐다보았다. 성웅은 알았다는 듯 웃으며 절벽 위로 올라갔다. 효준 등은 긴장된 표정으로 성웅이 돌아오기를 기다렸다.

잠시 후 절벽 위에서 성웅의 목소리가 들렸다.

"이리 와 보십시오!"

효준 등은 서둘러 성웅이 있는 곳으로 갔다. 절벽 위에 있는 천막은

군데군데 찢겨져 있었고 불도 꺼져 있었다.

"이게 어떻게 된 일이야?"

효준이 홍민을 쳐다보았다. 당황한 홍민은 천막 안에 들어가 은혜의 흔적을 찾았다. 효준은 재빨리 한국 정보원에게 전화를 걸었다.

"아무도 없습니다. 비었어요."

그때였다. 바다 쪽에서 펑, 하는 굉음이 들려왔다. 홍민이 그 소리를 듣고 뛰쳐나왔다.

"모두 연태부두로 간다. 오늘 임무를 수행하기 위해 이곳을 뜬 모양이다."

효준이 절벽 아래로 내려가며 말했다. 홍민 등도 서둘러 절벽을 내려왔다.

"비행기가 아니라 여객선이다. 여객선이 테러의 대상이다!"

효준이 차에 오르면서 말했다.

"그렇다면?"

"경고겠지. 잠시 후면 사상자가 속출할 것이다."

106

효준은 연태부두에 있는 국군기지에 도착하자마자 상황을 파악하러 갔다. 홍민 등은 대기실에 앉아 효준이 오기만을 기다렸다.

홍민은 입 안이 바싹 타들어오는 것을 느꼈다. 은혜는 지금 무지개 호에 있을 것이었다. 공작원들과 함께.

제발, 은혜 동무.

홍민은 은혜가 아무 짓도 하지 않기를 바랐다.

'테러는 안 됩니다!'

홍민은 마음속으로 크게 외쳤다. 혹시 은혜가 들을지도 모른다는 생각에.

잠시 후 문이 열리고 효준이 들어왔다. 모두들 효준 앞으로 몰려들었다.

"어떻게 됐습니까?"

홍민이 다급하게 물었다.

"중국 관광을 끝내고 한국으로 돌아가는 사람들이 대부분이다. 물론 중국인들과 일본인들도 상당수 포함되어 있다."

"사상자는?"

"아직 없다."

효준의 말에 모두 안도의 한숨을 내쉬었다.

"승객 명단과 승무원 명단은 확보되었습니까?"

효준이 홍민에게 명단을 건넸다. 홍민은 명단을 세밀히 살폈다.

"있습니다."

홍민이 가리키는 곳에 전은혜라는 이름이 있었다.

"형, 우리가 가야 합니다. 적은 인원이 움직이는 것이 훨씬 더 안전해요."

효준은 스피커폰을 눌러 대장을 찾았다.

"지금 당장 여객선으로 가겠습니다."

"잠깐만, 이 팀장. 우리가 가는 것이 낫지 않겠소?"

"아닙니다. 우리가 잡아야 할 인물이 그곳에 있습니다. 그가 바로 이번 여객선 사건의 범인입니다."

대장은 한참 고민하더니 무겁게 입을 열었다.

"필요한 것이 있으면 말하시오."

"보트만 있으면 충분합니다."

"알겠소. 그럼 우리는 후방에서 대기하고 있겠소."

107

효준 등은 보트를 타고 여객선을 향해 달려갔다. 효준이 최대한 빠른 속도로 보트를 몰았지만 여객선과의 거리는 좀처럼 좁혀지지 않았다. 모두들 앞만 노려보고 있을 뿐 아무 말이 없었다.

"팀장님, 우리가 이길 수 있을까요?"

성웅이 무거운 침묵을 깨고 물었다.

"반드시 이긴다."

효준이 떨리는 목소리로 말했다.

"반드시 이겨야 한다."

"형! 평소처럼 해요. 갑자기 목소리가 왜 그래? 그러니까 모두들 더 긴

장하잖아요."

홍민이 효준을 타박하더니 말했다.

"효준이 형은 북한 최고의 지도원이었습니다. 그래서 나도 최고가 될 수 있었죠. 여러분은 형의 지도를 받은 분들이니 저들이 몇 명이든 이길 수 있습니다. 형이 선택한 사람들이니까, 틀림없이."

그의 말에 성웅이 불끈 쥔 주먹을 들어보였다. 우경도, 두현도. 그들의 마음속은 이길 수 있다는 자신감으로 가득 차 있었다.

홍민은 여객선을 바라보며 생각했다.

집으로 가는 길, 그 마지막 관문이 바로 저곳일 것이다.

108

은혜는 무지개호 여객선 갑판 위에 서서 바다를 바라보았다. 벌써 연태부두가 멀리 보였다.

바다 위를 항해하는 여객선을 장악하는 것은 매우 쉬운 일이었다. 사람들이 달아날 곳이 없기 때문이었다.

여객선에 오른 은혜 등은 어느 정도 시간이 흐르자 객실 승무원들을 한 명 한 명 유인해 수면제로 잠재운 후 밧줄로 꽁꽁 몸을 묶어 미리 봐둔 창고에 가두었다. 객실 승무원들을 깔끔히 처리한 그들은 승무원 옷으로 갈아입고 조타실로 갔다. 아무것도 모르는 조타실 승무원들을 처리하는 것은 그야말로 식은 죽 먹기였다. 그들은 조타실 승무원들을 총으로 위협해 포박한 후 방송으로 각층의 매니저 승무원들을 하나하나 조타실로 불러 그들마저 꼼짝 못하게 묶어두었다.

다음은 승객들 차례였다. 은혜는 계획한 대로 폭탄을 들고 갑판으로 나와 바다를 향해 던졌다. 펑, 하는 폭발음이 일어났다. 그 소리를 듣고 깜짝 놀란 승객들은 서로 객실을 빠져나가려고 아우성쳤다. 덕분에 승무원 복장을 한 남자 공작원들은 손쉽게 사람들을 1층 식당에 몰아넣을 수 있었다. 두 명의 공작원이 식당 앞을 지켰고, 나머지 한 명은 조타실로 갔다.

"은혜 동무! 레이더에 보트가 잡히는데 거기서 보이십네까?"

조타실에 있는 공작원이 고개를 내밀고 물었다. 은혜는 재빨리 입을 틀어막았다. 너무 기뻐 자칫하면 소리를 지를 뻔했던 것이다. 보트는 빠른 속도로 여객선 쪽으로 달려오고 있었다. 그곳에 홍민이 있다는 것을, 은혜는 알 수 있었다.

"안 보여! 레이더 고장 났는지 물어봐."

은혜는 마음을 가라앉히고 소리쳤다.

"알겠습네다."

공작원은 곧 고개를 거두었다.

보트가 점점 더 가까이 다가왔다. 은혜의 눈에는 홍민 외에는 아무것도 보이지 않았다. 은혜는 홍민을 향해 손을 흔들며 갑판에는 아무도 없다는 시늉을 했다.

홍민은 재빨리 밧줄을 던졌다. 은혜가 밧줄을 잡아 난간에 걸었다. 홍민을 선두로 효준, 성웅, 우경과 두현 등이 차례로 밧줄을 타고 갑판 위로 올라갔다.

"어? 귀신이다!"

두현은 은혜를 보자 작게 외쳤다. 그러나 은혜의 귀에는 아무 소리도 들리지 않는 듯했다. 그녀는 계속 홍민만 쳐다보고 있었다.

"왔어요?"

은혜의 눈에 눈물이 고였다. 반가움의 눈물이었다.

"늦어서 미안해요."

"아니에요. 올 거라는 거, 알고 있었어요."

"은혜 동무, 공작원은 모두 몇 명입니까?"

"나까지 포함해서 네 명. 두 명은 1층에 있고 한 명은 조타실에 있어요."

효준이 은혜의 말을 듣고 지시를 내렸다.

"나와 홍민이는 조타실을 맡고 우경과 두현, 성웅이는 1층을 맡는다. 모두 조심해!"

"나도 따라가겠습니다."

은혜는 홍민의 곁에서 떨어지려 하지 않았다. 효준이 홍민에게 어떻게 좀 해보라는 눈짓을 보냈다. 홍민은 태연하게 말했다.

"걱정 말아요. 형 못지않게 저도 훌륭한 지도원이었으니까."

효준이 할 수 없다는 듯 앞장서서 걸어갔다.

우경과 두현, 성웅은 효준 등과 헤어져 1층으로 내려갔다. 공작원이 두 명이 총을 들고 식당 문 앞을 지키고 있었다.

"행님, 우짤까요?"

"어쩌긴. 우리가 늘 하는 방법을 사용하면 되지."

세 사람은 빠르게 눈빛을 주고받았다.

"이보소 젊은이."

우경과 성웅은 위에 남고 두현 혼자 공작원들에 걸어가 말을 걸었다.

"누구냐!"

공작원들은 깜짝 놀라 두현에게 총을 겨누었다. 두현이 머리를 긁적거렸다.

"내는 세상에서 제일 싫은 기 폭력이다. 그라고 두 번째로 싫은 거는 바로 무력, 즉 폭탄으로 아무 죄도 없는 사람들 죽일라꼬 하는 기다. 세 번째로 싫은 거는 행님 잔소리."

공작원들의 무슨 소리냐는 듯 두현을 노려보았다. 그들의 이목이 두현에게 쏠린 사이 우경과 성웅은 그림자처럼 공작원들의 등 뒤로 내려와 뒷덜미 급소를 쳐서 기절시켰다.

두현이 재빨리 바닥에 떨어진 총을 집어 들고 쓰러져 있는 공작원들의 머리에 갖다 댔다. 두현은 힘 한번 써보지 못한 것이 억울한 듯 가슴 근육을 위아래로 움직였다.

같은 시간. 효준과 홍민, 은혜는 조심스럽게 조타실 쪽으로 다가가 안을 들여다보았다. 공작원 한 명이 총을 들고 선장과 승무원들을 감시하고 있었다.

"어떻게 들어가죠?"

홍민이 물었다. 효준이 이마를 찌푸렸다.

"안으로 들어가는 것도 문제지만 승무원들이 다쳐서는 안 돼. 어떻게 한다?"

"나한테 맡기세요."

은혜가 말했다.

"안 돼요!"

홍민은 조타실 문을 열려는 은혜의 손을 잡았다.

"은혜 동무는 꼼짝 말고 내 뒤에 있어요."

은혜가 빙긋 웃었다.

"나도 테러범이에요. 마음은 당신 편이지만 겉으론 저들 편이란 말이에요."

"그렇군요."

홍민은 슬그머니 잡은 손을 놓아주었다. 효준이 문을 열고 들어가는 은혜를 보며 말했다.

"저 여자, 적이었으면 정말 골치 아플 뻔했어."

홍민이 고개를 끄덕였다. 은혜는 분명 무서운 여자였다. 보이는 모든 것들을, 심지어 가장 친한 친구까지 이용할 수 있는 여자였다.

은혜는 공작원에게 다가가 말했다.

"이봐, 갑판에 좀 갔다 와야겠어."

"무슨 일 있습니까?"

공작원이 물었다.

"아까 보트가 레이더에 포착됐다고 했지? 아무래도 뒤쪽으로 온 것 같아. 여긴 내가 지킬 테니까 가서 자세히 살펴보고 와."

"알겠습니다."

공작원이 순순히 조타실 밖으로 걸어 나갔다. 문 양옆에 몸을 밀착시키고 서 있던 홍민과 효준은 공작원이 나오자마자 달려들어 양팔을 꺾었다. 공작원은 비명을 지르며 바닥에 무릎을 꿇었다. 뒤따라 나온 은혜가 홍민에게 밧줄을 건넸다. 홍민과 효준은 공작원을 밧줄로 묶고 조타실로 끌고 들어갔다.

선장이 두려운 표정으로 효준에게 물었다.

"저기, 여러분들은…?"

"저희는 한국 국가정보원 요원들입니다. 북한 공작원은 모두 잡았으니 안심하십시오."

선장이 은혜를 가리키며 말했다.

"저 여자도 한패입니다!"

은혜는 슬그머니 홍민의 등 뒤에 숨었다.

"이 여자는 테러범이 아닙니다. 다만…."

그러자 선장이 옷 속에 감춰두었던 총을 꺼내며 소리쳤다.

"모두 무기를 버리라우!"

선장의 총구는 홍민을 향하고 있었다. 선장의 말에 효준 등은 들고 있던 무기를 버리고 손을 들어올렸다. 선장이 공작원에게 다가가 밧줄을 풀어주었다.

"이 쌍간나 새끼! 이런 것 하나 제대로 처리 못함메!"

"죄송합니다."

공작원이 선장에게 고개를 숙였다.

"날래 교신 상태로 들어가라우!"

선장이 소리쳤다. 공작원은 서둘러 북한과 교신하려 했다.

"꼼짝 마!"

순간 은혜가 준비해 두었던 폭탄을 집어 들었다. 선장과 공작원이 최면에 걸린 것처럼 동작을 멈추었다.

"이게 뭔지는 당신들이 더 잘 알 거야. 그렇지?"

"은혜 동무, 이리 와요."

홍민이 은혜에게 손을 내밀었다.

"빨리 묶어요, 얼른!"

은혜는 폭탄 때문에 잡고 싶어도 홍민의 손을 잡을 수 없었다.

"나, 더 버틸 힘, 없어요. 그러니 얼른 묶어요!"

홍민과 효준은 어쩔 수 없다는 듯 선장과 공작원을 묶었다. 선장이 묘하게 웃으며 은혜를 쳐다보았다.

"그 폭탄은 지뢰 같은 것이다. 손에서 떼어내자마자 쾅, 터져버리지.

참 안됐군."

홍민이 놀란 얼굴로 은혜를 쳐다보았다. 은혜는 대수롭지 않다는 듯 말했다.

"나도 그런 것쯤은 알아!"

"은혜 동무!"

홍민이 외쳤다. 은혜가 홍민을 돌아보았다.

"당신이 와줘서 기뻤어요. 당신은 거짓말을 하지 않았어. 나와의 약속을 지킨 유일한 사람이야."

은혜는 서둘러 밖으로 나갔다. 홍민도 따라 나갔다.

"홍민아!"

효준이 불렀지만 홍민은 아무 소리도 듣지 못한 듯했다. 그는 은혜를 따라가며 소리쳤다.

"은혜 동무! 어디 가요?"

은혜가 뒤돌아서서 더 이상 오지 말라는 손짓을 했다.

"당신은 거기 있어요. 나, 멀리 가요. 당신과 함께 가고 싶지 않은 곳이에요."

"우리 같이 가기로 했잖아요! 약속이라고 했잖아요!"

은혜가 고개를 저었다.

"그럴 수 없다는 것, 나도 알고 당신도 알아요. 그건 내 욕심이었어요."

은혜는 갑판 난간으로 걸어갔다. 홍민도 자석처럼 은혜에게 다가갔다.

"오지 마요!"

은혜가 다시 뒤돌아서서 소리쳤다.

"당신을 찾아 여기까지 왔는데 왜 오지 말라는 거죠? 좋아요. 가지 않을게요. 대신 당신이 나한테 와요. 어서."

은혜의 눈에 눈물이 맺혔다.

"내가 당신과 함께 죽을 것 같아요? 난, 혼자 죽어!"

"안 돼!"

홍민이 바다로 뛰어내리려는 은혜를 붙잡았다.

"그럼, 우리 같이 가요."

홍민은 은혜를 꼭 껴안았다. 은혜가 홍민의 몸을 밀쳤다.

"꿈을 꿨어요. 당신이 사라지는 꿈. 언제부턴가 내 희망은 당신으로 바뀌어 있었죠. 당신과 함께 집으로 가고 싶었어요. 약속했으니까. 꿈처럼 당신을 사라지게 할 수 없어요. 그러니, 살아줘요."

은혜가 홍민의 얼굴, 머리카락과 이마, 눈썹과 눈, 코와 인중, 입술과 턱을 하나하나 자신의 눈에 담았다. 안타까운 그 눈빛 안에 홍민이 들어갔다.

"약속, 해요."

"할 수 없어요."

홍민이 은혜를 꼭 끌어안고 뛰어내리려는 순간 효준이 소리쳤다.

"홍민아! 안 돼!"

홍민은 천천히 뒤를 돌아보았다. 효준 옆에 성웅이 서 있었다.

"형. 이 여자, 혼자 가게 둘 수 없어요. 절대. 성웅아. 우리 어머니, 부탁할게."

"홍민아!"

홍민은 은혜를 품고 새처럼 날아올랐다.

"홍민아!"

"은혜 씨!"

효준과 성웅이 다급하게 외쳤다. 하지만 이미 홍민과 은혜는 눈앞에서 사라지고 없었다. 효준과 성웅은 난간으로 달려가 바다를 보았다. 그 순간에도 여객선은 멈추지 않고 달렸다.

허공에 뜬 홍민과 은혜의 몸은 이내 바다로 떨어졌다. 그들이 물속으로 떨어질 때 나는 소리가, 바다의 울림이 길게, 길게 울려 퍼졌다.

'우리 함께 가요. 약속해요.'

'약속해요, 약속…'

111

마침내 일본 총리가 북한을 방문했다. 그가 북한 국방위원장에게 한 첫 마디는 다음과 같았다.

"일본의 딸 무라카와 아이 상을 데리러 왔습니다."

한국과 일본의 방송사들은 일본 총리가 북한에 간 소식을 실시간으로 전했다. 무라카와 아이 상은 다시 화제의 인물로 떠올랐다. 그녀의 북한에서의 이름이 전은혜였다는 사실도 보도되었다.

북한은 무라카와 아이 상이 죽었다고 발표했다. 우울증에 시달리다 자살했다는 것이었다.

"우리 아이짱이 죽었다면 유골이라도 돌려주세요. 아무도 없는 그곳에 내버려둘 수는 없어요!"

'아이'의 부모는 강력하게 북한에 요청했다. 북한은 즉시 아이의 부모에게 유골을 보냈다. 무라카와 아이 상의 유골이라며. 유골을 건넨 사람은 바로 참모장 김주운이었다. 그는 건강을 회복한 듯 당당한 모습이었다.

그러나 아이의 어머니는 병원에 DNA 조사를 의뢰한 결과 북한에서 내준 유골은 아이의 유골이 아니라는 사실이 밝혀졌다며 다음과 같이 말했다.

"아이짱이 죽지 않았다는 결정적인 증거가 있습니다. 북한에서 아이짱이 죽었다고 발표한 이후, 그녀를 보았다는 증인이 나타났습니다. 우리 아이짱은 죽지 않았어요!"

112

사무실에서 TV를 보고 있던 성웅이 효준을 쳐다보았다.

"건강해 보이시네요."

TV 뉴스는 김주운 참모장이 유골을 전하는 장면을 내보내고 있었다.

"아이 상과 함께 지낸 요코 상의 유골일 거야. 홍민이 아버지가 정보를 보냈더군."

효준이 말했다.

"물론 비공식적인 정보겠지요."

성웅이 말했다. 두 사람은 화면에 무라카와 아이 상의 사진이 비춰질 때마다 홍민의 얼굴을 떠올렸다.

"아이 상은 저렇게 사람들이 이름을 찾아주기 위해 애쓰고 있는데 우리 홍민이에 대해서는 왜 아무 말이 없는 거죠?"

"그것도 홍민이답지 않나? 홍민이는 우리들에게 이름 없는 영웅이었으니까."

효준의 말에 성웅이 고개를 끄덕였다.

"국장님께 전해드렸습니까?"

성웅이 물었다. 효준이 무슨 말이냐는 듯 성웅을 쳐다보았다.

"홍민이 아버지가 준 것 말입니다."

"전했어."

"이름을 찾을 수 있을까요?"

효준이 고개를 저었다.

"실제로 죽었거나 돌아온 사람들의 이름만 공개될 거야. 나머지 사람들은 영원히 실종자로 남겠지."

그때 두현이 문을 밀치고 들어와 효준을 불렀다.

"팀장님!"

효준은 벌떡 일어섰다. 우경이 고희를 넘긴 부부를 모시고 들어오고 있었다. 노부부의 이마에는 주름이 깊게 패여 있었다.

"효준아."

효준이 그 자리에서 무릎을 꿇고 절을 올렸다.

"아버지…."

"효준아… 이놈아…. 어디 갔다가 이제 온 거야! 이 어미가 얼마나 기다렸는지 알아? 이 불효막심한 놈아!"

효준의 어머니가 흘러내리는 눈물을 닦을 생각도 하지 않고 연신 효준의 등을 때렸다. 효준이 아버지와 어머니에게 환한 미소를 지어보였다.

"돌아오길 잘한 것 같아. 홍민이도 아이 상도 언젠가는 돌아오겠지?"

효준이 성웅을 돌아보며 말했다. 성웅이 고개를 끄덕였다.

"언젠가는, 꼭!"

일본과 북한의 공방은 이렇다 할 결론을 내지 못하고 지루하게 계속되었다. 그사이 남북 이산가족 상봉일이 일주일 앞으로 다가왔다. 한국은 이번 이산가족 상봉에 납북자들을 포함시켜야 한다는 의견을 북한에 전달했지만 북한은 아직 확답을 주지 않고 있었다.